2013年度教育部新世纪优秀人才支持计划
"当代俄罗斯女性文学的语言文化问题研究"（NCET-13-0057）成果

2010年度教育部人文社会科学研究项目
"当代俄罗斯女性文学作品的引语体系及功能研究"（10YJA740062）成果

2010年度中央高校基本科研业务费专项资金资助项目
"当代俄罗斯女性文学作品的语言学视角研究"成果

当代俄罗斯女性文学的多元视角研究
Multi-perspective Study of Contemporary Russian Women's Literature

刘娟　主编

丛书出版得到教育部区域和国别研究基地
——北京师范大学俄罗斯研究中心的资助

Л.Е.Улицкая

文学修辞学视角下的
柳·乌利茨卡娅 作品研究

国晶 著

A Study on L. Ulitskaya's
Works from the Perspective of
Literary Rhetoric

北京大学出版社
PEKING UNIVERSITY PRESS

图书在版编目 (CIP) 数据

文学修辞学视角下的柳·乌利茨卡娅作品研究 / 国晶著. —北京：北京大学出版社, 2017.10
ISBN 978-7-301-28792-7

Ⅰ. ①文… Ⅱ. ①国… Ⅲ. ①俄罗斯文学—现代文学—文学研究 Ⅳ. ① I512.065

中国版本图书馆 CIP 数据核字 (2017) 第 231061 号

书　　名	文学修辞学视角下的柳·乌利茨卡娅作品研究 WENXUE XIUCIXUE SHIJIAO XIA DE LIU · WULICIKAYA ZUOPIN YANJIU
著作责任者	国　晶　著
责任编辑	李　哲
标准书号	ISBN 978-7-301-28792-7
出版发行	北京大学出版社
地　　址	北京市海淀区成府路 205 号　100871
网　　址	http://www.pup.cn　新浪微博：@北京大学出版社
电子信箱	pup_russian@163.com
电　　话	邮购部 62752015　发行部 62750672　编辑部 62759634
印　刷　者	三河市博文印刷有限公司
经 销 者	新华书店
	650 毫米 ×980 毫米　16 开本　14.25 印张　220 千字 2017 年 10 月第 1 版　2017 年 10 月第 1 次印刷
定　　价	45.00 元

未经许可，不得以任何方式复制或抄袭本书之部分或全部内容。
版权所有，侵权必究
举报电话：010-62752024　电子信箱：fd@pup.pku.edu.cn
图书如有印装质量问题，请与出版部联系，电话：010-62756370

总　序

　　20世纪末到21世纪初的俄罗斯文学好比一本斑驳陆离的图谱，呈现出多元、多样、多变的特点。后现代主义、后现实主义、新现实主义、新农村散文、新感伤主义、超现实主义、异样文学等概念和流派层出不穷，汇成了多声部的大合唱。这一时期的俄罗斯文学在创作手法、体裁形式和叙述内容上同样具有多元、繁复和去核心化的特点，难以用一个统一的方向、流派来定义，更难以对其进行整体划一的研究。在这一时期，作家获得了前所未有的创作自由，这种自由在释放作家的创作能量的同时，也影响了俄罗斯文学的传统说教和道德指导功能。有些原来被贬低的角色成为了作品的主要人物，正统典范的文学作品语言有时完全被非标准语言，甚至俚语所解构和颠覆。与此相应的是，世纪之交的俄罗斯当代文学显然带有强烈的后现代主义色彩。虽然时至今日，当代俄罗斯文学又在发生着新的变化，然而，基于俄罗斯文学传统，具有俄罗斯文学特征且有别于西方后现代主义文学的俄罗斯后现代主义文学无疑具有很高的研究价值。

　　与后现代主义文学交相辉映的当代俄罗斯女性文学是俄罗斯文学的重要组成部分。女性文学是一个非常复杂的概念，既涉及创作主体，也关系到创作内容。我们之所以使用女性文学这一概念，并非要对女性文学作出一个狭隘的定义，并非要否定男性作家从事女性文学创作的权利。但是为了便于研究，我们组织了一系列专著，把女性文学定义为女性作家创作的文学。当代俄罗斯女性文学之于后现代主义思潮的重要意义在于，它以独特的方式解构了传统所谓"女性文学"的刻板印象，这是一场大规模的对当代女性的重新隐喻和象征。这种重塑亟待我们去重新认知。

这对于我们把握当代俄罗斯的文本、符号、意识形态都具有重大意义。而我们这一系列著作的研究视角,则侧重于语言文化学、语用学、修辞学方向的交叉研究。

当代俄罗斯女性作家的语言生动细腻,非常注意通过多种修辞手段来体现创作主体的女性气质。她们在继承和发扬俄罗斯文学传统的基础上,吸收后现代主义文学的创作手段,在叙事风格、语篇建构、语言表达等方面有很大的突破和创新。女性文学作品的普遍特征表现为:叙述者的多样化、不同的主观言语层级界限的模糊化、叙事视角的多元化、时空视角表达手段的复杂化等。这些特征都直接反映在作品的语言表达方面,并涉及语言的各个层面。在句法层面上,它们体现为多种引语变体的出现、插入结构的积极使用、多谓语结构的运用。在词汇层面上,我们则可以发现不同语体的词汇的混合使用、词语的错合搭配、大量具有修辞色彩的词汇的运用、成语的仿似现象等。在构词方面,作家采取多种多样的构词手段,如大量使用表达情感和评价色彩的后缀,借助外来词的词根或后缀构词、合成新词等。与此同时,作家在作品中还积极使用隐喻、对比、拟人、夸张等修辞格手段。这些语言特征不但是当代俄罗斯女性文学作品叙事特点的外在体现,而且是当代俄罗斯语言发展变化的缩影。由于政治体制和价值观的改变,当代俄罗斯语言表现出自由化、开放性、对语言标准的偏离、不同语体相互渗透等特点。由此可见,当代俄罗斯女性文学作品为我们提供了丰富的语言学研究素材。对这些作品的研究不但有利于总结俄罗斯当代女性文学的语言表达特点,而且对研究俄语的最新发展变化具有指导意义。

当代俄罗斯女性文学作品,特别是具有后现代特色的作品,在语言描述、内容结构和时空叙述上表现出跳跃与无序,给读者和研究者正确解读作品内涵造成很大障碍。为了营造多重声音的效果,有的作品中多个叙述者同时存在,有的作品中叙述者与人物极其接近。作者有时打断现有叙述,进入新的叙述,然后又回到原有叙述。这种不连贯和未完成性是制造叙述悬念的结构手段。不同的叙述层面有时相关联，有时彼此对立。这种叙述则可以营造鲜明的对比效果。所有这一切都造成了不同的主观言语层级的相互交叉、叙事视角的相互交融、语篇的内部构建和外部联系的复杂化。在这种情况下，读者和研究者很难捕捉到一个清晰完整、贯穿全文的叙述者。作品叙述中非规范形式的人物话语经常在句法结构和叙事内容上与叙述者语篇交织在一起，缺少传统人物话语形式的标志性特征，这在很大程度上进一步加大了受众的阅读困难。但是，无论叙事形式如何复杂，无论叙事话语与人物话语如何交融，无论故事发展如何难以把握，它们都会在叙事语言上留下自己的痕迹，具有自己典型的语言标识。借助对人称代词形式、动词的人称和时间形式、叙述者的发话方式、词汇的深层语义、插入结构的特点、话语情态归属等语言标识的分析，我们可以有效辨别不同的言语层级，区分叙述者与人物。通过正确解读叙事话语与人物话语的关系，通过梳理叙事时空视角的发展轨迹我们可以更加清晰和科学地挖掘当代俄罗斯女性文学的创作意图、叙事特点和主题思想。因此，当代俄罗斯女性文学作品的语言学视角研究对读者和研究者梳理叙述内容、理解作品思想、把握作者创作意图、了解当代俄罗斯女性文学作品特点具有重要的现实意义。

　　文学作品是一种复杂的语言、文化和社会现象，对文学作品的研究应该是全方位多角度的。而20世纪人文研究的"语言学转向"更是赋予文学的语言学研究以极大的空间。然而由于种种学术壁垒的存在，无论在俄罗斯本土，还是在中国国内，都造成了语言学研究和文学研究的长期分离，而我们的这一系列研究，正是几位年轻学者弥合这种分离的可贵尝试。这些作品以俄罗斯最著名的当代女性作家柳·彼特鲁舍夫斯卡娅（Л. Петрушевская）、维·托卡列娃（В. Токарева）、柳·乌利茨卡娅（Л. Улицкая）、塔·托尔斯泰娅（Т. Толстая）的小说为语料基础，以文体学、叙事学、修辞学、语用学、语言文化学、符号学等学科的理论为指导，从多重视角研究几位女性作家的作品，并在此基础上总结归纳她们在人物塑造、引语使用、叙事风格、修辞手段等方面的共性和个性,进一步探讨当代俄罗斯文学语境中女性作家语言创作手段的发展趋势及对文学创作的影响。

  这些著作由王燕、国晶、王娟等几位博士完成,是在她们各自的博士论文的基础上发展而成。著作的修改过程对几位年轻的学者来说是一个艰苦和超越自己的过程。作为该系列著作的主编和几位作者的导师,本人在对这几本论著分别进行逐字逐句的修改和完善的过程中,亲眼目睹了自己弟子的成长和进步,亲身感受到学为人师的艰辛和幸福。由于年轻学者尚且缺乏研究经验,本人时间精力有限,加之研究对象和研究内容相对复杂,书中难免存在纰漏,恳请专家学者批评指正。

刘娟
2017 年 2 月 16 日

目 录

绪 论 …………………………………………………………………… 1
  第一节　关于文学风格的各种界说 ………………………………… 3
    一、文学风格"语言论" …………………………………………… 4
    二、文学风格"主体论" ………………………………………… 15
    三、文学风格"整体论" ………………………………………… 22
    四、文学风格"接受论" ………………………………………… 27
  第二节　本书研究视角、研究对象和研究内容 …………………… 31

第一章　乌利茨卡娅与当代俄罗斯女性文学 ………………………… 36
  第一节　当代俄罗斯女性小说风貌 ……………………………… 36
    一、女性主义批评和女性文学 ………………………………… 36
    二、当代俄罗斯女性文学创作情况简介 ……………………… 43
  第二节　乌利茨卡娅创作简介及其研究状况 …………………… 63
    一、乌利茨卡娅的创作生平 …………………………………… 63
    二、乌利茨卡娅个人因素对小说风格的影响 ………………… 66
    三、乌利茨卡娅小说的国内外研究状况 ……………………… 78

第二章　乌利茨卡娅小说的语言风格 ………………………………… 88
  第一节　简约质朴的语言风格 …………………………………… 92
    一、词汇层面 …………………………………………………… 95
    二、句子层面 …………………………………………………… 99
    三、语篇层面 ………………………………………………… 104
  第二节　委婉含蓄的语言风格 …………………………………… 110
    一、象征和隐喻的使用 ………………………………………… 111

二、省略手法的使用 …………………………………………… 114
　第三节　细腻生动的语言风格 …………………………………… 119
　　一、女性人物外貌和心理刻画手法 …………………………… 119
　　二、作为创作手法的女性身体叙述 …………………………… 124

第三章　乌利茨卡娅小说的艺术形象塑造风格 ………………… 129
　第一节　乌利茨卡娅处理象意情关系的方法 …………………… 130
　第二节　乌利茨卡娅小说的情节特色 …………………………… 142
　　一、出乎意料的结局 …………………………………………… 146
　　二、"蒙太奇"式的情节结构 ………………………………… 153
　第三节　乌利茨卡娅小说的情感色彩 …………………………… 158

第四章　乌利茨卡娅小说的主题表现风格 ………………………… 173
　第一节　直抒胸臆与含蓄表达 …………………………………… 173
　第二节　"多视角"叙述手法 …………………………………… 177
　　一、准直接引语的运用 ………………………………………… 181
　　二、第三人称叙述与第一人称叙述的交替 …………………… 193
　第三节　"反讽"手法 …………………………………………… 198
　第四节　"互文性"手法 ………………………………………… 206

结　语 …………………………………………………………………… 214

附　录 …………………………………………………………………… 216
　一、柳·乌利茨卡娅出版作品一览表 …………………………… 216
　二、乌利茨卡娅作品主要获奖情况 ……………………………… 217
　三、由乌利茨卡娅文学作品改编而成的影视作品 ……………… 218
　四、在中国出版的小说译本 ……………………………………… 218

后　记 …………………………………………………………………… 219

绪　论

"风格"是一个令人艳羡、神往,并且闪耀着奇光异彩的词汇。从词源来看,"风格"最初起于希腊文中的"στυλ"一词,具有"木锥""石柱"和"雕刻刀"的含义。希腊人采用其中的"雕刻刀"之义,并将其加以引申,用来表示以文字修饰思想内容并以此说服他人的语言表现方式和演讲技巧。之后,"风格"一词从希腊文传入拉丁文和其他语种,并逐渐被视为衡量各类艺术作品独特面貌的审美范畴。

不论是在西方风格学中,还是在我国传统文论中,"风格"这一术语在实际运用过程中都出现过相当复杂和混乱的现象。从总体上看,在西方,"风格"一词在产生之时就与演讲术紧密相关,换而言之,"风格"在西方文论中主要侧重于表示修辞、文风等寓意,属于修辞学的概念范畴。柏拉图、亚里士多德、狄米椎耶斯、贺拉斯、郎加纳斯等人都将风格视为一种语言说服技巧,他们在演讲术范围内对风格进行广泛探讨,并从修辞学角度对该概念提出独到见解,这些见解都对后世的风格学研究产生了巨大影响。与西方不同,在我国,"风格"一词最初并不是用来品文的。在汉末魏晋之时,九品论人的社会风气正值盛行,当时"风格"一词被广泛使用:"'风'是风采、风姿,指人的体貌;'格',指人格德行;合起来正好是对人之品貌的全面评价。"[①]可见,"风格"在我国最初用于品人,而非品文。直到南北朝时期,我国文艺理论家刘勰才将风格概念引入文艺批评理论。

一般来说,文艺理论范畴内的风格概念是指艺术作品在整体上所呈现出的具有代表性或标志性的独特面貌。具体谈到以语言文字为工具的

---

① 王之望:《文学风格论》,成都:四川文艺出版社,1986年,第15—16页。

形象化反映现实的艺术形式——文学——同样可以运用"风格"这一术语进行考察与探究。西方文艺理论家、新批评派代表人物韦勒克和沃伦在其合著的《文学理论》一书中谈到:"由于艺术史上已经建立了能够为公众广泛接受的一系列风格,例如,古典风格、哥特式风格、文艺复兴的风格和巴洛克风格等,把这些术语从艺术中输入文学来看是颇为诱人的。"①如此看来,千姿百态的艺术风格及其概念范畴可以通过各种途径引入文学领域,这已是毋庸置疑的事实;同时,由这种引入而带来的文学的新特质和新面貌是非常值得重视和研究的。如今,在丰富、庞杂的风格学理论系统中,文学风格已经成为一门独立且重要的理论范畴。

作为一种极具特征的文学审美现象,文学风格已经成为人们辨识不同作家作品的标记,它既是古今中外众多作家艺术创作的终极目标,又是广大读者获取艺术审美享受的内核因素。与此同时,中外文艺理论家和文学批评家都针对文学风格理论进行不断地研究和探索,作出各种角度下的美学阐释。即便如此,我们依然要承认,文学风格是一个相当复杂的问题,若想三言两语就讲清作为艺术个性高度集中的风格内涵,并非容易之事。苏联语言学家、文艺理论家维诺格拉多夫(В. В. Виноградов)在其著作《作家创作问题和风格理论》一书中曾指出:"在艺术学、文艺学和语言学领域中,很难找出一个比"风格"更加多义并自相矛盾的概念,任何一个概念都没有"风格"如此模糊不清,并且具有极强的主观性和不确定性"。② 我国学者白春仁在《文学修辞学》中也谈到,"风格这个概念,正像无数风格特征一样,多能意会得到,却少有说得清楚的。"③类似的说法比比皆是,可见,构建文学风格系统是一个难度不小的工程,有关文学领域内的风格内涵之界定和特征划分等问题的观点也很难达成一致。甚至,

---

① [美]韦勒克、沃伦:《文学理论》,北京:生活·读书·新知三联书店,1984年,第199页。
② Виноградов В. Проблема авторства и теория стилей. Художественная литература, Москва, 1961, —7 с.
③ 白春仁:《文学修辞学》,长春:吉林教育出版社,1993年,第146页。

时至今日，在理论界仍然存在不少关于风格内涵的空泛玄妙、"只可意会不可言传"的界说。尽管构建"文学风格"这一理论系统的道路并不平坦，但是依然有不少勇于攻坚的学者为之付出努力，他们对这个难题进行不断深入地探究，也揭示出了如今我们所知的有关文学风格学的内核和一些外部表现规律。

第一节　关于文学风格的各种界说

尽管对于作为美学范畴的风格概念之界定未能达成统一，但"由于'风格'太迷人了，对文学发展太重要了，即文学艺术发展是以风格的百花齐放、推陈出新为标志的，'江山代有才人出，各领风骚数百年'正揭示出风格之新陈代谢是文学艺术的基本规律[①]。另外，文学风格历来都被视作衡量一部作品思想深度和艺术审美价值的试金石。正如俄国文艺理论批评家别林斯基所认为的那样，文学作品如果没有鲜明的独特性和自身的艺术风格，就犹如"没有剑的剑鞘，空空如也的漂亮的箱子。"[②]古今中外的文学风格理论十分丰富、庞杂，我们大致将其概括为以下几种：一是风格"语言论"，即以文学作品的外部形式为出发点，认定风格就是独特的言语形式，是涵盖了各种文学描写手段和语言表现手段的综合体；二是风格"主体论"，即从创作主体的角度出发进行考察，认定风格是创作主体的人格在作品中的体现或延伸；三是风格"整体论"，也就是将文学作品视为一个有机整体，视为作品思想内容与形式、创作主体与写作对象之综合体，试图在它们中间找到平衡点，在几者的综合中找到风格的独特性；最后一种是风格"接受论"，这种观点强调，风格是读者品味出来的艺术作品的格调，艺术作品的风格与读者的接受和认知有不可忽视的重要联系。

[①] 姜岱东：《文学风格概论》，见朱德发所作序言，济南：山东教育出版社，1995年，第2页。
[②] ［俄］别林斯基：《别林斯基论文学》，上海：新文艺出版社，1958年，第150页。

一、文学风格"语言论"

所谓文学风格"语言论"就是着重从文学作品外部形式所表现出来的特色来理解作品的风格。我们知道,语言是文学作品的"外衣",是最重要的外部表现形式,一个作家的艺术风格能够从其作品的语言特点中流露出来,读者一般也是先从识文断字上来分辨作家创作的艺术风格。

从词源角度看,"风格"最初是修辞学领域的概念。在古希腊和古罗马文化中,"风格"一词早就被当成是某个作家作品的语言结构和语言形式。亚里士多德认为,修辞的高明就是风格所在,并将风格界定为语言的选择和使用。他在《修辞学》一书就有"修辞学的全部工作是关于外部表现的"[①]"语言的准确性,是优良的风格的基础"[②]等相关论断。在该书中,亚里士多德还阐释了诸多有关修辞术与风格之间的关系问题,系统总结了诸如语言恰当、语言节奏、隐喻等修辞术的具体特点和运用方法。古罗马诗人、批评家贺拉斯继承了亚里士多德的修辞学理论思想。他的著作《诗艺》被视为古典主义文艺理论的奠基之作,是在美学和文艺理论史上仅次于亚里士多德《诗学》的又一力作。贺拉斯在该著作中强调语言形式对形成文章风格的重要性,主张作家必须要在作品的形式上(包括语言在内)进行仔细琢磨和推敲,倡导语言精练和语言创新。比如,他认为:"在安排字句的时候,要考究,要小心,如果你安排得巧妙,家喻户晓的字便会取得新义,表达就能尽善尽美。万一你要表达的东西很深奥,必须用新字才能表明,那么你可以创作一些……如果我也有这能力,为什么不允许我也扩大一下我的贫乏的词汇呢?"[③]古罗马演说家西塞罗也在阐述风格学相关理论时谈到语言的重要地位。他认为,庄重的风格最能煽动情感,平凡的风格适于传达信息,中庸的或温和的风格给人以快感,而凡此都与词

---

① [古希腊]亚里士多德:《修辞学》,见《西方文论选》上卷,上海:上海译文出版社,1979年,第89页。
② 同上书,第91页。
③ [古罗马]贺拉斯:《诗艺》,杨周翰译,北京:人民文学出版社,2008年,第129页。

语的选择与运用紧密相关。①

17世纪英国诗人、文学理论家约翰·德莱顿(John Dryden)提出类似"风格就是思想的外衣"的论断。德莱顿认为,"诗人想象的第一个幸运就是适当的虚构,或思想的发现;第二个是幻想,或思想的变异;第三个是辩论术,或以适当的有意义的堂皇富丽的词藻给那思想穿起衣服或装饰它的技巧。"②显然,在德莱顿看来,语言就是思想的衣服,一个作家的风格就是由语言形成的独特款式。18世纪英国作家乔纳森·斯威夫特(Jonathan Swift)也对风格学发表过自己的看法。他的一句风格就是"恰当场合的恰当词"③在当时的学术界引起很大轰动,之后不断被后人提及或引用。19世纪德国文艺理论批评家威克纳格在论及风格学时指出:"风格论并不具有像诗学和修辞学那样深刻的内容。它的对象是语言表现的外表,不是观念,不是材料,而只是外在形式——词汇的选择,句法的构造。"④但是,威克纳格并不认为风格的形成只靠词藻和句式的运用或堆砌:"有人也许会这样设想:诸如此类的外在事物是可以一教即会,一学便知的。可是,老实说,风格并不仅仅是机械的技法,与风格艺术有关的语言形式大多必须被内容和意义所决定。"⑤由此可见,威克纳格虽然主张在修辞学范畴内进行风格的分析和理解,但并不否认作品思想内容的灵魂性的地位,只不过,对已有的文字材料从语言学角度加以考察和分析确实是一种较为科学、较为理性的研究方法。将文学风格等同于语言或修辞手段的代表人物还有19世纪英国哲学家赫伯特·斯宾塞(Herbert Spencer),他的著作《式样哲学》掀起了写作上的形式主义的潮流,对文学

---

① [古罗马]西塞罗:《论演说家》,王焕生译,北京:中国政法大学出版社,2003年。
② [英]格拉汉·霍夫:《文体与文体论》,何欣译,台北:台湾成文出版有限公司,1979年,第3页。
③ 《简明不列颠百科全书》,中国大百科全书出版社编著,北京:中国大百科全书出版社,1985年,第127页。
④ [德]歌德等著:《文学风格论》,王元化译,上海:上海译文出版社,1982年,第15页。
⑤ 同上书。

和修辞学理论具有很大影响。他高度关注对英语句子中各个部分排列的研究,确立了一套独特的有效写作策略。他在书中反复强调,卓越的文学风格是建立在良好的语言运用基础之上的,这样的方式能够使作家获得最高的沟通效率,换而言之,精心地运用语言材料是一种最经济的吸引读者注意的方法和途径。时至20世纪,风格学"修辞说"在现代语言学家那里得到了阵阵回响,这与当时流行的结构主义和符号学理论不无关联。那一时期的语言学家都强调并关注语言现象,主张通过对语言本质和功能的分析来理解思维与存在、人与客观世界的关系等现象和问题。他们认为对文学作品的理解也毫不例外地应当采用语言学研究角度对其进行解剖和分析。因此,在当时的文艺理论界出现了所谓"语言学转向"的趋势。被称为"现代语言学之父"的瑞士语言学家索绪尔提出从言语角度看待文学文本,强调风格的形成与作家对语言的编码和超码之间存在密不可分的关系。瑞士语言学家巴利(Charles Bally)也认为,风格是"给予一个已决定的意义加添的选择的附加物"[①],这一说法与17、18世纪流行的风格是"思想的外衣"之说具有异曲同工之妙。在众多有关风格内涵阐述的基础上,美国学者阿伯拉姆(M. H. Abram)在其编著的《简明外国文学词典》中从修辞学角度对风格作出如下定义:"风格是散文或诗歌的语言表达方式,即一个说话者或作家如何表达他要说的话。分析作品或作家的风格特点可以从以下几方面入手:作品的词藻,即词语的运用;句子结构和句法;修辞语言的频率和种类;韵律的格式;语言成分和其他形式的特征以及修辞的目的和手段。"[②]阿伯拉姆在这里指出了分析文学风格的具体操作方法,这些方法无一例外都属于语言学、修辞学的研究范畴。

---

① [英]格拉汉·霍夫:《文体与文体论》,何欣译,台北:台湾成文出版有限公司,1979年,第8页。
② [美]阿伯拉姆:《简明外国文学词典》,曾忠禄等译,长沙:湖南人民出版社,1987年,第325页。

俄罗斯文学理论批评界对风格问题的研究最初也从修辞学角度展开。从18世纪开始,俄国学术界就开始明确提出风格问题,并对其展开了广泛而深入的研究。我们知道,在17、18世纪之交的世界文学领域中逐渐形成了古典主义向感伤主义和浪漫主义的过渡,随之产生和发展的文学风格学研究在欧洲也取得了令人瞩目的成就。在这种影响下,俄国一些学者继承并逐步创立了独属于俄国的语文学理论,其中的很多学说都与风格学密切相关。俄国语言学家罗蒙诺索夫(М. В. Ломоносов)在当时提出了修辞学视角下的"三品学说"。关于"三品学说"罗曼诺索夫是这样阐释的:"人们的语言所反映出的各种事物在其重要性上各有不同,同样,俄罗斯语言在运用中会表现出三种不同程度的差别,即高品、中品和低品。"① 在此基础上,罗蒙诺索夫根据文体与叙述对象相一致的原则,将俄语文章分为三种文体:一是高级文体,包括英雄史诗、颂歌、悲剧、庆典祝词和重大题材的散文等;二是中级文体,包括友人诗体书信、戏剧作品、哀歌、牧歌等;三是低级文体,包括友人散文体书信、讽刺短诗、短歌、日常琐事记述等。② 罗蒙诺索夫在论述过程中,还分别就每一种文体适于采用的词汇和语言手段等作出交待,指出它们在修辞色彩上的区别。从性质上看,罗蒙诺索夫的"三品学说"属于文体论,但是他的学说已经涉及了风格与修辞手法的相互关系问题,对日后俄国学界风格学和语文学的发展产生了深刻的影响。总而言之,自罗蒙诺索夫提出"三品学说"之后,从语言学和修辞学的角度对作品风格进行研究便成为俄罗斯语文学的重要传统。

19世纪时,俄国学者继承并发展了前人的思想观念,将文学风格的研究领域扩展到语言表达的艺术形式方面。当时的《俄罗斯科学词典》对

---

① Десницкий А., Докусов А., Семанова Москва, Муратова К. Русские писатели о языке. Государственное учебно-педагогическое издательство Министерства Просвещения РСФСР, Ленинград, 1954, —16 с.

② Там же.

文学风格之内涵作出如下阐释:风格就是文笔,是用词语组织写作或表达思想的方式;风格是某流派、艺术家表现思想的特征;风格是讲话的方式、语言中词语的分布方式;风格还是某流派或艺术家认识或表现的形式。①这一时期,在俄国文学理论界涌现出一批具有影响力的批评家,他们针对文学创作的一般规律、文学创作与现实生活的关系以及作家与创作实践的关系等问题提出真知灼见,在他们的论述中包括不少对文学风格的阐述,其中也不乏从修辞学和语言学的角度去考察文学风格的相关见解。在这一时期的文学批评家队伍中,明确探讨语言与风格关系问题的应该提到别林斯基。别林斯基是俄国美学和文学批评的重要奠基人之一。他曾经在自己的论著中对作家的创作风格问题阐发了独特见解。他认为,风格"绝不单纯是写得流畅、文理通达、文法无误的一种能力",风格"指的是作家的这样一种直接的天赋才能,他能够使用文字的真实含义,用简洁的文辞表现许多意思,能寓简于繁或寓繁于简,把思想和形式密切融汇起来,并在这一方面打上自己的个性和精神的独特印记。"②他在评价格里鲍耶多夫之作品《聪明误》时又提到语言对形成作家风格的重要性:"每个字都含有喜剧的生命,以其敏捷的机智、新颖的措辞、诗意的形象打动人,以至几乎每一行都成了谚语或格言,适用于生活的这个或那个情况。"③他主张要对文学作品进行字斟句酌,特别是对诗歌的每一个字眼进行雕琢,"在诗的作品里,每个字都应该求其尽力发掘为整个作品思想所需要的全部意义,以致在同一语言中没有任何其他的字可以代替它。在这一点上,普希金是一个最伟大的典范:在他的全部作品里,很难找到一个不精确或雕琢的辞句,甚至没有一个不精确或雕琢的字。"④不过,别林斯基

---

① Лосев А. Некоторые вопросы из истории учений о стиле. Вестник Московского университета. Серия "Филология", 1993, 4, —52 c.
② [俄]别林斯基:《别林斯基论文学》,梁真译,上海:新文艺出版社,1958年,第227页。
③ 同上书,第219—220页。
④ 同上书,第225页。

在论述中也强调,仅仅注重对语言的雕琢而忽视作品的思想内涵无疑是一种顾此失彼的错误做法,他以玛尔林斯基的诗歌为例,阐释了作品语言应该建立在丰富思想内涵之上的观点:"这难道不是词藻而是诗吗?……这难道是才能所发的灵感吗?……如果你愿意的话,这实际上既是诗,又是才能,又是灵感;可是,是一种什么样的诗,才能和灵感呢?——问题就在这里!这是诗,不过,它是华丽文字的诗,而非思想的诗;是狂热病的激情所发的诗,而不是感情的诗;这里有才能,不过是浮面的才能,不能从思想去塑造形象,只是用一些材料去拼凑的事物而已。"① 显然,别林斯基认为语言是形成文学作品风格的重要因素,但是也反对作家对语言材料进行简单机械地拼凑,从而形成一个毫无思想意义的作品。与此同时,他还倡导语言材料应该与客观现实生活紧密结合,只有将文学语言放入特定的社会文化氛围中加以运用,才能形成丰富而深刻的艺术作品。

19世纪俄国文坛诞生了许多如珍珠般璀璨的伟大作家,他们不仅在文学创作上取得了辉煌的成就,还以自己宝贵的艺术创作经验在创作风格方面阐发自己的观点,这些观点无不包含着闪光的美学思想,丰富和充实了俄国文艺学和美学理论。被美誉为"俄罗斯诗歌的太阳"的普希金在文学语言和艺术形式上提出了伟大的见解和创新。他依据俄语自身的特点,提出要大量运用本国语言进行文学创作的思想。他公开表明很不喜欢在俄语"古朴的语言中看到欧罗巴的矫揉造作和法兰西的精雅细腻的痕迹。粗狂和纯朴对俄语更相宜"②,普希金高度强调俄语与生俱来的朴实性,并提倡应该在创作中始终保持俄语在遣词造句上的纯真和清新的风格。在语言风格的塑造方面,普希金始终坚持俄语应有的简练、纯朴和精确的特性,他在文学创作上也始终重视选词造句。与许多理论家一样,普希金也强调作品思想的丰富性,他曾经表示,"准确和简练,这是散文的

---

① [俄]别林斯基:《别林斯基论文学》,梁真译,上海:新文艺出版社,1958年,第222页。
② [俄]普希金:《普希金论文学》,张铁夫译,桂林:漓江出版社,1983年,第49页。

主要优点。它要求有丰富的思想,没有丰富的思想,华美的词藻亦无济于事。"①俄国另一位文学大师托尔斯泰的作品也是文学风格学研究的绝佳范本。托翁本人在不少著述中谈论了文学风格学的相关问题。在他的阐述中,我们可以发现,托翁虽然反对简单机械的形式主义美学观,但他也十分注重对语言艺术魅力的鉴赏和推崇。他将艺术看作是这样一个过程:"在自己心里唤起曾经体验过的感情,在唤起这种感情以后,用动作、线条、色彩、声音以及词句所表达的形象来传达出此种感情,使别人也能体验到同样的感情——这便是艺术活动。"②显然,托翁毫无疑问地意识到语言材料对文学文本的重要意义。除此之外,托翁有关文学风格和语言材料关系的论述十分具有现代性。他认为,语言和艺术是推动人类社会进步的两种重要工具,语言是人们交流思想的工具,而艺术是人们交流情感的媒介。人类必须在语言活动中进行思维活动。我国学者黎皓智精确阐释了托翁的上述观点:"他认为语言是思想实体化的手段,是人类传情达意的符号系统。语言交流思想的作用,还只是一种言语行为;而语言附着于艺术作品中交流情感时,这种语言必然会转换成不同的文体。"③作者在这里所说的"文体"在某种意义上可以视为文学作品的风格,即指一种对语言的选择或强调。除了普希金和托尔斯泰之外,还有不少19世纪俄国作家对风格学以及语言材料对文学风格形成的重要作用问题做出精彩的论述,如屠格涅夫、果戈理、陀思妥耶夫斯基、契诃夫等,他们都根据各自的创作经验和喜好对文学语言的某一方面特色进行重点阐释和分析,比如,屠格涅夫强调语言的自然与清新,果戈理强调语言的幽默与讽刺,陀思妥耶夫斯基强调语言的丰富与多变,契诃夫强调语言的简洁与含蓄等。总之,作家们的文学创作实践以及针对艺术风格进行的理论著述都是俄罗斯文学风格学研究的宝贵财富。

---

① [俄]普希金:《普希金论文学》,张铁夫译,桂林:漓江出版社,1983年,第134页。
② [俄]托尔斯泰:《列夫·托尔斯泰论创作》,戴启篁译,南宁:漓宁出版社,1982年,第16页。
③ 黎皓智:《俄罗斯小说文体论》,南昌:百花洲文艺出版社,2001年,第174—175页。

进入20世纪以后,俄罗斯文学风格理论得到了长足的发展,一大批学者和相关专著涌现出来。20世纪初期发起的俄国形式主义学派所提出的从作品的形式和手段出发进行文学风格研究的重要理论,在当时世界范围内的学术界引起了极大震动。在结构主义哲学思想的影响下,这一流派的理论家对文学文本进行全方位的、形式上的研究和分析。他们将文学作品视作一个符号系统和一个相对完整的结构。他们强调,作品本身的语言特征与形式结构对形成作家作品风格具有决定性意义和作用。因此,可以说,语言分析在形式主义者那里占有绝对的主导地位。从这个角度看来,俄国形式主义流派的理论在某种意义上是对俄国传统修辞学的继承和大胆创新。当代欧洲诸多崇尚文学作品形式分析的理论流派均受惠于俄国形式主义变革性的主张。"如果说当代西方文论中'重视一切价值'的观念发轫于尼采的话,那么确立语言学分析在西方文化中的中心地位,则渊源于俄国形式主义。"[①]具体谈到形式主义学派的语言观,我们认为,他们主要在以下两个方面做出了突出贡献:第一,从文学观方面来看,形式主义流派重视语言学研究方法在诗学研究中的绝对支配地位。"在他们看来,诗学的重要目的是要回答,是什么因素使语言材料转变成了文艺作品,语言艺术的艺术性表现在什么地方,换言之,文学研究的对象不是文学,而是文学性,亦即使某一部书成为文学作品的那种东西。它表现在词使人感觉到词,而不只是当作所指对象的表示者或者一种情绪的表现;它也表现在词和词的序列,词的意义及其外部和内部的形式,不是现实世界的冷漠象征,而是具有其自身的分量和独特价值时,文学性或诗学性便得到了表现。所以他们认为,诗的材料不是形象,也不是激情,而是词。诗歌、小说等一切语言艺术都是词的艺术"[②]。既然文学作品的材料是词语,那么研究文学的各种问题都应该把词语作为出发点,

---

[①] 黎皓智:《俄罗斯小说文体论》,南昌:百花洲文艺出版社,2001年,第199页。
[②] [俄]什克洛夫斯基等著:《俄国形式主义文论选》,方珊等译,北京:生活·读书·新知三联书店,1989年,第23页。

探讨词语是通过哪些艺术表现手段达到了特殊的审美效果,也就是探讨词语在一部作品形成独特风格的过程中所起到的作用与功能。俄国形式主义者在相关著述中对文学的本质问题、文学作品及其风格的研究方法等提出独到见解。形式主义流派代表之一什克洛夫斯基(В. Б. Шкловский)开创性地将诗律学、情节布局等引入诗学研究的范围,大胆指出了"艺术就是形式和手法"的观念。形式主义流派另一代表日尔蒙斯基(В. М. Жирмунский)在其著述中也重点探讨了与诗学问题紧密联系的语言学研究的五个方面,即音韵学、词的形式结构、诗学句法学、诗学语义学和诗学语用学,这五个方面共同组成了他所认为的狭义上的诗语学说,这样的诗学研究方法成功地将俄国传统修辞学研究方法植入诗学研究,对后世的文学研究实践活动具有很强的指导意义。与此同时,日尔蒙斯基还表示,修辞学并不是诗学的全部。他运用风格的概念和内涵,阐明绝不能采用独断的形式主义方法去研究文学作品,风格绝不是一个简单的、封闭的、狭义的概念,它是广义的,"它超出了诗学语言学,即使研究了诗歌结构,也不是就包括了全部诗学问题。……风格的更替和变化,是与艺术心理学的任务、审美经验和审美鉴赏力以及整个时代的审美趣味紧密相连的。"①日尔蒙斯基还在《诗学的任务》一文中指出:"在艺术作品活生生的统一中,一切程序的相互作用,从属于共同的艺术任务。我们把诗歌作品程序的这种统一叫做'风格'。……对风格的这种理解,不仅意味着各种程序在时间或空间的实际共存,而且意味着它们之间的内在相互制约性和有机的或系统的联系。"②显而易见,日尔蒙斯基主要将风格看成是一个有机联系的艺术手段综合体,我们可以毫无疑问地将语言学、修辞学的研究方法引入诗学研究,但却不能忽略构成文艺作品艺术风格的各种复杂因素。俄国形式主义学派在语言观上做出的第二个重大贡献是

---

① [俄]什克洛夫斯基等著:《俄国形式主义文论选》,方珊等译,北京:生活·读书·新知三联书店,1989年,第27—28页。
② 同上书,第233—234页。

提出了语言"陌生化"学说。所谓"陌生化",是指"诗歌或文学作品中的一切表现形式,都不是对现实的严格模仿、正确反映或再现,相反,它是一种有意识的偏离、背反甚或变形、异化。"①可以说,"陌生化"是俄国形式主义学派所提出的最具有建设性的理论成果。什克洛夫斯基在《作为手法的艺术》一文中首次提出"остранение"(陌生化,也有学者将其译为"奇异化")概念,并借助托尔斯泰日记中的片段对艺术性(或曰文学性)的真谛以及"陌生化"的内涵进行诠释,他指出:"正是为了恢复对生活的体验,感觉到事物的存在,为了使石头成其为石头,才存在所谓的艺术。艺术的目的是为了把事物提供为一种可观可见之物,而不是可认可知之物。艺术的手法是将事物'奇异化'的手法,是把形式艰深化,从而增加感受的难度和时间的手法,因为在艺术中感受过程本身就是目的,应该使之延长。艺术是对事物的制作进行体验的一种方式,而已制成之物在艺术之中并最不重要。"②通过上述阐释,我们发现,在形式主义者看来,艺术的目的是感受与体验事物,其手法是"陌生化",而"陌生化"的内涵是增加感受的难度和时间。继什克洛夫斯基之后,形式主义学派其他代表,诸如日尔蒙斯基、托马舍夫斯基(Б. В. Томашевский)、特尼亚诺夫(Ю. Н. Тынянов)都从不同角度对"陌生化"的具体艺术手法进行研究和探讨,这些方面包括音韵学、韵律学、模糊词语的使用、言语环境等,涉及了语言学范畴内的很多方面。总之,"陌生化"学说的提出在语言(乃至作品形式结构)与文学风格关系问题的理论研究方面,以及在文学创作的实践方面都做出了不可忽视的重要贡献。

20世纪中期以后,俄罗斯文艺理论批评界出现了探讨文学风格的热潮。若是论及从语言学和修辞学角度研究文学风格的杰出理论家,我们首先会说到俄国形式主义小组成员之一的维诺格拉多夫。维氏在其研究

---

① 张冰:《陌生化诗学》,北京:北京师范大学出版社,2000年,第8页。
② [俄]什克洛夫斯基:《散文理论》,刘宗次译,南昌:百花洲文艺出版社,1994年,第10页。

生涯中就修辞学视角下的文学风格问题进行了细致且较为全面的分析和探究。他认为文学风格主要是指作家的个人风格,而作家的个人风格"是对某一特定阶段文学发展过程中特有的语言表现手段进行个性化审美运用的体系"[1]。围绕上述核心观点,维氏写下了一系列关于文学风格的重要著作,其中影响力较大的有《论文学语言》《作者问题和文学风格理论》《情节与风格》《修辞学·诗语论·诗学》和《关于艺术语言的理论》。维氏在著述中常以俄国文学史上的名家名篇为分析对象,详细研究经典作家的文学创作风格,并提出一套较为系统的修辞学视角下的文学风格理论。其实,在20世纪初期,有关一些作家作品的文学修辞角度的风格研究已经散落在维氏的各篇文章中,比如有《阿赫玛托娃的诗歌:修辞学草稿》《普希金的语言》《莱蒙托夫的散文风格》等。总之,维氏在大量的研究实践基础上,提出了建立文学修辞理论的重要主张,倡导通过研读文学作品的修辞特点来揭示作家作品风格特色。他在《修辞学·诗语论·诗学》一书中明确指出了文学修辞学的研究方法问题:"文学修辞学的目的就是要通过修辞学的相关分析来揭示形成文学作品风格的规律和手法,以此来确定作家的创作风格、文学流派、文学作品的个性特征。"[2]由此看来,文学修辞学的主要任务就是以分析文学作品的辞章面貌为出发点来揭示作品的结构特点和思想内涵,进而把握一部作品或一个作家,乃至一个流派的文学风格特征。在上述基础上,维氏提出了贯穿文学修辞学的核心概念——"作者形象"。维氏高度重视文学作品中的"作者形象",将其视为统领作品风格的灵魂因素。这个概念范畴主要包括以下两方面内容:一是文学作品中所反映出的作家对艺术现实的态度;二是文学作品中体现出的作家对民族语的态度。这些内容从宏观上构成了一部作品的风格,在微观上则表现在许多方面,维氏在其著述中是这样表述的:"在'作者形

---

[1] Виноградов В. Проблема авторства и теория стилей. Государственное издательство «Художественной литературы», Москва, 1961, —59 с.

[2] Там же, с. 79.

象'身上,在它的语言结构当中,集合了一部文学作品整体风格上的所有特点;这其中囊括了运用各种语言表现手段而达到的作品明暗交替、浓淡交映;叙述中不同语言格调之间的转换和交替;丰富多样的文辞色彩的交替与配合;通过遣词造句而表现出来的各种语言情感色彩;句子之间推衍起伏的特点。"① 如此看来,维氏从修辞学角度出发,以作者形象概念为核心,提出了一套融会贯通并具有可操作性的文学风格理论体系。苏联著名文艺理论批评家德米特里·利哈乔夫(Д. С. Лихачев)给予维诺格拉多夫之"作者形象"理论以极高的评价,他说:"维诺格拉多夫在俄罗斯文学作者形象理论的发展方面做出了开拓性的贡献,完整的作者形象理论体系呼之欲出。如果他能彻底完成作者形象这一理论,那么对建构一个真正具有科学性的俄罗斯文学史,以及对建构它的发展史等都具有重大意义。仅从维诺格拉多夫给我们留下的思想和观点来看,它们已经具有极其重大的意义。这些思想和观点所具有的深度和广度,以及维诺格拉多夫所运用的翔实材料和精密地分析使我们感到十分惊讶。"②

二、文学风格"主体论"

所谓文学风格"主体论"就是从风格形成的主观因素来理解风格,将作家的创作个性和艺术作品的风格紧密联系起来,认为风格就是人格在艺术作品中的再现,这种观点在中外相关文艺理论中占有十分重要的地位。

在西方,很多理论家都认为艺术作品风格与创作主体的个性精神及其思想认知密不可分。瑞士美学家、西方艺术科学创始人之一海因里希·沃尔夫林(Heinrich Wolfflin)在其代表作《艺术风格学》中以一位德国画家的创作风格为例,验证了风格与创作主体个性的关系,其论述十分

---

① Виноградов В. Проблема авторства и теория стилей. Государственное издательство 《Художественной литературы》, Москва, 1961, —60 с.
② Лихачев Д. О теме этой книги // Виноградов В. О теории художественной речи: учеб. пособие. Высшая школа, Москва, 2005, —244 с.

具有代表性:"路德维格·利希特曾在其回忆录中提到,他年轻时在帝沃利,有一次同三个朋友外出画风景,四个画家都决定要画得与自然不失毫厘,然而,虽说他们画的是同一画题,而且各人都成功地再现了自己眼前的风景,但是结果四幅画却截然不同,就如四个画家有截然不同的个性那样。述者由此得出结论,根本不存在什么客观的视觉,人们对形和色的领悟总是因气质而异的。"① 可见,海因里希·沃尔夫林将艺术风格的不同归根于创作主体性格、气质的差异,虽然"并不存在客观视觉"的论断过于绝对化,但是却从一个侧面有力地说明了创作主体个性及其思想认知对作品风格的重大影响。

古希腊文艺理论家亚里士多德尽管在其著作《修辞学》中主要偏重从修辞学和作品外部形式的角度对文学风格进行研究,但是也在一些论述中强调了作家个性和气质等主观因素对作品风格的影响:"不同阶级的人,不同气质的人,都会有他们自己的不同的表达方式。我所说的'阶级',包括年龄的差别,如小孩、成人或老人;包括性别的差别,如男人或女人;包括民族的差别,如斯巴达人或沙利人。我所说的'气质',则是指那些决定一个人的性格的气质,因为并不是每一种气质都能决定一个人的性格。这样,如果一个演说家使用了和某种特殊气氛相适用的语言,他就会再现出这一相应的性格来。"② 显而易见,亚里士多德在上述论断中所说外部语言特征必须要和由气质影响而来的个性相融合,才能表现出独特的风格。

18世纪法国作家、博物学家布封(Buffon)所提出的"风格即人"的论断至今广为流传,成为世界风格学史上的一句经典名言。布封也是从作家个性方面入手探讨风格问题。"风格即人"出自布封在1753年发表的演说《论风格》之中。他在这番演说中全面而系统地论述了有关风格的定

---

① [瑞士]海因里希·沃尔夫林:《艺术风格学》,沈阳,辽宁人民出版社,1987年,第10页。
② 伍蠡甫:《西方文论选》,上册,上海,上海译文出版社,1979年,第93页。

义、风格的产生、风格的种类以及风格的功能与价值等重要问题,并重点论述了作家个性特点与风格的相互关系,形成了一整套独特的风格学系统。布封在演说结尾之处明确表明自己的立场:"只有写得好的作品才是能够传世的:作品里面所包含的知识之多,事实之奇,乃至发现之新颖,都不能成为不朽的确实保证。如果包含这些知识、事实与发现的作品,只谈论些琐屑对象,如果他们写得无风致,无天才,毫不高雅,那么,它们就会是湮没无闻的。因为,知识、事实与发现都很容易脱离作品而转入别人手中,它们经更巧妙的手笔一写,甚至于会比原作还要出色些哩。这些东西都是身外物,风格却就是本人。因此,风格既不能脱离作品,又不能转借,也不能变换。"①显然,在布封看来,风格之于作品就像人的灵魂之于躯体,没有风格,作品也就丧失了生命力,正像他自己所说的,"风格是当我们从作家身上剥去那些不属于他本人的东西,所有那些为他和别人所共有的东西之后所获得的剩余和内核。"这句话是对布封的文学风格学说最好的注解,体现了其学说的精髓,即风格像人一样,具有独一无二性,或曰不可替代性。换而言之,风格既不是别人所能代替的,也不是可以转换到别的作家手中去的,风格必须是本人所独有的。通过分析布封的整个演说,我们还发现,布封对作品的思想十分重视,他多次强调"只有思想能构成风格的内容,至于辞语的和谐,它只是风格的附件"等类似的观点。他甚至对那些"只晓得涂抹空言"的作家所创作的艺术作品进行严厉的斥责,将其视为"只有风格的幻影"。由此看来,在布封所说的风格内涵中作家的思想占有首要地位,也就是说,艺术作品的风格首先是建立在作家对客观现实的深入认识和深刻思考之上的。不过,应该说明的是,布封并没有否认作品外在形式的重要性,关于形式与内容统一的问题本来就是明白无误、毫无异议的。在布封之后的不少文论家都纷纷引用他的名言,并

---

① [法]布封:《论风格》,《译文》,1957年,9月号,见 http://wenku.baidu.com/view/3a597f13f18583d049645975.html。(本书中以下有关布封论述的引文均出自该文献,后文不再另行说明。——作者注)

就其进行一步阐释和分析。黑格尔说:"法国人有一句名言:'风格就是人本身'。风格在这里一般指的是个别艺术家在表现方式和笔调曲折等方面完全见出他的人格的一些特点。"①威克纳格说:"布封的名言'风格就是人'(le style c'est l'homme),即指风格的主观方面。主观方面是个人的面貌,无论一位诗人或一位历史学家具有怎样强烈的同族相似,总是跟他同时期的其他诗人或其他历史家有所区别。因而,文法和审美的批评首先应该紧紧抓住这一点去评价个别的作者或去比较区别几个作者。"②不过需要说明的是,有不少学者针对"风格即人"这一论断提出异议。比如,瑞士文艺理论家沃尔夫冈·凯赛尔(Wolfgang Kayser)在《语言的艺术作品》中强调,"风格即人"这一说法简直就是"天真的信念"③。在他看来,"盛行的风格规律、公共嗜好、代表性的模范、世代、时代等等,它们统统对创造作品的作家发生影响,正如选择类别本身已经对他们发生影响一样。它们抓住了作家,把他带到这里来,对他施加暴力。所有那些成问题的和动摇不定的形态,我们希望它们是例外的,但是当我们进一步研究作家的固定的形态时,这些形态都不可逃避地表现出来了。谁要研究个人风格的问题,他就会面临很难解决的任务。"④

上述文艺理论批评家对"风格即人"的阐释或引用无疑都证明了作家精神个性、人格、思想认知等主观因素是造成风格差异的根源所在。在西方,继布封之后许多批评家和作家都着重从创作主体方面(即主观方面)来理解和阐释文学风格的概念。西方重要思想家歌德这样谈论风格:"一个作家的风格是他的内心生活的准确的标志。所以一个人如果想写出雄伟的风格,他也首先就要有雄伟的人格。"⑤俄国19世纪伟大批评家别林

---

① [德]黑格尔:《美学》第一卷,北京:商务印书馆,1979年,第372页。
② [德]歌德等著:《文学风格论》,王元化译,上海:上海译文出版社,1982年,第22页。
③ [瑞士]沃尔夫冈·凯赛尔:《语言的艺术作品》,陈铨译,上海:上海译文出版社,1984年,第373页。
④ 同上书,第373页。
⑤ [德]爱克曼:《歌德谈话录》,朱光潜译,北京:人民文学出版社,1978年,第39页。

斯基也说:"风格——这是才能本身,思想本身。风格是思想的浮雕性、可感性;在风格里表现着整个的人;风格和个性、性格一样,永远是独创的。"①苏联文艺理论家、马克思主义文艺学著名代表赫拉普钦科(М. Б. Храпченко)曾经就作家创作个性与风格问题做出专门的研究,在其专著《作家的创作个性和文学发展》中指出了其核心观点,即研究作家的创作个性是研究文学风格的基础和出发点。赫拉普钦科对风格的内涵做出如下阐释:"在风格里表现的是作家的创作个性的特点,他对生活的整个认识以及对世界的整个看法。毫无疑问,表现在艺术作品的十分多样的特征中的作家个性,在他的风格中,也是表现得一目了然的。可是,创作个性根本不排斥采取从艺术上体现对生活的形象看法的各种方法和手段。事实证明,恰恰在一些具有鲜明个性的艺术家的创作中往往可以看到不是一种,而是好几种表现得非常清楚的风格。"②赫拉普钦科在上述论断中主要表达了两层意思:第一,任何一部作品都不可能离开它的创造者,都不可能不体现创造者对现实世界的看法和态度。因此,风格集中体现了作家的创作个性;第二,作家风格的丰富性和复杂性是源于作家个性的多样性,所以,在艺术作品研读过程中,不可将作品风格与作家创作个性剥离开来。除此之外,赫拉普钦科并不否定艺术手段的运用对风格形成的影响,但是却不赞成将文学风格归结为语言特点。赫拉普钦科在论述作家创作个性对于风格的重要性之余,还对创作个性与日常个性做了严格的区分。同时,他还认为,作家的创作个性绝不是个人情感的泛滥和无限膨胀,作家不可以隔断自己与世界的联系而仅仅生活在自己的情感和情绪中,如果这样创作,那么就是自毁个性。从以上理论中我们可以看出,一些具有影响力的西方文艺理论家和批评家都以作家的个性精神为出发点和归结点,偏重于从主观方面对风格学进行探讨,对文学风格的内

---

① [俄]别林斯基:《别林斯基论文学》,梁真译,上海:新文艺出版社,1958年,第234页。
② [俄]赫拉普钦科:《作家的创作个性和文学的发展》,上海人民出版社编译室译,上海:上海人民出版社,1977年,第119—120页。

涵提出了深刻且具有说服力的见解。

　　在我国文艺理论批评史上，很多理论家都认为艺术作品风格与作家的精神个性与生活状态紧密相关，这与我国最初对"风格"一词的理解与运用不无关系。在前文中我们已经谈到，在我国文论史上，"风格"最初并不是用来品文，而是用来品人的。因此，很多理论家对文学风格的理解都继承了这种人品与文品相关联的理论传统。在我国，用风格来品评诗文始见于北齐颜之推的《颜氏家训·文章篇》："古人之文，宏材逸气，体度风格，去今实远。"① 其中的"体度风格"就与作家的个性精神和生活状态相关。三国时期魏文帝曹丕在《典论·论文》中也论述了作家气质与文风之间的关系。曹丕虽然未明确提出"风格"一词，但其中所论述的"体"与"气"的概念皆指风格而发："文以气为主，气之清浊有体，不可力强而致。譬诸音乐，曲度虽均，节奏同检，至于引气不齐，巧拙有素，虽在父兄，不能以移子弟。"② 在这里，曹丕为我们揭示了这样一种观点，即文章是由"气"来主导的。这里的"气"便指作家的气质与个性，它并非通过出力就能获得。曹丕用音乐来作比喻，他说，即使音乐的曲调和节奏相同，但由于运气行声不同，音乐听起来也会不同，哪怕是父亲和兄长，也无法传递给儿子和弟弟。可见，在曹丕看来，作家的个体气质影响了其作品风格，文风是创作主体的个性气质在作品中的表露与外化，并且，由这种内在气质外化而成的文风是无法转移和传递的。在这点上，曹丕的观点与布封的"风格即人"确实有相通之处。出自梁代文学理论家刘勰之笔的《文心雕龙》是我国文论史上对文学风格问题探讨较为全面和系统的理论著述之一。在论述这一问题时，刘勰十分重视作家个性对风格的影响。他在《文心雕龙·体性》中谈到了人的性情与文学风格的关系问题，十分具有代表性："吐纳英华，莫非情性。是以贾生俊发，故文洁而体清；长卿傲诞，故理侈

---

① 颜之推：《颜氏家训》，http://www.tianyabook.com/gudian/yanshijiaxun/9.html
② 曹丕：《典论·论文》，http://wenku.baidu.com/view/70fcf6fb770bf78a652954dc.html

而辞溢;子云沈寂,故志隐而味深;子政简易,故趣昭而事博;孟坚雅懿,故裁密而思靡;平子淹通,故虑周而藻密;仲宣躁锐,故颖出而才果;公干气褊,故言壮而情骇;嗣宗俶傥,故响逸而调远;叔夜俊侠,故兴高而采烈;安仁轻敏,故锋发而韵流;士衡矜重,故情繁而辞隐。触类以推,表里必符。"①由此段论述我们可以看出,刘勰认为作家的情志决定了作品的语言,文章是否能写得精美,首先取决于作者的性情。之后他以贾谊、司马相如、王粲、陆机等十多人的具体创作情况为例,阐明了作家性情与艺术作品风格之间密不可分的关系,并由此得出内在性格与表达于外的文章具有一致关系的推论。刘勰的风格论可以算为我国古代相关文论的高峰。总而言之,我国魏晋南北朝时期的文艺理论家已经确立了较为牢固和稳定的风格成因学说,他们大体上都把艺术作品的风格看作是作家精神个性、气质情志的外化形式,这一论点深深影响着后世对文学风格学的研究。

在这里,我们还需要区分两个概念——作家的日常个性并不等于创作个性,换而言之,我们虽然可以借助作家的个性、气质、性情、认知和兴趣等因素来理解和分析其文学作品,但是绝不能将作家个人的内心表现和外化出来的作品认定为完全一致的关系。作家在创作时虽然要将自己的精神个性、生活体验和情感等因素融入到作品之中,但这种由内及外的过程是一种筛选式的过渡环节,作家会舍弃与作品本身并不相关的成分,只保留与形成作品独特性相关的因素。我国学者王纪人在阐释文学风格的内涵时用下图清晰地展示了作家日常个性、创作个性和文学风格三者间的关系:

日常个性	创作实践	创作个性	外化	文学风格
(人格结构)	审美化	(艺术品格)	形式化	(艺术独创性)②

---

① 刘勰:《文心雕龙·体性》,http://www.didaxs.com/files/article/html/17/17593/2518414.html
② 王纪人:《文学风格论》,北京:北京师范大学出版社,2006年,第28页。

因此,我们认为,被外化了的作品不可能体现作家个性的全部,而且由于作家个性具有丰富性和复杂性,其笔下的作品风格也会具有极其复杂的特点,甚至有时作品风格还可能与作家的个人风格大相径庭,令读者出乎意料。赫拉普钦科曾就这一问题明确指出:"创作个性和艺术家日常生活中的个人的相互关系可能是各种各样的。绝不是所有标志出艺术家日常生活中的个人的东西都可以在他的作品中得到反映。另一方面,并不经常总是,而且也不是所有一切显示出创作的'我'的东西,都能在作家的实际的个人的特点中找到直接的完全符合的表现。"①比如,我国学者王明居曾这样分析作家日常个性与作品风格不一致的现象:"晋代的潘岳是很有才华的人,他的《闲居赋》,高情千古,具有独特的风格,但是其人品并不高尚。"②不过他也写道,"尽管有的作家的个性和他的作品风格之间存在着对立,但却不是完全对立,只是部分对立。也就是他的个性中的某种因素,同他作品中某种风格的对立;而其个性中的另外一些方面,同其作品风格之间却是一致的。这种一致,当然也是'风格即人'的表现。因此,有些个性刚烈的作家,虽然也写出过婉约的作品,但这种婉约的风格并不是从天上掉下来的,它必然也是隐藏在他那刚烈的个性背后的某种柔和的个性的突出表现。"③

通过对中西方风格"主体论"相关论点的梳理和分析,我们认为,从主观方面(或曰从主体方面)来考察文学风格是必要的,这也是一种行之有效的风格分析方法,而这里的个性绝不等同于作家日常个性,确切地说应该是作家的创作个性。

三、文学风格"整体论"

我们这里所说的文学风格"整体论"是指从作品本身来看,文学风格

---

① [俄]赫拉普钦科:《作家的创作个性和文学的发展》,上海人民出版社编译室译,上海:上海人民出版社,1977年,第82—83页。
② 王明居:《文学风格论》,广州:花城出版社,1990年,第16页。
③ 同上书,第17页。

应该是作品内容和形式的统一体;从作品与外部世界的联系来看,文学风格应该是创作主体和艺术现实的统一体。两个"统一体"的说法说明这种学说将文学作品视为有机的整体,有效地防止了顾此失彼。在我国文艺理论界,这种风格"整体论"占主导地位。刘勰是我国文论史上较早地从文学作品整体性角度指出文学风格是作家创作个性与作品形式相结合的表现的理论家。他在《文心雕龙·体性》开篇中所谈到的"夫情动而言行,理发而文见,盖沿隐以至显,因内而符外者也"[①]一句,说的就是作者情感与作品形式之间相一致的关系问题。在刘勰看来,文学风格就是作者将内在的思想情感和精神个性通过语言形式外化出来的表现。东汉哲学家王充在其著作《论衡·超奇》中提及了作品内容与形式应该相统一的论点,正所谓"实诚在胸臆,文墨著竹帛,内外表里,自相副称。"[②]可见,王充认为作家在创作过程中首先应该将"实诚"放在第一位,以"诚"论文,然后形成内容和形式的统一,这也就形成了风格。在我国学者以群主编的《文学的基本原理》一书中写道,文学风格应该"是从文学作品的内容与形式、思想与艺术的统一中显示出来的,并且贯穿在某个作家的一系列的作品中,成为他创作上鲜明而独特的标志。"[③]在我国著名美学家、文艺理论家蔡仪主编的《文学概论》一书中有关文学风格的表述也十分透彻和精准:"文学作品的内容和形式在理论上是可以分析的,而实际上却是有机的统一。作品的内容必须借形式而存在,作品的形式也必须表达内容才有实际意义。"[④]上述论断所提倡的观点在我国文学风格理论中占主导,其实"内容与形式相统一"在古今中外的文艺批评界已经被广泛接受与认同,这并不难理解,因为世界上根本不存在无形式的内容,也不存在无内容的

[①] 刘勰:《文心雕龙·体性》,http://www.didaxs.com/files/article/html/17/17593/2518414.html

[②] 王充:《论衡》,http://lz.book118.com/readonline-36455-36309-0.aspx

[③] 以群主编:《文学的基本原理》,上海:上海文艺出版社,1983年,第415页。

[④] 蔡仪主编:《文学概论》,北京:人民文学出版社,1979年,第141-142页。

形式。"无内容的形式"虽然在个别现当代先锋作家那里得到尝试,但最终也未被学界和读者所认可,甚至还背上"矫揉造作""哗众取宠"的骂名。

在西方,一些持辩证思想的文艺理论批评家都倾向于从"整体论"角度理解风格,认为风格是内容与形式的统一,是主体与客体的统一,并且反对不顾客观现实一味地张扬个性和泛滥个人感情。黑格尔在其著作《美学》中曾支持"风格应该是一种逐渐形成习惯的对于题材的内在要求的适应"①的观点,主张文学作品应该是内容与形式的统一,并且形式应该在内容的主导下不断进行调整和适应。同时,黑格尔还认为,作者绝不能只顾表现自己的个性情感而忽视艺术表现对象的客观真实性,真正的风格应该是"主题本身及其理想的表现所要求的。"②歌德也从这一角度论述了风格的"整体性"特征,他说,"通过对自然的模仿,通过竭力赋予它以共同语言,通过对于对象的正确而深入的研究,艺术终于到达了一个目的地,在这里,它以一种与日俱增的精密性领会了事物的性质及其存在方式;最后,它以对于依次呈现的形象的一览无余的观察,就能够把各种具有不同特点的形体结合起来加以融会贯通的模仿。于是,这样一来,就产生了风格,这是艺术所能企及的最高境界。"③19世纪现实主义流派文论家也十分重视文学风格的整体性。与前人不同的是,他们开始更多地强调和注重风格形成的社会因素,对文学作品所具有的民族性、地域性和阶级性等方面做出进一步探究。19世纪法国杰出批评家泰纳(Hippolyte Adolphe Taine)是较早从社会属性方面观察文学风格的。泰纳认为,"要了解一件艺术品,一个艺术家,一群艺术家,必须正确地设想他们所属的时代的精神和风俗概况。"可见,泰纳正确指出了艺术作品风格所具有的社会因素。

俄国伟大文学家普希金的作品本身就具有鲜明的民族性和社会性,

---

① [德]黑格尔:《美学》,第一卷,北京:商务印书馆,1979年,第372页。
② 同上书,第370页。
③ [德]歌德等著:《文学风格论》,上海:上海译文出版社,1983年,第3页。

他早就对文学风格的社会属性作出精到的阐释:"气候、政体、信仰,赋予每一个民族以特别的面貌,这面貌多多少少反映在诗歌的镜子里。"①别林斯基在谈论文学风格的共性问题时也阐发了诸如"无论诗人从哪一个世界提取他的创作内容,无论他的主人公属于哪一个国家,诗人永远是自己民族精神的代表,以自己民族的眼睛观察事物并按下她的印记"②等著名言论。苏联著名文艺理论批评家巴赫金(M. M. Бахтин)也从"整体性"角度探讨了文学作品的风格问题,相关论点主要集中在《陀思妥耶夫斯基诗学问题》和《文学中的形式主义方法》等著述中,他的学说具有明显的哲学、美学和社会学的性质。巴赫金把思想内容、形式和材料视为文学作品的三个部分,而风格就是"把加工和完成主人公及其世界的手法以及受其制约的加工和调整材料的手法合而为一"③的审美范畴。简言之,巴赫金是将文学风格看成作品思想内容、艺术形象、语言材料、作品外在形式等因素的有机综合体。除此之外,巴赫金还将文学作品的内在规律与其相应的社会历史文化背景等量齐观,将作品的形式与文化语境视为有机的整体:"每一种文学现象(如同任何一种意识形态现象一样)同时既是从外部也是从内部被决定的。从内部——由文学本身决定;从外部——由社会生活的其他领域所决定。不过,文学作品被从内部决定的同时,也被外部决定,因为确定它的文学本身整个地是由外部决定的。而被外部决定的同时,它也被从内部决定,因为外在的因素正是把它作为具有独特性和同整个文学情况发生联系(而不是在联系之外)的文学作品来决定的。这样,内在的东西原来是外在的,反之亦然。"④我们对此有如下理解:任何文学作品中具体的词语、句子、情节乃至语境都是社会现实的有

---

① [俄]普希金:《短论抄》,见《文学的战斗传统》,满涛译,上海:新文艺出版社,1953年,第42页。
② [俄]别林斯基:《别林斯基论文学》,梁真译,新文艺出版社,1958年,第76—77页。
③ [俄]巴赫金:《巴赫金全集》,第一卷,钱中文主编,石家庄:河北教育出版社,1998年,第298页。
④ 同上书,第38页。

机组成部分。文学作品中的言语不可能离开社会环境中的交际活动而独立存在。比如,词语虽然只是一种语言材料,但是作者对其进行筛选和组合等行为已经包含了他对该词的社会评价。"巴赫金关于'社会评价'的理论,就是力图把语言学所重视的词的物质性与社会学强调的词的观念性结合起来,把结构主义推崇的创作模式与社会学关注的社会意义联系起来。苟缺其一,不足以言文学。"①总之,语言的社会评价观点是巴赫金文学风格整体的核心,研究文学作品的风格必须遵从由作品内部到外部这一观察原则。苏联时期另一位知名文艺理论家波斯佩洛夫(Г. Н. Поспелов)在讨论文体划分问题时强调,对文学风格的认识应该从内容和形式两个方面综合入手,他反对形式主义流派忽视内容对文学作品及其在社会历史发展中的作用,作品的形式固然重要,但是它总会随着作品思想内容的不断变化而进行调整。因此,在波斯佩洛夫看来,风格应该是"包括细节描写、布局、语言在内的艺术描绘和表现上的所有原则的完整统一体。这一统一体与民族文学的一定历史发展时期所必然产生的作品思想内容和特色完全相适应,并一再重现于某一流派的某个或某些作家的创作中。"②可见,波斯佩罗夫将形式视为建立在内容基础之上的表现形式,内容与形式之间是有机的统一体,并且作品本身与社会历史有着必然的、不可忽视的联系。与此同时,波斯佩罗夫也注意到了作为有机整体一部分的作品创作主体的重要性,而创作主体的个性精神和情感等因素应该被包括到"内容"范围之中。"激情的不同类型决定了作品的不同形式。所谓激情,就是作家一种振奋的精神,来源于他所描写的生活特征。作家对生活的感受和认识不同,便形成了不同类型的激情,比如崇高、悲剧性、戏剧性、英雄主义、浪漫主义、感伤主义等等。"③波斯佩罗夫在上述

---

① 黎皓智:《俄罗斯小说文体论》,南昌:百花洲文艺出版社,2001年,第233页。
② Поспелов Г. Проблемы литературного стиля. Академия, Москва, 1970, —123 с.
③ [苏]波斯佩罗夫:《文学原理》,王忠琪等译,北京:生活·读书·新知三联书店,1985年,第241—244页。

文字中所提到的"激情"其实就是我们所说的情感或情绪，他将作品所透露出的作者的感情视为作品内容的一部分，这在当时显然是一种比较创新的提法。

利哈乔夫也强调文学风格所具有的完整性的审美意义和审美价值，他指出："风格不仅是某些形式特征的综合体，也不仅是决定那些形式特征的思想内容体系……"，而是"把作品所有内容和所有形式联合起来的综合的审美准则。"① 俄罗斯当代文艺理论家、美学家鲍列夫（Ю. Б. Борев）从美学角度阐释了风格的整体性及其内在审美规律。与前人观点不同之处在于，鲍列夫并不赞成将风格看成是一种简单的内容和形式的统一体，他试图抓住风格深处的内在规律和本质："艺术中的风格——这既不是形式，也不是内容，甚至也不是这两者在作品中的统一。……风格却又属于形式、内容以及这两者的统一，犹如在生物机体上'形式'和'内容'属于细胞中的基因群一样。基因制约着该生物的组织，制约着它的个别的、类的和种的特征以及它的整体的类型。风格是文化的'基因群'，它制约着文化整体的类型。它是作品的整体在其每个部分，每个细胞中的代表。……风格是作品的向心力。"②

四、文学风格"接受论"

这一学说主要是从作者和读者的关系方面来讨论文学风格。我们知道，一部文学作品的风格特色从某种程度上可以通过读者的鉴赏和反应来确定，这是因为读者在长期阅读某一个作家或某类作品的过程中，对其文笔特征深有体会和感悟，所以可做到举一反三，运用很短的词语便能高度概括出某一作家或某一流派文学作品的风格特色。我国古代文论家特别重视对作家作品的鉴赏和评价，认为作家或作品的风格是读者经过反

---

① Лихачев Д. Избранные работы, т. 1. Художественная литература, Ленинград, 1987, — 227 с., —291 с.
② ［俄］尤·鲍列夫：《美学》，冯申、高叔眉译，上海：上海译文出版社，1988年，第218页。

复的体味后辨认出来的格调。王纪仁在《文学风格论》中通过引用明代李东阳有关阅读感受的相关记载,对我国古代文学风格的"接受论"进行了简要分析:"为什么李东阳能一看即知唐诗,再看便知是白居易的诗呢?这是因为他对唐诗的时代风格和白居易的个人风格耳濡目染,浸润日久,所以即使让他看其中几首未曾读过的诗,也可不假思索地加以辨认。他说:'诗必有眼,亦必有耳,眼主格,耳主声。闻琴断,知为第几弦,此其耳也。月下隔窗辨五色线,此其眼也。'诗眼与诗耳的契合,才有格调。格调,也即风格。"[①]可见,读者的文学素养与鉴赏作家作品风格的确具有不可忽视的关系。白春仁先生也从作者和读者的关系方面分析过文学风格的内涵,只不过他的分析是以作者对读者的态度作为出发点:"要在读者因素上,在文学交际的对话关系上来寻找作品的风格特色,或者说来区别作者的艺术个性,不妨把我们的视点集中一些,抓住这样一个问题:作者对读者用什么态度叙述,作者要达到怎样的审美效果。……有怎样的态度,便会产生怎么样的效果;效果无非就是在某一点上,从某一方面打动读者的心,提供艺术的享受。……在这个前提下,对读者态度的细微变化,透过作品的艺术表达体系,而施影响于个人风格上。"[②]显然,白春仁先生充分考虑到文学风格形成过程中的语言交际环节,因为作为一种语言交际和情感交际媒介的文学作品,其作者是不可能对读者置之不理的,正如俗语"见什么人说什么话"所表达的内涵如出一辙。虽然,我们不得不承认,作者在创作时不可能处处考虑大众读者的喜好和反映,创作思想不可能被读者的鉴赏紧紧束缚,但不可否认的是,读者的因素多多少少会起到作用,只不过这种作用是浸透在作品之中的,是不可实感的。

在西方文论中也不乏从作者与读者的关系角度来阐释风格的理论。鲍列夫在《美学》一书中指出:"这里我们所碰到的是风格的信息问题。它

---

① 王纪人:《文学风格论》,北京:北京师范大学出版社,2006年,第19页。
② 白春仁:《文学修辞学》,长春:吉林教育出版社,1993年,第179—180页。

是艺术交际的关键和焦点,在这一焦点上集结着从艺术家经由作品到达读者、观众和听众的一切纽带。在这一焦点上,作家的创作过程开始产生实际的作品,然后进入艺术欣赏过程。"① 显然,作家正是通过风格才可以流传自己的创作个性,读者也正是通过风格才辨认和选择出自己喜爱的作家作品。因此,风格作为一种审美价值,能在作家和读者之家架起一座精神沟通的桥梁,从而使读者获得最大的审美享受,一些缺乏艺术风格的文学作品虽然仅靠题材或形式在短时间内引起读者的兴趣,但是终归禁不起时间的考验,最终变得默默无闻,被淹没在历史的洪流之中。罗马文论家朗加纳斯早在《论崇高》中就指出:"实际上只有后代的赞许才可以确定作品的真正价值。不管一个作家生前怎样轰动一时,受过多少赞扬,我们不能因此就可以很准确地断定他的作品是优秀的。一些假光彩,风格的新奇,一种时髦的耍花腔式的变现方式,都可以使一些作品行时;等到下一个世纪,人们也许要睁开眼睛,鄙视曾经博得赞赏的东西。"② 因此,真正优秀的作品是极具艺术审美价值的作品,是经得起读者的甄别和时间考验的艺术风格的载体。

接受美学理论认为"读者决定一切",视读者为整个创作过程和阅读过程的中心,认为没有读者参与的文本是没有意义的,仅仅是一种印刷符号。"读者是作品意义实现的重要因素;读者的阅读理解是对审美对象的积极参与,而不是被动的消费。"③ 对接受美学理论影响巨大的代表人物伽达默尔把艺术作品看作一个"历时性"的存在过程。他认为任何一个艺术作品都不是一个固定不变的存在,而是存在于同观赏者之间的关系中。他提出,艺术作为游戏,只有由观赏者出发,而不是由艺术家出发,游戏才获得了其游戏规则。这就是说,艺术作品只有对于欣赏者才有意义。

---

① [俄]鲍列夫:《美学》,乔修业、常谢枫译,北京:中国文联出版社,1986年,第285页。
② 王纪人:《文学风格论》,北京:北京师范大学出版社,2006年,第15页。
③ 陈敬毅:《艺术王国里的上帝——姚斯〈走向接受美学〉导引》,南京:江苏教育出版社,1990年,第127页。

存在主义哲学家萨特的态度更为激进,他认为"作品只有被阅读时才是存在的。"①接受美学的读者中心论还认为读者对文本的阅读其实是"阅读"自己的内心世界。读者不仅具有文本的选择权,甚至对文本的创作发生作用,最终使自己成为一定意义上的作者。正如有学者认为,"文本的意思不在于本身之内,而在于读者在这个过程中有着某种积极的作用。"②由此可见,这种理论下的文本意义被淡化,读者的地位被抬高,作者的地位则被降低。文学风格的形成在很大程度上取决于读者的期待。

总之,"接受论"强调读者的主观性阐释和理解,这种主观性颠覆了传统的作者中心论和作品中心论,挑战文学作品的客观性、单一性、封闭性和绝对性,实现了文学作品接受的主观性、多元性、相对性。但是,"接受论"的局限性也源于此,过于强调和重视读者的主体地位会使文学作品的解读乃至创作受到读者期待的左右,造成文学作品和读者之间关系的复杂性。为了满足不同读者的阅读需求,作者的创作个性需要得到最充分的张扬,不同的品味、情趣、价值观汇集在文学创作中,如果没有相对客观的准则,那么必然会产生文学混乱的现象,使作者和读者陷入相对主义的泥潭。

到目前为止,关于风格的定义比比皆是,相关理论著作也不可胜数。我们在上节中对主要的文学风格理论进行了分类、阐释和分析,可以说,每一种文学风格论都具有自己的优势和劣势,这是很自然的事情,因为对任何一个现象进行理论研究都要首先选取一个出发点,然后有的放矢地进行论证。不过,也正是由于这个原因,每个理论也便具有了自身的局限性。比如,传统的风格"语言论"主要将文学风格视为作品中修辞表现手段的总和,后来还发展到通过作品的全部外在形式来观察作家作品风格。这种观点虽然具有很强的科学性,但是我们不免对其提出质疑:仅仅把作

---

① 朱立元:《接受美学导论》,合肥:安徽教育出版社,2004年,第39页。
② 特里·伊格尔顿:《现象学,阐释学,接受理论——当代西方文艺理论》,南京:江苏教育出版社,2006年,第87页。

品中的语言材料堆砌在一起进行考察,就能描绘出艺术作品的风格吗?答案当然是否定的。如果我们在研究时不将语言材料的运用和整个作品的审美价值联系在一起,而只是做简单、机械式的艺术手法的罗列,那么也很难把握作家作品风格的实质,其研究成果的价值也不会太高;又如,风格"主体论"主张用作家个性气质等主观因素来说明文学风格,这显然具有很强的逻辑性,相关成果也不乏其数,但其讨论的重点只是放在风格形成的原因之上,并没有深入到文学文本中,若是滥用此理论进行风格分析,便会流于简单化,其结论也不具备研究应有的客观性和科学性。我们还需要强调一点,虽然风格"主观论"强调其论述对象是作家的艺术创作个性,而非作家本人的生活个性,但是在具体的研究实践中,特别是在研究尚具争议的当代作家作品风格时,如何准确把握这两者之间的界限和区别并非是件容易的事;文学风格的"整体论"学说是相对全面且最具说服力的,不过应该注意的是,我们尽量避免在运用这种观点时走向泛化。因为,宽泛地说,任何一部文学作品必然是内容与形式相结合的产物,而我们要讨论的风格应该是指上述各种因素相契合后所呈现出的作品的独特性。另外,"整体论"和"接受论"的一些观点已经超出了作品本身的内容和形式部分,涉及了深刻的社会历史文化因素、读者因素,甚至涉及艺术作品所应遵循的内在规律和审美准则等,类似的论点无疑具有相当的深度或广度,但是,由于这些因素并非能在短期内可以摸清并掌握,所以还有待做出更进一步的说明、阐释和例证分析。

第二节 本书研究视角、研究对象和研究内容

从以上文学风格理论演变和发展的情况来看,文学风格这一概念在理论上始终存在某种不确定性。从表现形态上看,它既具体又抽象。它在文学作品中几乎无处不在,然而却又难以把握。在作品构成的诸多要素中,它并非内容或形式的单一方面,而是同时存在于内容和形式的各个

方面。因此,我们认为,单从内容或形式的其中一个角度阐释作家作品的风格显然是不全面的,如果要把握一个创作较为成熟的作家作品风格,势必要将语言学、修辞学角度和文艺学角度结合起来。本书所要考察的对象是俄罗斯当代女作家柳德米拉·叶甫盖尼耶芙娜·乌利茨卡娅(Людмила Евгеньевна Улицкая)的小说作品,由于有关作品分析和作家个人情况的材料尚不丰富(后文会对研究现状进行梳理),对女作家本人及其创作个性的研究还处在初级阶段,很多研究论点尚存在争议,所以,目前我们的研究主要基于对文本进行分析。依据上述对文学风格各种界说的认识以及研究对象的特殊性,我们将本书的研究立足于"文学修辞学"的研究视角。我们所说的"文学修辞学"视角并非传统的"修辞学"视角,即不仅限于讨论作家作品的语言风格,我们还将研究的范围扩大到作家作品的整个艺术表达体系,也就是既注重包括遣词造句和辞章面貌等在内的风格的语言表现手段,又注重风格完成形象说服和感染读者的审美功能的艺术手法。

本书所关注的作家乌利茨卡娅堪称当今俄罗斯文坛最成功、最流行的作家之一。作为一名女性作家,乌利茨卡娅特别关注普通人的现实生活状态,特别是当代女性的生活现状与困境。乌利茨卡娅擅长描写女性的情感世界和精神世界、女性与男性之间的关系、她们所承担的家庭责任和社会责任以及她们所面临的道德困境等。与其他活跃在当今俄罗斯文坛的女性作家相比,乌利茨卡娅笔下的作品无论是从人物形象、作品主题、还是艺术创作手法方面都具有独特的魅力。无怪乎女作家的小说如此畅销,有统计数据表明,她是当今在俄罗斯拥有最多读者的作家之一。女作家创作的独特魅力还为其带来不少奖项和殊荣。乌利茨卡娅的小说被许多评论家称为"女性文学"(женская проза)的代表,评论界还将她与另外两位同样活跃于当今俄罗斯文坛的优秀女作家柳·斯·彼特鲁舍夫斯卡娅(Л. С. Петрушевская)和塔·尼·托尔斯泰娅(Т. Н. Толстая)一起并称为俄罗斯当代女作家的"三套车"。

乌利茨卡娅的作品在读者群中广受欢迎,在评论界也备受关注,国内外不少学者都对其作品展开了热烈的讨论和分析,其中也不乏批评之声。在我们所能获得的研究成果中,大多数学者是从作家小说的创作主题、人物形象、思想内涵等文学、美学的角度进行详细阐释,而很少对其作品的语言文字进行研究。另外,我们认为,乌利茨卡娅步入文坛将近三十年,其作品已经具备了一种相对稳定的风格特征。因此,对其创作的总体风格进行科学性的分析,进而全面把握作家的创作特色确实是必要的。

本书研究角度的新意在于将语言学和修辞学角度、文艺学角度相结合,对乌利茨卡娅小说的风格的艺术表达体系进行整体性把握,既关照作家代表作品的语言特点和修辞表现手段,又对其主题、艺术形象、情节等因素的艺术表达方法进行阐释和分析,试图形成一套比较系统的文学修辞视角下的乌利茨卡娅小说风格研究体系。

本书的研究落脚点为乌利茨卡娅小说的整体风格,我们的研究以文学风格学、文学修辞学作为理论基础展开,在研究方法上以白春仁先生在其著作《文学修辞学》中所提供的方法论为指导,分别从作家的个人经历、作品的语言、形象塑造、主题表现四个方面展开论述。

本书在分析过程中涉及作家的以下作品:短篇小说集《穷亲戚》(«Бедные родственники»)、《小女孩》(«Девочки»)、《我们沙皇的臣民》(«Люди нашего царя»)、中篇小说《索尼奇卡》(«Сонечка»)、长篇小说《美狄亚和她的孩子们》(«Медея и её дети»)、《库克茨基医生的病案》(«Казус Кукоцкого»)、《您忠实的舒里克》(«Искренне ваш Шурик»),选取典型的小说或片段进行详细阐释和论述。

本书主体部分共分为四章。

在第一章中,我们首先对当代俄罗斯女性小说的创作状况和主要特点做出概述,试图在整体的时代文化语境中把握乌利茨卡娅的创作地位,通过横向比对同时代女性作家的创作情况,突显出乌利茨卡娅小说的风格特色。上述内容将分为两部分进行论述:第一部分先对女性主义理论与女性文学的产生进行考察。我们将简要回顾和概括西方女性主义文学批评理论的产生和发展,以及俄罗斯学界对女性主义批评理论的接受、运用与实践。然后根据前人对"女性文学"内涵的不同阐释,提出我们对此术语的界定方式。第二部分从当代俄罗斯女性小说的创作主题、女性人物形象和创作手法三个方面入手,选取主要的、具有代表性的作家作品为分析对象,将她们的创作个性和共性做出大致概括,以便为后文对乌利茨卡娅小说创作风格的研究作出铺垫。在第一章中,我们还将对乌利茨卡娅的创作情况进行较为全面的介绍,其中重点探讨女作家的个人因素(包括其女性身份、犹太人血统、职业等)对其创作风格的影响。本章最后对乌利茨卡娅小说的国内外研究状况进行述评,提炼出它们的研究角度和新意,从中发掘对我们研究有益的要素,并对其不足提出见解,以便为我们的研究打下必要的基础。

本书的第二章将探讨乌利茨卡娅小说的语言风格。作家风格是一个语言表达方法和形式的体系,研究作品的风格结构,首先应该研究作品的语言系统。通过考察我们发现,女作家小说的语言从整体上具有三个重要特点:简约质朴、委婉含蓄和细腻生动。简约质朴和委婉含蓄作为主调贯穿了作家的大部分作品。同时,作为一位当代俄罗斯女性作家,乌利茨卡娅特别关注对女性人物形象的塑造,其笔下小说中有很多关于女性人物性格和内心世界的刻画,所以语言时而呈现出细腻入微的特质,这种语言风格与作家语言的主调风格形成相辅相成、互相补充的关系,使女作家小说中的语言呈现出丰富多样的面貌。在具体分析上述三种语言风格的过程中,我们将会把作家的语体风格和语言表现风格分析充分结合起来,既考察女作家在主要作品中所选用的语言材料,又分析她对语言材料的运用方法。

第三章分别从意象塑造、情节特色和作品情感色彩三个方面具体分析乌利茨卡娅小说的艺术形象塑造风格。从处理象、意、情三者之间的关系来看,乌利茨卡娅主要重视对"象"的塑造。从塑造意象的方法上看,作家主要采用客观笔法,也就是常常通过对形象的刻画和塑造来表意达情。从情节特色上看,女作家笔下很多小说中的情节都具有未完成性和偶然性的特点,小说中还常常出现"蒙太奇"式的情节结构。在情感色彩方面,乌利茨卡娅常常不动声色地将同情、怜悯、批评和赞美等感情深藏于小说文本叙述之中,并且赋予小说积极的情绪。

  在本书第四章,我们将考察乌利茨卡娅小说的主题表现手法。文学作品的深层蕴涵是主题思想,也就是主旨,或者称为题旨。从整体上看,主题表现手法主要有两种方式。一种是作家采用直露的笔法将形象包含的主题明白无误地在故事中讲述出来,即直接议论式的题旨表达方法;另一种是将情志和主题意义深藏在艺术形象之中,几乎不露痕迹,这种方法被称为含蓄式的主题表现手法。乌利茨卡娅小说中的主题表达具有间接含蓄、意蕴深刻的特点。在本章中,我们重点分析了乌利茨卡娅小说中的主题表达方法,其中包括多视角叙述、反讽、互文性等。这些特殊手段的运用使乌利茨卡娅的小说具有浓厚的后现代主义色彩,小说审美效果也得到加强,同时上述方法的运用也对作品中心思想和主题意义的表达起到深化和突出的作用。

第一章
乌利茨卡娅与当代俄罗斯女性文学

第一节 当代俄罗斯女性小说风貌

20世纪80、90年代,随着西方女性主义理论思潮在全球范围内影响的不断深化,女性文学在俄罗斯大规模出现,女性主义和女性文学的研究也呈现出前所未有的蓬勃态势。直至21世纪,俄罗斯女性文学创作及其研究取得了巨大的成就。和世界上许多国家的情况一样,俄罗斯文学也出现了"女性化"的趋势,越来越多的女性作家加入了一贯由男性作家占主导的俄罗斯文学界,并逐渐成为主流作家。正如批评家尼古拉·克利莫托维奇所说:"俄语书面语在各种风格和体裁中都已经全面女性化了。"[1]在俄罗斯文学界,一些女性作家及其作品广受大众读者的欢迎,诸如乌利茨卡娅、彼特鲁舍夫斯卡娅、托尔斯泰娅、托卡列娃等已经是无人不知无人不晓的人物,她们笔下的优秀作品在俄罗斯本土以及世界范围内都得到认可与好评,很多文学研究者也越来越关注这些女性作家及其创作,并将她们作为俄罗斯文学中女性主义写作的典型个案进行研究。

一、女性主义批评和女性文学

谈到当今俄罗斯文学界"女性化"趋势出现的原因,我们自然要从内外因两个方面去分析:从外因来看,俄罗斯女性文学的蓬勃发展当然与西

---

[1] Климонтович Н. О поголовной женской грамотности, 《Независимая газета》, 2005, 3, 1. http://www.ng.ru/style/2005-03-01/12_woman.html

第一章
乌利茨卡娅与当代俄罗斯女性文学

方女性主义批评理论的影响密不可分。与古典主义、浪漫主义、现实主义、现代主义和后现代主义等有所不同,女性主义在最初产生时并不是以一种文艺思潮的身份出现,它主要是一种政治文化思潮。我们现在所说的"女性主义批评"以及"女性主义文学批评"都与18世纪西方的妇女运动息息相关,可以说,没有当初西方的妇女运动,就没有后来的女性主义批评相关理论,甚至不会有女性文学的蓬勃兴起。

与西方妇女运动相继交错发展的西方女性主义批评大致经历了三个历史发展阶段。第一个阶段是从18世纪后期到20世纪60年代前后。我们把这个阶段称为女性主义的酝酿与确立时期。随着法国大革命的爆发,"天赋人权""自由平等"等观念越来越受到人们的广泛关注与支持。在革命不断推进的过程中出现了一批思想先进的妇女代表。为了维护广大女性的利益,她们公开提出女子应该享有与男子同样的社会权利和地位的主张。她们明确指出,女子应该与男子一样享有教育权、就业权和选举权。因为在这些女性主义者看来,教育权与人类生存能力息息相关,拥有受教育的权利,就能获得就业时所需的基本技能。就业后的女性可以保持经济独立,也只有经济独立的女性才能从根本上摆脱对男性的依赖,从而进一步摆脱男权社会对女性的约束和限制。与此同时,这些进步妇女代表认为,女性必须要通过获得选举权来取得与男性相平等的政治地位与权力,以便在制定相关制度时为女性维护相应的社会地位和权利。为了达到上述目的,当时的妇女运动倡导者在相关著述中对整个男权社会及其制度进行了有力地抨击,并且客观公正地分析了当时妇女所处的社会地位和现实处境,引起了全社会的强烈反响。比如,英国女作家、女权主义者玛丽·沃斯通克拉夫特(Mary Wollstonecraft)的《女权辩护》、英国社会学家和女权主义者约翰·斯图尔特·穆勒(John Stuart Mill)的《妇女之屈从地位》等,就是当时最具代表性的女权主义著作。作者在著作中全面介绍和分析了妇女在当时社会中所遭受的不平等待遇,呼吁广大妇女应该为争取平等权利做出抗争和努力,相关论述对当时的男权社会产生了巨大冲击,也为女性意识的觉醒起到了重大的推进作用。简而言之,18世纪后期至20世纪之前的西方妇女运动的内容主要集中在对男权社会制度的批判,以及对女性权利的争取方面。

进入20世纪之后,资本主义世界在经济、政治和思想文化等方面都发生了深刻的变化。强调独立自主和个人主观体验主张的存在主义哲学得到了长足的发展,对当时的文艺批评理论影响巨大。在这种思潮影响下,女权主义运动的倡导者和参与者一边继续抨击传统男权社会对女性的歧视与压迫,一边开始分析和挖掘女性受制于男权社会的根源,并主要从女性自身方面来进行深刻反思,甚至有不少学者提出了克服和改变女性自身弱点的大胆设想,这种思考和看待问题的角度十分具有开创性。谈到这一时期极具代表性的女性主义批评家,我们应该首要提到英国的弗吉尼亚·伍尔芙(Virginia Woolf)和法国的西蒙娜·波伏娃(Simone de Beauvoir),她们均被誉为20世纪女性主义的先锋。伍尔芙的女性主义批评观主要集中在《自己的一间屋》和《三个畿尼》两部著作中。在前一本书中,伍尔芙指出,一个女作家要想写小说(或者想做任何事情),就必需要拥有金钱,并拥有一个属于自己的带锁的房间。因为在她看来,"从象征的意义上讲,五百磅给人思索的权力,而门上的锁则意味着可以沉思默想。"[①]作者还在其中进一步分析了女性受制于男性的客观原因和源于女性自身的思想根源,并倡导女性应该争取拥有受教育和就业的权力。在后一本书中,作者提出这样一种观点,即女性的性别是根据这个社会占主导地位的男性的眼光和视角来定义的,女性的存在的意义和价值也是为了突显男性的战争意识和英雄气概。基于上述认识,伍尔芙倡导建立一套女性的话语,并且要求重新修正对女性作家文学作品的评价。波伏娃的《第二性》奠定了她在西方女权主义历史中的重要地位,这部著作还

---

① [英]弗吉尼亚·伍尔芙:《自己的一间屋》,选自《伍尔芙随笔全集》,乔继堂等主编,北京:中国社会科学出版社,2001年。http://ishare.iask.sina.com.cn/f/5889014.html

被后人视为女权主义运动的"圣经"。波伏娃在该著作中鲜明地表明自己的立场,她认为,既然在男人眼中女人天生就地位卑下,就应当受制于男权社会,那么女人就无须对男人抱有同情。女人应当以自信的状态正确估价自己作为女性应有的存在价值。波伏娃还认为,在男权社会中女性是被看做反面的,第二位的。女人和男人的不平等并非由两性生理差异所导致,而是由社会性别差异造成。在该书中,作者反复强调,一个人之为女人,与其说是天生的,不如说是后天在社会中形成的。在此基础上,波伏娃大胆地提出女性应该享有自由生育的权利,并向中性化过渡的观点。总之,波伏娃的《第二性》对20世纪60年代乃至之后的女权主义运动起到了极大的推动作用。综上所述,时至20世纪60年代前后,随着社会政治、文化生活等方面的不断进步,女性主义批评理论经历一个多世纪的酝酿最终被正式确立下来。总体来看,这个时期的女性主义批评都带有强烈的女权主义色彩,女性主义批评家的主要目的是为了积极争取妇女的选举权、经济平等和生育自主权。

第二阶段是从20世纪60年代开始,一直延续到80年代前后。被称为第二次女权运动之母的贝蒂·弗里丹(Betty Friedan)于1963年出版了《女性的奥秘》,这次浪潮就是以这本著作作为起跑线的。作者在书中描绘了千百万美国家庭妇女的无名痛苦,并主张妇女应当突破传统角色的局限,争取自己在社会、家庭中的地位。这个时期具有代表性的女性主义批评家还有凯特·米莱特(Kate Millett)(代表作《性别政治》)、朱莉亚·克里斯蒂娃(Julia Kristeva)(代表作《诗歌语言的革命》《中国妇女》)、伊莱恩·肖尔瓦特(Elaine Showalter)(代表作《她们自己的文学》)等。总体来看,这个时期的女性主义批评受法国后结构主义的影响较大,并且大多作品具有较强的社会政治色彩。她们反对用传统的男性文化中心观念看待女性、女性作家及女性作品,提倡发掘女性自己的文学传统。这些著作无论在理论上还是在实践上都对西方女性主义批评产生了深远的影响,也奠定了女性主义批评在文学评论界的地位。

第三个阶段是从 20 世纪 80 年代前后开始直至今日,由于受到后结构主义、后现代主义的冲击,女性主义文学批评无论是在视角上、方法上和内容上都逐渐趋向多样化和包容性的特点。比如,女性主义批评家开始从哲学、语言学和心理学等角度研究女性问题。另外,女性主义批评不再拘泥于文学本身,而尝试进行跨学科的研究。值得强调的是,女性主义者并不再像之前那样一味寻找和研究两性之间的对立状态、挖掘两性差异的根源,而是更进一步从理论上探讨如何缩小两性差别,以至让我们的社会最终走向两性和谐相处的状态。

上述西方女性主义文学批评无疑对当代俄罗斯女性文学的蓬勃发展产生了深远的影响,此外,传统的俄罗斯女性文学历史也为其奠定了基础。俄罗斯的女性文学大约有两百年历史,比女性文学在西欧诸国的出现要晚得多。在有关古代和 18、19 世纪俄罗斯文学的叙述中,我们几乎看不到一个女性作家的名字。主要由男性作家构成的、成果辉煌的俄罗斯文学并没有给女性作家腾出一片足够的空间,一些俄罗斯男性作家甚至还不时表现出对从事创作的女性同胞们的蔑视。和几乎所有国家的女性作家一样,俄罗斯女性作家进入文学创作之路的过程是艰辛的,她们所面对的阻拦是来自多方面的——家庭、社会,甚至是自身。然而,经历了两百多年的风雨磨砺,俄罗斯女性文学最终还是找到了属于自己的一席之地,并且逐渐形成了自己的风格和历史。俄罗斯对西方女性主义批评理论和女性文学概念的真正接受大约始于 20 世纪 80 年代,也就是在戈尔巴乔夫推行"改革"前后。改革之前,在苏联文艺界出现了诸如"女士文学""婆娘文学"等对女性文学的定论。随着改革的不断推进,俄罗斯开始接受并正确认识"女性文学"。我国学者陈方在其专著《当代俄罗斯女性小说研究》中指出,"对于俄罗斯的女性文学批评来说,重要的并不是从头开始创建自己的关于女性文学及批评的诸多概念,而是把这些已有的概念运用到自己的批评之中,服务于自己的文学。当代一些作家和评论家已经把女性主义、女性文学、女性的主体性、女性意识等概念运用到了自

第一章
乌利茨卡娅与当代俄罗斯女性文学

己的写作之中,甚至作为自己的一种文学立场,如玛莎·阿尔巴托娃、玛丽娜·帕列依、斯维特兰娜·瓦西连科;尼娜·加勃里埃良、伊丽娜·萨夫金娜、玛利亚·米哈伊洛娃、阿娜斯塔西亚·格拉乔娃、奥尔迦·斯拉夫尼科娃等女性文学批评家也在从事着研究和普及女性主义文学概念的工作,在最新出版的文学史教科书中,女性文学也作为一个独立的概念被予以专门论述。可以预见,随着时间的推进,女性文学也许会成为俄罗斯文艺学中最重要的研究领域之一。"①

以上我们简要回顾和概括了西方女性主义批评理论的产生和发展以及俄罗斯对女性主义批评理论的接受、运用与实践。当代俄罗斯文学中存在女性文学,这已经是毋庸置疑的现象。在俄罗斯,女性文学作为一个文学批评概念已经被正式提出,女性文学已经成为一股潮流。尽管如此,有关女性文学的问题仍然存在一些争议。如何界定女性文学就是其中最具争议的话题之一,这个话题不仅在俄罗斯具有争议性,在世界范围内也是如此。

综合考察20世纪以来的西方女性主义文学批评理论,以及俄罗斯本土对女性文学的接纳与实践,我们发现,"女性文学"是一个意义含混、内容庞杂的概念范畴,评论界对该概念的界定大致可归为三类:第一,以作品表现对象和创作题材为划分依据,将一切描写女性生活的文学作品均视为"女性文学"。这种观点认为,"女性文学"就是以女性为写作对象,描写女性的外在形象和日常生活,反映女性的思想感情和人生体验等。一些持这种观点的研究者往往将触及女性生活(典型的如厨房、卧室等场所的生活)的文学作品视为"女性文学",上述场所虽然是女性接触较多的,但是以此来认识"女性文学"尚值得商榷,因为现代女性的生活已不局囿于以上范围,并且其思想意识也发生了巨大转变。另外,一些出自男性笔下的女性形象并不符合女性的真实面貌。因此,我们认为,这种研究视角

---

① 陈方:《当代俄罗斯女性小说研究》,北京:中国人民大学出版社,2007年,第7—8页。

并不能真正触及女性文学的本质属性;第二,以性别意识为依据,将自觉地以女性性别身份去表现女性特殊的性别意识的文学作品视为"女性文学"。这种观点认为,女性作家在创作过程中必须保持"我是女性"这样一种清醒的意识,从女性角度和立场出发,通过展现和描写性别与权力关系等来挑战男性中心文化下的霸权政治、经济与文化,试图建构一种新的女性主体文学。换而言之,"女性"不仅是一种创作身份,更是一种创作态度和立场。因此,女性文学应该是"把与世抗辩作为写作姿态的一种文学形态,它改变了,并且还在改变着女性作家及其文本在文学传统中的'次'类位置:它对主流文化和主流意识形态既介入又疏离,体现出一种批判性的精神立场。"①此类观点具有较明显的女权主义性质。应该注意的是,当今有不少关于女性文学的观点都失去了浓厚的女权主义色彩,理论家关注的重心由两性对抗转向两性差异互补和两性和谐。第三,以创作主体的性别为依据,将女性作家创作的文学作品统称为"女性文学"。这种划分相对便捷,它将男性的写作排除在外,认为女性文学是"女性作家或以强化的女性意识,或以淡化的女性意识,或以女性无意识或潜意识表现的,包括女性生活在内的和超乎女性的全人类生活的一切精神和意义的文学。"②俄罗斯女性主义学者塔基亚娜·罗文斯卡娅在一篇文章中写道:"女性文学就是女性写作的文学,它以女性文化和男性文化同时存在为前提,把思考并解决与女性有关的一系列问题作为主要目的。"③需要特别指出的是,有些学者认为,这种将女性文学代指出自女性之手的所有文学作品的说法过于笼统,因为在他们看来,女性作家很可能不以女性主体意识为指导进行创作,甚至还会刻意摒除女性主体意识。事实上,上述

---

① 王侃:《"女性文学"的内涵和视野》,《文学评论》,1998年,第6期。
② 任一鸣:《女性文学宏观研究的理论思考》,《中国文化研究》1999年秋之卷,第103页。
③ Ровенская Т. Опыт нового женского мифотворчества: "Медея и ее дети" Л. Улицкой и "Маленькая Грозная" Л. Петрушевской. // Адам и Ева: Альманах гендерной истории, 2001, 2, —162 с.

第一章
乌利茨卡娅与当代俄罗斯女性文学

情况出现的可能性几乎很小,因为一个女性作家很难以男性立场或中性立场进行创作,就像男性作家不可能像女性作家那样进行创作一样。虽然也有不少作家力图在创作中掩盖某种性别意识,但仍然很难做到完全摆脱性别身份对创作风格的影响。在早期女性文学还未在文学领域占有一席之地时,女性作家会极力模仿男性作家的创作笔法,即使这样也很难完全摆脱作为女性作家的创作视角、评价态度乃至语言上的种种习惯。俄罗斯女性主义批评家尼娜·加勃里埃良认为,"女性文学就是女性书写的文学。在既定的文化类型中,'男性'和'女性'这两个词语中包含着一些评价成分和一整套隐形的符号体系,而并不仅仅表示性别的差异。"[①]综合以上观点,我们认为,女性文学就是以女性为创作主体的文学作品。这其中既包括以强烈的女性主义为立场,将挑战男性霸权话语为目标的文学作品,也包括自觉或不自觉地淡化女性意识、或在潜意识,甚至无意识下创作出来的女性文学作品。

二、当代俄罗斯女性文学创作情况简介

在当今俄罗斯文学界,女性文学已成为一股不可忽视的潮流。出自女性作家笔下的很多作品都在俄罗斯文坛颇具影响,不少作品还得到大众读者的广泛关注与好评。当代俄罗斯女性文学作品不论从主题上,还是从创作手法上都呈现出鲜明的特色。下面我们尝试从作品的创作主题、女性人物形象和创作手法三个方面入手,选取主要的、具有代表性的作家作品为对象,将当代俄罗斯女性作家的创作个性和共性做出大致概括,以便与乌利茨卡娅小说创作风格特色作一对照。

1. 当代俄罗斯女性文学的创作主题

当代俄罗斯女性文学的创作内容异常丰富、复杂,充分显示出多元化的特点。整体看来,其创作主题主要有三个:生存、死亡和爱情。

---

① Габрииэлян Н. Ева-это значит "жизнь": проблема пространства в современной русской прозе, 《Вопросы литературы》, 1996, 4, —31с.

1) 生存主题

众所周知，苏联解体前后的俄罗斯社会呈现出异常动荡和混乱的面貌，人民生存环境十分恶劣。很多作家在创作时倾向于揭露苏联社会的弊端和阴暗面。比如，有些作家试图通过作品发泄对苏维埃制度的不满，(如拉斯普京的《失火记》，艾特玛托夫的《断头台》);有些作家对苏联社会进行讽刺、嘲笑、谩骂，此类作品或否定苏联的革命和建设的历史(如奥库拉瓦的《被取消的演出》)，或进一步丑化苏维埃制度，竭力渲染这个制度下社会的黑暗以及生活的反常和痛苦(如马卡宁的《铺着呢子、中央放着长颈玻璃瓶的桌子》①、阿佐利斯基的《笼子》)。值得注意的是，这个时期的女性作家擅长通过对琐碎日常生活的描写来表现生存主题。与男性作家不同，女性作家并没有把主人公放在较宏大的社会历史环境中去经历某些惊涛骇浪般的事件，而是将他们放入有限的空间，"在爱情关系、家庭琐事等平常生活中发现可怕的因素"。② 总体来看，这一时期涉及生存主题的女性文学作品描写了女性在生活中所面临的各种问题，比如女性在应对家庭和工作双重压力下的艰难状态，单身母亲面临的各种矛盾冲突和艰辛，女性面临的难以解决的温饱问题以及窘迫的居住环境，女性在恶劣生存状态下的绝望情绪等等。彼特鲁舍夫斯卡娅是书写生存主题的重要代表作家，她毫无掩饰地，甚至露骨地将恶劣的生存环境、阴郁的生活状态、人与人之间的矛盾冲突等展现在读者面前。一切丑恶、肮脏、恐怖的因素毫无禁忌地被作家一一展现，相关描写达到令人震惊的地步。比如其小说《生活的阴影》(«Тень жизни»)、《午夜时分》(«Время ночь»)、《自己的小圈子》(«Свой круг»)等，这些小说中的女主人公都得不到丈夫的爱，她们或遭受冷漠的对待，或面对残酷的背叛，正如《生活的阴影》中主人公冉尼娅所说："人的生活不那么简单，生活还有隐蔽、顽强繁衍兽性

---

① 该小说也被译为《审讯桌》。
② Лейдерман Н., Липовецкий М. Современная русская литература. Учебное пособие в 3-х кн. Кн. 3：В конце века (1986—1990-е годы). Эдиториал УРСС, Москва, 2001，—83 с.

的一面,那里集中了可恶的、丑陋的东西。"①

2) 死亡主题

俄罗斯女性文学研究者纳塔利娅·伊万诺娃曾在一篇文章中指出:"死亡是当代女性作家重要的创作主题,我们的日常生活其实比死亡更要可怕。"②的确,自20世纪80、90年代起,许多俄罗斯女性作家都通过作品来探讨人的存在价值和意义,思索生命与死亡的关系,死亡主题在女性文学作品中被广泛涉及。有学者发现,"我们可以从作品的名字就可以看出当代俄罗斯女性作家对死亡主题的偏爱……比如《死亡基因》《安魂曲》《忏悔的日子,或曰等待世界末日》《死后还有咖啡吗》等等"。③

在死亡主题的作品中,女性作家一般先将主人公放入冷漠、纠结、残酷的生存环境,然后极力渲染他们对未来的绝望情绪,最后将这种情绪引向对生活乃至生命的全盘否定,即引向死亡。我们能在作品中看到各种形式的死亡,包括自杀、他杀和各种意外身亡等。比如在尼·戈尔兰诺娃(Н. Горланова)的短篇小说《一个活得很累的当代人与其心灵的对话》(«Беседа современного человека, утомленного жизнью, со своей душой»)中,作家塑造了一个厌世的女性形象。女主人公面对生活的贫困不堪,心中常常产生自杀的想法。她不断地徘徊于生与死之间,难以作出抉择,最后终因生活中连连出现的"麻烦"而崩溃,"要坍塌的屋顶"和"一连几天没有热水"④这两件并不致命的事情,在女主人公那里有如"压死骆驼的最后一根稻草",她再也不能忍受烦恼重重、琐碎艰辛的生活,最终服下了安眠

---

① [俄]彼特鲁舍夫斯卡娅:《生活的阴影》,乌兰汗译,载孙美玲编选:《莫斯科女人》,石家庄:河北教育出版社,1995年,第269页。
② Иванова Н. Неопалимый голубок: "Пошлость" как эстетический феномен, «Знамя», 1991, 6. http://magazines.russ.ru/znamia/dom/ivanova/ivano006.html
③ 陈方:《当代俄罗斯女性小说研究》,北京:中国人民大学出版社,2007年,第73页。
④ Горланова Н. Беседа современного человека, утомленного жизнью, со своей душой. http://tululu.ru/read62822/.

药。小说的尾声部分令人意外,女主人公并没有死去,而是重新回到以往的生活。这种结局并没有让读者感到丝毫轻松,因为女主人公的生活没有得到任何改变,阴郁的情绪最终未能散去,这种生活确实比死亡更加可怕。又如在彼特鲁舍夫斯卡娅的小说《济娜的选择》(«Выбор Зины»)中,主人公济娜为保证自己和两个女儿的生存而杀害了亲生儿子。侥幸存活的三母女得到了应有的报应:两个女儿对病患的母亲冷酷无情,其中一个女儿塔玛拉也在战争中抛弃了自己的骨肉。显然,女主人公已经变成行尸走肉,是没有灵魂的可怕的躯壳。

除自杀和他杀之外,意外身亡也是当代俄罗斯女性作家常给主人公设定的结局。比如,在彼特鲁舍夫斯卡娅的小说《漂亮的纽拉》(«Нюра прекрасная»)中,女主人公纽拉就死于一场不可预见的车祸。纽拉的丈夫幻想和其他女人寻欢作乐,所以他总也无法摆脱希望妻子死掉的念头。该小说从纽拉的葬礼开始,首先交待出一个已经完结的生命。这篇小说的独特之处在于,虽然死神最终光顾了纽拉,但是我们并不能从作品的叙述语调中感受到任何遗憾与怜悯的情绪,也许在作者看来,死亡才是主人公的最佳选择,是一种彻底的解脱。

与上述几部小说相类似的死亡主题小说还有不少,比如,玛格丽特·莎拉波娃(М. В. Шарапова)的《恐怖的太空梦》(«Пугающие космические сны»)、玛丽娜·帕列依(М. А. Палей)的《叶夫格莎和安努什卡》(«Евгеша и Аннушка»)等。这些作家都将创作焦点放在女性的生死命运上,其中不少作品都将死亡描绘成终止女性痛苦的唯一方式,死亡作为一种几乎人人惧怕的生命结局,在此类作品中被渲染出极其灰暗和哀伤的悲剧色彩,读者在这种氛围下感受到的是生命之沉重,生存之艰辛以及令人走投无路的残酷和冷漠。阅读小说之后,人们难免会对女主人公产生怜悯和同情,在感叹现实的残酷和人物的悲惨命运之后,人们必须在恐惧和震撼中寻找一股力量,重新燃起对生命的信念。由此看来,小说中流露出的同情感不但能使人们的心灵得到净化,还能在净化后坚定

第一章
乌利茨卡娅与当代俄罗斯女性文学

人们对真善美的追求。

在上文中我们谈过,很多当代俄罗斯女性作家都把对生活和生命的悲观情绪引向死亡,并在小说中渲染一种恐怖的气氛。由于死亡本身所具有的毁灭性、必然性和不可知性,使得人们对其抱有恐惧心理,死亡也因此具有极其神秘的色彩。当代女性作家对死亡的认识和态度是有所区别的,女作家们除了善于表现死亡的恐怖(上述几部小说为较典型的例子),还会表现死亡的强大和神秘。在此类作品中,女作家常常对死亡展开充分想象,她们试图探索死亡神秘的边缘,借此引发人们对死亡的思考,甚至颠覆人们对死亡的认知,坚定人们对永恒的信念与追求。比如在托尔斯泰娅的小说《坐在金色的廊檐下……》(«На золотом крыльце сидели...»)中,死亡和死亡后的世界被描绘成美好的童话,作为生命轮回的开始,死亡让生命变得永恒和不朽。小说的叙述者是一个孩子,向我们讲述了她经历巴沙叔叔死亡的故事。孩子从小就相信"人是不会死的,只有小鸟才会死去"[①],所以面对巴沙叔叔的死,小主人公并不能接受现实,她拒绝接受巴沙叔叔的死亡,让自己活在童真的想法中。作者在小说中赋予主人公一系列纷繁而美丽的想象,使得巴沙叔叔的死亡显得并不可怕。人们在阅读这些想象的时候,仿佛也进入一个美丽的童话世界。作者借助孩童的视角,对巴沙叔叔死后的世界作出特殊处理,极大地丰富了人们对死亡的联想。有些评论认为,类似的小说会传达出这样一种面对"死亡"的特殊理念,即我们应该"承认生命中有各种不快,各种悲伤,但是,最重要的是让自己的内心不受外部世界的侵犯,只有这样才能在死后让自己的生命进入轮回,对陌生而可怕的世界转过头去。"[②]

乌利茨卡娅也是一位对死亡有独特认识的女作家。她在长篇小说《库克茨基医生的病案》中就传达出对死亡的想象,以一种特殊的方式来

---

① Толстая Т. На золотом крыльце сидели... http://lib.rus.ec/b/349406/read
② Вайль П. и Генис А. Городок в табекрке. Проза Т. Толстой, 《Звезда》,1990,8,—147 с.,参见陈方:《当代俄罗斯女性小说研究》,北京:中国人民大学出版社,2007年,第81页。

呈现死亡的状态,即小说中所说的"中间世界"和"第三种状态"。"中间世界"和"第三种状态"是小说的女主人公叶莲娜能够感受到的。叶莲娜自小体弱多病,中年后记忆力也出现严重问题,要靠笔记本记录自己的行为才能帮助记忆生活中发生的事情。一切迹象表明她患上了一种类似于精神分裂的病症。正是因为这种非正常的精神状态,叶莲娜才可以体验到常人难以想象的"第三种状态",这种状态不是梦境,更不是现实。我们认为,这其实是一种濒临死亡的状态,是一种意识在生与死之间的游离状态,是人的意识临近消失前的不自觉的活动,也可以说是主人公对死亡的潜意识的想象。作者透过主人公在"中间世界"中所能体验到的"第三种状态"传达出对死亡的认知和想象,正像作者在题记中所写的:"真理在死亡一边"①。同时,作者通过描写女主人公从小到大对死亡态度的变化传达出这样一种思想,即身体的死亡是注定的,它并不能因为人的恐惧就不发生,当坦然看待并接受死亡时,死亡就不再可怕,因为所谓的死亡只不过是人的肉体的消亡,人的态度和精神是永恒的、不可剥夺的。因此,乌利茨卡娅笔下的死亡带有很强的宗教意味,这种虔诚的信念能使人们以一种更加平和、积极和愉快的心情面对生命和生活。

3) 爱情主题

爱情是人类永恒的话题,也是文学家向来钟爱的创作主题。也许是源于性别差异,爱情在女性的情感生活中占有十分重要的位置,其重要程度要高于男性。女性作家与男性作家相比也更加偏爱书写爱情主题,她们更善于在作品中表达对爱情的感悟与认知,正如黑格尔所说的那样,"爱情在女子身上显得最美,因为女子把全部的精神生活和现实生活都集中在爱情里并推广成为爱情,她只有在爱情里能够找到生命的支持"。②

当代俄罗斯女性作家也毫不例外地将爱情主题视为她们创作的重要

---

① Улицкая Л. : Казус Кукоцкого. Эксмо, Москва, 2008.
② [德]黑格尔:《美学》,第二卷,朱光潜译,北京:商务印书馆,1979年,第327页。

第一章
乌利茨卡娅与当代俄罗斯女性文学

源泉。与传统文学不同的是,新时代女性作家笔下的爱情更多地体现了当下俄罗斯女性的特殊情感状况,作品中的女性人物要么是缺失爱情,要么是面对不完满的爱情结局,要么是对爱情无所适从或无法把握。总之,她们的爱情总是和自己的理想相背离,女作家们为我们展现的是一个个在当代俄罗斯社会中实现自我价值和追求爱情相互矛盾的女性形象。托尔斯泰娅就是一位擅长书写爱情主题的当代作家之一,她的不少作品都将主人公终其一生的命运和他们的爱情变数紧密地联系在一起,比如《奥科尔维里河》(«Река Оккервиль»)、《最爱的女人》(«Самая любимая»)、《爱还是不爱》(«Любишь- не любишь»)、《索尼娅》(«Соня»)等)等。爱情对于其笔下很多主人公来说或是昙花一现般短暂,或是伴随着痛苦和失望。"单身女性或男性的爱情,他们的爱情理想与现实的差距,爱情幻想的破灭,构成了其作品的主要表现内容。"①小说《索尼娅》就是诠释这一主题的代表作。该小说的故事发生在第二次世界大战爆发前夕。作者交待女主人公索尼娅是一个长相丑陋、憨厚的女孩,在生活中她时常成为周围人讽刺、戏弄的对象。但是她为人善良、质朴,天性单纯、真诚,周围人可以托付她做很多事情,她从不嫌弃。作者还向读者交待,索尼娅始终执着地相信世界上存在美好的爱情,所以她对爱情充满了期待和憧憬。她对爱情的执着成为了他人戏弄的把柄:一个名叫阿达的女孩以一个男人的口吻杜撰出一份情书给索尼娅。收到情书后的索尼娅不可自拔地陷入他人编造的爱情幻影之中。虚假的爱情游戏持续了多年,直到有一天,当索尼娅奋不顾身地想去挽救深陷炮火之中的"恋人"时,才发现自己所钟情的对象并不存在,之前一切对爱情的美好感受都化成泡影。小说的结尾具有浓厚的象征意味,作者将爱情比作"烧不掉的小白鸽"②,象征着爱情之不朽。如此一来,作者通过讲述一个看似荒诞的爱情故事,塑造了

---

① 陈方:《当代俄罗斯女性小说研究》,北京:中国人民大学出版社,2007年,第58页。
② Толстая Т. Соня. http://lib.rus.ec/b/56053/read(本书中所引用的该小说片段均出于此,后文不再另行说明。——作者注)

在社会群体中常被忽视的平凡而孤独的女性形象。小说具有象征意味的结局透露出主人公对爱情的认知以及作者对主人公的同情,引起读者内心深处的共鸣。

自20世纪80、90年代起,在俄罗斯女性文学作品中,特别在以爱情为主题的小说中,性爱内容以一种前所未有的态势大量出现,这一特点被很多当代俄罗斯文学研究者发现和讨论。该现象的出现具有复杂和深刻的社会历史文化原因。在苏联时期,由于受到文学审查制度的限制和人们传统观念的束缚,性爱话题几乎是文学创作领域的禁忌,那时的女性文学作品中丝毫没有关于性的描写,更没有表现女性欲望的展现。随着苏维埃政权的逐步瓦解,文学审查制度也随之放宽,同时,俄罗斯开始接受西方的女性主义理论,包括身体理论在内的一系列女性主义批评理论对俄罗斯女性作家的创作理念产生了巨大影响。俄罗斯女性作家开始通过身体叙事,以各种方式或明或暗地与男性中心文化传统进行对话和抗争,试图通过文学作品表达女性在新时期的生活状态和社会身份,彰显出女性的主体意识。瓦·纳尔比科娃(В. С. Нарбикова)、尼·戈尔兰诺娃(Н. В. Горланова)、斯·瓦西连科(С. В. Василенко)、柳·乌利茨卡娅等都是女性身体、生理欲望和生理经验描写的代表作家。她们以女性的视角将其独有的各种生理体验写入文本中,颠覆女性在传统文化中留给人们的性感、美丽的单一形象,还原她们以真实和完整的面貌。当然,过度的性爱描写会使文学作品难以摆脱世俗化和市场化的嫌疑。一些学者认为,在新的社会历史条件下,由于文学界受到市场规律的支配,文学作品被较大限度地商品化,为了适应市场的需求,很多作家在自己的作品中加入能够吸引读者的元素,其中"色情描写似乎成为招揽读者的重要手段。性爱描写一时作为一种'添加剂'而为相当多作家所使用。"[①]

通过以上分析我们发现,自20世纪80、90年代起,俄罗斯女性小说

---

① 张捷:《苏联解体后的俄罗斯文学》,北京:中国社会科学出版社,2011年,第139—140页。

在复杂的政治、社会和文化生活发生巨变的情况下,在国内外文艺理论的双重交叉影响下,开始经历由量变到质变的过程。一方面,俄罗斯女性小说在数量上大量增多,其规模和成就超越了俄罗斯文学史上的任何一个时期;另一方面,俄罗斯女性小说从创作内容和写作手法上都取得了新的突破。特别需要强调的是,在以爱情主题为创作主要内容的小说中,有关女性的身体描写及其生理欲望的展现与当代俄罗斯女性自我意识的觉醒息息相关。"女性作家似乎发现了一个她们认识自己的欲望和身体,甚至认知自我的一个新领域,她们把那些被认为是不能书写的、不能公之于众的隐秘内容表现出来,把纯粹的自我感受用自己的笔叙述出来。"①

2. 当代俄罗斯女性文学中的女性人物形象

在古希腊的神话传说中,有一个叫皮格马利翁的男人颇为独特。他本是塞浦路斯的国王,也是位极其出色的雕刻家。因为不满女人身上各式各样的劣性和恶习,皮格马利翁选取象牙为材料,精心塑造了一个纯洁无瑕、美丽绝伦的女郎。象牙女郎塑成之后,皮格马利翁情不自禁地爱上了她,最终爱到为之疯狂的地步。在爱神阿芙洛狄忒的祭奠上,皮格马利翁虔诚地向爱神祈求,希望爱神将这个美丽无瑕的象牙女郎赐给他做妻子。阿芙洛狄忒被他的虔诚和痴迷所感动,满足了他的心愿。于是,这个本来冷冰冰的象牙女郎因爱神的恩赐获得了生命,随后便与皮格马利翁结婚,并为他生儿育女。

古希腊神话中的皮格马利翁在今天的文化中成为一个只要对艺术对象执着地追求,便会产生艺术感应的代名词。甚至人们在心理学领域还借用皮格马利翁的名字,将"期待效应"命名为"皮格马利翁效应",用来解释只要对某件事物怀着强烈的期待,那么所期待的事物就会出现的心理效应。由此可见,"皮格马利翁"形象被赋予熟为人知的象征意义。然而,"象牙女郎"的象征意义却比较单一和片面,她大多被认为是"完美女性"

---

① 陈方:《当代俄罗斯女性小说研究》,北京:中国人民大学出版社,2007年,第71页。

的代言人。其实,"象牙女郎"所具有的隐喻意义十分值得我们注意。从女性主义理论视角来看,"象牙女郎"是一个外表美丽,性情温顺,沉默无语的女性,这种女性形象明显带有男性中心文化的色彩,在她身上凝聚着男性对完美女性的追求,她不仅为皮格马利翁所热爱,也为许多男性所欣赏并渴望拥有。

受千百年来人类社会中传统男性中心文化的影响,象牙女郎身上特有的品质和价值逐渐成为人类文明史上男性认定的"理想女性"之典范。不论在东方还是在西方,传统男性中心文化赋予女性生命的意义和价值就是为爱情和家庭奉献出自己的一切。一个女人是否存在价值,主要看她对丈夫是否忠贞,对子女是否慈爱,是否愿意以牺牲自己的一切为代价,来成就男人的幸福,最终换取家庭和婚姻的和睦与安定。要知道,婚姻与家庭的安定是男人生活幸福所必不可少的基础和前提。纵观中外文学史,"象牙女郎"比比皆是,不胜枚举。俄罗斯文学史上的很多女性形象也具有上述"理想女性"之特质。从19世纪俄罗斯文学的黄金时代开始,一系列极具代表性的优美妇女形象涌现出来。普希金在其诗体小说《叶夫盖尼·奥涅金》中塑造的塔吉雅娜成为俄国文学中女性形象的代表和典范,可以说,普希金之后的很多俄国经典作家笔下女性形象都是以"塔吉雅娜"为创作模板,在其基础上进行补充或丰富,如屠格涅夫《贵族之家》中的丽莎、《罗亭》中的娜塔莉娅、《前夜》中的叶莲娜、车尔尼雪夫斯基《怎么办》中的薇拉等。这些作品中的女主人公都符合作家心目中女性应该遵守的道德规范和行为准则,符合男性的审美标准,她们都具有外表美丽、内心温柔的特质,是典型的"理想女性"形象。自19世纪末开始直至20世纪的俄罗斯文学大师笔下的女性形象逐渐丰富和完整起来,出现了一系列气质较为张扬、个性较为复杂的女性(如陀思妥耶夫斯基《罪与罚》中的索尼娅、《白痴》中的阿娜斯塔西亚、《卡拉马佐夫兄弟》中的格鲁什卡、托尔斯泰《战争与和平》中的娜塔莎、《安娜·卡列尼娜》中的安娜、《复活》中的卡秋莎等),不过,她们毕竟是男性作家的创作产物,难以摆脱男

第一章
乌利茨卡娅与当代俄罗斯女性文学

性视角下产生的对女性的误读或偏见。比如托尔斯泰笔下的娜塔莎,年轻时的她是一个光鲜亮丽、天性活泼、为人善良、热情的女孩,并且拥有丰富的精神生活,经过岁月的磨砺之后,她失去了年轻时的灵气和光彩。小说结尾向读者交待,娜塔莎嫁给了皮埃尔,为他生儿育女,每天操持家务,精神生活变得贫乏。现实主义的结局寄托了托尔斯泰作为一个男性作家对女性的全部理想,这样的结局难免引起我们的思考,即女性拥有充实的精神生活与为家庭付出精力是否能够达到和谐,这个问题是托尔斯泰本人无法解决的,即使今天的我们也仍然没能找到化解矛盾的答案。正如有些学者所分析的那样:"作为一个贤妻良母的女人,如何在精神上不断地充实自己,让自己的生活变得更有意义,活得更有价值……甚至许多受过良好教育的人都未必能处理好这一问题,怎么理解女性的真正解放……这是值得我们大家探讨的。"①

纵观19世纪直至20世纪俄罗斯文学中的女性形象,我们不难看出,"俄罗斯妇女的画廊"中让人印象深刻的女性几乎都出于男性作家之笔,他们塑造的女性都是男性欣赏和期待的,要么是美丽温柔的女子,要么是勇于献身的拯救者,这迎合了男性的审美兴趣,所以具有男性中心文化的特征。即使有一部分女性形象比较丰满,具有较为张扬的气质和复杂的性格,甚至拥有反叛社会舆论和传统文化的思想,但是她们所坚持和追求的东西要么无疾而终,要么就是以悲惨或哀伤的结局告终,她们被深深地打上了"男性话语"的烙印。也就是说,即使男性作家创作出了一系列丰富多彩的女性形象,他们也始终无法诠释出真实的女性形象,他们只是在用自己的话语方式来对女性的各种经验进行描述,而女性并不希望由男性代替自己发言,她们需要以自己的角度和方式来展现真实的自我。

俄罗斯女性文学历史并不像西方那样受人瞩目,也没有像西方女性

---

① 徐稚芳:《俄罗斯文学中的女性》,北京:北京大学出版社,1995年,第109页。

文学那样塑造出类似于伊丽莎白①、简·爱②、斯佳丽③等深入人心的女性形象。这主要因为,成果辉煌的俄罗斯文学史几乎是男性作家的天下,长期以来女性作家始终处于文学界的边缘地位。自20世纪80年代开始,俄罗斯在政治、经济、社会和文化生活等方面都发生了翻天覆地的变化,各种文艺思潮相互交替和交锋。在自身传统和外来文艺思潮的双重推动下,俄罗斯女性文学传统在这一时期得到了一定的发扬,女性文学开始蓬勃兴起。从总体上看,在当代俄罗斯女性文学中,越来越多地出现不同于传统文学中的新女性形象,她们不再是人们期待和欣赏的"理想女性",不再是天使和女神的化身,这些新女性形象的塑造反映了女作家对现实生活的真实表达以及她们对真实女性的诠释。

当代俄罗斯女性小说中的女主人公具有以下几个明显的共性特征。首先,从外貌上看,她们几乎不再符合人们传统思维模式中对"女性美"的定义,很多女性人物都不具有天使般的面孔和婀娜多姿的身材,反之,她们不是长相丑陋,就是身材粗壮,完全颠覆了人们关于女性漂亮和柔美的印象。比如,托尔斯泰娅在其小说《索尼娅》中这样描述女主人公的外表:"她的头简直就像一匹马的脑袋……胸部又扁又平,两条腿很粗壮,就像是从别人的身体上移植过来的,两只脚还向里撇着。"乌利茨卡娅笔下的索尼奇卡也是位其貌不扬的女性,她"鼻子长得鼓鼓囊囊,像个大鸭梨,细高个子,宽肩膀,干瘦的双腿,坐平的扁屁股"④。彼特鲁舍夫斯卡娅的短篇小说《克谢妮亚的女儿》(«Дочь Ксени»)中靠卖淫为生的女人也没有天生丽质的美貌:"她没戴头巾,看上去是个老实的女人,身材又矮又胖,可看起来也不像个摔跤手——有些妇女会很像摔跤手,她们有宽肩膀和

---

① 简·奥斯丁《傲慢与偏见》的主人公。
② 夏洛蒂《简·爱》的主人公。
③ 米切尔《飘》的主人公。
④ Улицкая Л. : Сонечка. http://lib.rus.ec/b/57688/read(本书中所引用的该小说片段均出于此,后文不再另行说明。——作者注)

第一章
乌利茨卡娅与当代俄罗斯女性文学

粗脖子,有狭窄的臀部、又短又粗的小腿和细细的脚踝。"①叶莲娜·塔拉索娃(Е. Г. Тарасова)在其短篇小说《不记恨的女人》(«Не помнящая зла»)中更加露骨地描绘了女主人公丑陋无比的病态外表:"她脖子上有一道血淋淋的疤痕,很长的疤痕,脚上布满了肿胀的血管……满口净是发黑的牙齿。她永远不会在变型的、红松果一般的脸上露出笑容。"②有些作家并没有直接描述女主人公丑陋的外貌,甚至很少提及她们的外貌,但是她们都从侧面交待这些女性由于不美丽的外表而被人排斥的生活处境,诸如"大家从见到我第一眼时,就不喜欢我"③,"在她的少女时代,没有人认为她是漂亮的"④,"她时常为自己的外貌而伤心"⑤等等。总之,我们在当代俄罗斯女性小说中有关女性人物外貌描写及相关交待中,很难发现她们美丽和温柔的特质。女作家塑造出这样一系列非天使般的女性群像以消解俄罗斯文学传统中女性的"崇高",还原女性以真实的面貌,换言之,现实生活中的女性不可能都像想象中一般美丽动人,特别是那些平凡的"小人物"女性,她们在经历生活中的重重琐事之后,在承载命运中的种种变数和灾难之后,丧失温文尔雅的气质是真实与合理的,正如一位俄罗斯女性文学研究者所说,"她们是当代世界中的悲剧形象,世界上所有的痛苦都从她们身上经过。"⑥

其次,从精神层面来看,当代俄罗斯女性作家笔下的女主人公越来越强调个性的彰显,重视自我价值的实现和自我存在感的认定,与传统文化中种种对女性的认知进行对抗和交锋,她们以更加完整、坚定、独立的面

---

① Петрушевская Л. Дочь Ксени. http://www.fidel-kastro.ru/petrushevskaia/petruschewskaya_kak_zwetok.htm#5

② Тарасова Е. Не помнящая зла. http://www.a-z.ru/women_cd1/html/ne_pomnaschaa_zla.htm

③ Петрушевская Л. Свой круг. http://lib.rus.ec/b/42559/read

④ Улицкая Л. : Бронька. http://lib.rus.ec/b/271998/read(本书中所引用的该小说片段均出于此,后文不再另行说明。——作者注)

⑤ Улицкая Л. : Медея и ее дети. Эксмо,-Москва, 2008. http://lib.rus.ec/b/61896/read (本书中所引用的该小说片段均出于此,后文不再另行说明。——作者注)

⑥ Василенко С. Новые Амазонки. Сборник. Московский рабочий, Москва, 1991,—83 с.

貌出现在文学作品中。在这些形形色色的女性形象中,最引人注目的一类要数"新亚马逊女人"①了。我们之所以说这类女性形象最引人注意,主要是因为在她们身上聚集了当代女性对传统男性中心文化的强烈对抗力量。"新亚马逊女人"本是一个俄罗斯女性主义文学小组的名称。在20世纪80、90年代的俄罗斯文学界,女性文学作品遭到了在社会上占统治地位的男人们有形无形地贬低与歧视。为了反抗作为男性沙文主义牺牲品的命运,一些女性作家自发组成了女性主义文学团体,并共同搜集和出版一些曾经被拒绝的文学作品。女作家们之所以将这个小组的名称定为"新亚马逊女人"是有其深刻含义的。这里所说的"新亚马逊女人"是针对古希腊神话中骁勇善战、坚定无畏的亚马逊女战士而说的。在古希腊神话中,亚马逊女战士非常勇猛,并且富有进攻精神,她们善于在马背上作战,精于骑射,战斗甚至成了她们用以谋生的工具。这些女人不只负责保卫国家,还入侵邻国。有关亚马逊女战士的故事一直是古希腊艺术家最喜爱的主题之一,在今天保留下来的涉及亚马逊部族的古希腊图画或雕刻中,很多都是亚马逊女人的战斗场景。相应地,"新亚马逊女人"也继承了上述亚马逊女战士的不少特质,虽然在现代生活中她们不再像古希腊神话中那些女战士一样面临战争,也不必负责管理国家,但是她们沿袭了那种狂热的反抗精神和进攻精神,只不过她们反抗和进攻的对象不再是战场上的敌人,而是男性中心文化下人们对女性的认知。谈到这类女性在文学作品中的具体表现,我们首先会发现,很多女性主人公都对权力充满欲望,具有强烈的进攻特性。如紧紧控制住自己爱人的尼娜②、决意要在日常生活中驯服自己丈夫的卓雅③、对孩子异常冷漠并操控孩子自由的母亲格鲁兹亚娜④、在遭遇

---

① Василенко С. Новые Амазонки. Сборник. Московский рабочий, Москва, 1991, —83 с.
② 托尔斯泰娅《诗人与缪斯》(《Поэт и муза》)的主人公。
③ 托尔斯泰娅《猎猛犸》(《Охота на мамонта》)的主人公。
④ 彼特鲁舍夫斯卡娅《小格鲁兹亚娜》(《Маленькая Грозная》)的主人公。

第一章
乌利茨卡娅与当代俄罗斯女性文学

生活变故之后相互贬损和侮辱的母女俩安娜和阿廖娜①、在丈夫死后倍感快乐和轻松的"我"②、由于相貌丑陋和身患疾病而对世界充满报复心理和仇恨情结的女人③等等。上述女性形象丧失了很多女性特质,与人们传统印象中温柔、贤惠的女人相去甚远。在生活中她们不再以被动的角色出现,而是走向了另一个极端,充满着操控和进攻的欲望,成为让旁人望而生畏的"女霸道""女希特勒""凶恶的女人"式的人物。

如果说上述"新亚马逊女人"集中体现了当代俄罗斯女性对传统男性中心文化的强烈对抗,那么与之不同的另一类女性形象就显得平和、内敛了许多。有学者认为,"人们心中关于女性的概念以及女性气质的模式,是一代又一代慢慢地形成的,已经成为了一种根深蒂固的传统。这种传统对于性别的社会形成、对于人的行为模式都有着深远的影响。……性格内敛、立场和缓的女性形象则相对更易博得读者的认同。"④这类女性形象和人们传统认知中的女性似乎区别不大,但是她们却具有传统女性所没有的主动性和独立性,特别是精神上的丰富和内心的独立与自由。作家在这类小说中所营造的氛围相对缓和,矛盾冲突也不那么激烈。比如乌利茨卡娅的小说《美狄娅和她的孩子们》就为我们创作出了一幅和谐的世界图景。小说中的女主人公美狄娅具备很多俄罗斯传统女性的美德,诸如勤劳善良、坚韧不拔、热爱家庭生活、珍爱亲人、具有虔诚的宗教感等等。作者特意将女主人公的名字取作美狄娅,是为了让人们联想到希腊神话中那个充满爱与激情的原型,并引导人们对这两个形象进行对照和思考。乌莉茨卡娅笔下的美狄娅在面对丈夫的背叛与生活中各种混乱不堪时总能够找到让内心平静的力量,完全摆脱了传统神话中美狄娅极端狂妄的愤怒性情,可以说是一个彻底的"反美狄娅"形象(在之后的章

---

① 彼特鲁舍夫斯卡娅《夜晚时分》(«Время ночь»)的主人公。
② 纳巴特尼科娃《说吧,玛利亚》(«Говори, Мария»)的主人公。
③ 塔拉索娃《不记仇的女人》(«Не помнящая зла»)的主人公。
④ 陈方:《当代俄罗斯女性小说研究》,北京:中国人民大学出版社,2007年,第112页。

节中我们将对"反美狄娅"形象及其塑造方法进行详尽分析),作家以现实世界为背景,赋予美狄娅内心独立与平静的能力,使人们读后感悟到人(特别是女人)在经历生活中的变故和不幸之后还能坚守住自己的精神阵地是多么重要。除了美狄娅之外,当代女性文学作品中还有一些较为典型的性格内敛的女性形象,如乌利茨卡娅另一部小说《索尼奇卡》中的同名女主人公、托卡列娃中篇小说《你在,我在,他在》(«Я есть. Ты есть. Он есть»)中的安娜等等。总之,这类女性形象身上散发出许多俄罗斯传统女性身上的特质,她们保留了自古以来女性所具有的奉献精神和虔诚的宗教感,忠于爱情和家庭,内心善良。从这点来看,她们与俄罗斯传统文学中的女性形象并无差别,但需要注意的是,在这类女性的意识深处开始萌发对男性中心文化的反抗,不过她们的反抗并不像"新亚马逊女人"那样强烈和明显,而是倾向以一种比较含蓄和隐秘的方式进行。我们认为,这种写作策略更能引起读者的共鸣,因为当代女性,特别是"小人物"女性所面临的生活是复杂、艰难和无奈的,在重重压力的逼迫下,如果能够找到一种相对和缓且有效的方式来解决现实生活的难题,才是人们所希望的结局。因此,与走向极端的"新亚马逊女人"相比,普通读者可能更希望在文学作品中看到这种能够保持内心独立和平静的女性形象。

综上所述,当代俄罗斯女性小说中的女性形象集中反映了当代俄罗斯女性在观念、思想和意识方面的深刻变化。这些丰富多彩的女性形象无论是在外貌上还是在思想和性格上都与俄罗斯文学传统中的女性有着本质差别。由于时代背景的巨大差异,现代女性背负着来自各方面的压力:繁重的工作,繁琐的家庭事务以及来自家人的压力等等。形式上的男女平等也给她们带来负面的影响:她们不得不去参与各式各样的社会工作或活动,这无形也是一项繁重的压力。在上述种种压力之下,当代女性开始思考自我存在的意义和价值,并寻求摆脱被动命运的方法,这一主题被女性作家生动且真实地反映在作品中。虽然她们笔下的女主人公属于不同的类型(有相对极端的"新亚马逊女人",也有相对和缓的"反美狄娅

第一章
乌利茨卡娅与当代俄罗斯女性文学

女人"），但是这些形象无疑都反映了当代女性在现实中所表现出来的反叛意识和追求内心独立与自由的向往，所以她们受到广大读者，特别是女性读者的欢迎和喜爱。

3. 当代俄罗斯女性文学的主要创作手法

20 世纪 80、90 年代是俄罗斯社会发生剧烈变化的特殊时期，政治生活的骤然变化影响到当代俄罗斯文坛的发展与走向。在新的历史条件下，俄罗斯文学界面临着言论自由、审查制度放松、文学逐渐商品化以及外来文学作品和文学批评理论的冲击。因此，俄罗斯国内的文学创作活动和文学批评原则逐渐向复杂化和多元化的趋势发展，这种趋势特别体现在文学的创作手法上。具体谈到当代俄罗斯女性文学创作手法的复杂性和多样性，我们认为主要有以下几个方面：

首先，这一时期不少女性作家运用了后现代主义创作手法。在苏联解体之后，马克思列宁主义的文艺观失去了指导地位，甚至被许多人抛弃。西方的各种文学思潮涌入俄罗斯，各种文学理论被先后引进，成为引人注目的现象。尤其在这一段时间内出现了"后现代主义热"的现象。后现代主义理论引入俄罗斯后被很多作家运用于文学创作实践，他们创作的实验性色彩越来越浓，有些作品怪诞离奇的程度甚至令人费解。不过，西方的后现代主义文艺思潮在俄罗斯的影响是有限的。由于俄罗斯本国文学传统和社会生活与西方存在着本质的区别，所以在国内政治形势和社会思潮的不断变化下，西方纯粹的后现代主义文学创作原则并没有被俄罗斯全盘接受，后现代主义更多的是作为文学创作实践中的写作手法之一为作家们所运用。不少作家广泛使用仿作、反讽、解构、游戏经典、拼贴等写作手法，女性作家也不例外，例如纳尔比科娃的作品《地狱即是，是即狱地》（«Ад как Да，аД ка дА»）、托尔斯泰娅的作品《魔术师》（«Факир»）和《野猫精》（«Кысь»）、彼特鲁舍夫斯卡娅的《小格鲁兹娜娅》、乌利茨卡娅的小说《美狄娅和她的孩子们》《库克茨基医生的病案》（«Казус Кукоцкого»）、瓦西连科的系列短篇小说《小傻瓜》（«Дурочка»）等。事实上，对于当代俄罗斯文学作品来说，我们很难将一部作品简单地定性为后现代主义风格之作,正像俄罗斯学者利波维茨基在一篇论文中所指出的,"后现代主义的很多手法早就被不同流派的作家吸收和借用,这些人当中包括带有现代主义、现实主义、浪漫主义、自然主义、感伤主义等倾向的作家。"①总之,源于西方的后现代主义虽然并未被俄罗斯全盘接受,但是它对包括女性小说在内的当代俄罗斯文学产生了不可忽视的影响。从整体上看,这一时期的俄罗斯女性小说中最为突出的后现代主义特征就是对经典文学的戏拟和解构,女性文学创作手法的复杂化和多元化由此可见一斑。

其次,很多当代俄罗斯女性作家采用了现实主义创作手法。我们知道,俄罗斯文学历来具有现实主义的传统,俄罗斯作家总是具有很强的社会责任感,他们习惯遵循"为人生"的创作宗旨,即使我们已经很难在当代文学作品中找到作家说教的言辞,但是他们始终难以摆脱在作品中反映社会现实的习惯与传统。其实,这恰好就是西方后现代主义难以被俄罗斯普遍接受的重要原因,换而言之,这也是俄罗斯的后现代主义文学与西方后现代主义文学的本质差别所在。曾经有学者指出,"西方后现代主义文学是西方后工业社会发展的产物,而俄罗斯后现代主义则出现于苏联社会主义社会,即使在苏联解体后,它的社会生活的基础也与西方后现代主义有所不同。因此,它与俄罗斯的社会生活并不是完全适应,也不大可能被大多数具有另一种社会意识的群众所普遍接受。其次,俄罗斯文学在其长期的发展过程中形成了自身的传统,……俄罗斯作家历来就有很强的社会责任感,他们重视文学的教育作用……就是某些一时接受后现代主义的作家尽管在意识层面上想要抛弃这个传统,但是在无意识层面上仍然不由自主地按照这个传统行事,摆脱不了它的'纠缠',这就为这些人比较容易地改变态度,甚至最后脱离后现代主义提供了可能。"②不过,需要指出的是,"现实主义"在当代

---

① Липовецкий М. Постмодернизм сегодня, Знамя, 2002, 5. http://magazines.russ.ru/znamia/2002/5/lipov.html
② 张捷:《苏联解体后的俄罗斯文学》,北京:中国社会科学出版社,2011年,第99页。

第一章
乌利茨卡娅与当代俄罗斯女性文学

俄罗斯文学语境下是一个非常复杂的概念。我们认为,这里的"现实主义"并不等同于俄罗斯文学理论发展史上的任何一个"现实主义"(如古典现实主义、批判现实主义、社会主义现实主义、新现实主义、后现代主义等等)。如今的"现实主义"在新的历史条件下开始出现一些新的特点,文学界对它的看法不一,相关争论至今仍在继续。不过有一点是没有争议的,那就是如今的"现实主义"是一种经常不断发展的,并且作为一个开放体系吸收着其他流派,诸如先锋派、现代主义、后现代主义等创造手法,并对其加以新的诠释的现实主义。这种全新的现实主义应该反映当代俄罗斯的时代特点、当代俄罗斯人的生活经验和思想感情等。

具体谈到当代俄罗斯女性小说所具有的现实主义性质,我们总结出以下几个特点:

第一,当代俄罗斯女性文学中所表现的现实通常是生活的阴暗面,女作家们更加偏爱描写现实生活的恐怖、残酷、压抑和扭曲等,毫无粉饰地将生活的消极面原原本本地展现出来。比如彼特鲁舍夫斯卡娅的《夜晚时分》《生活的阴影》,戈尔兰诺娃的《一个活得很累的当代人与其心灵的对话》等等,这些作品毫无例外都是描写生活在社会底层的"小人物"女性的悲惨命运和其窘迫不堪的家庭生活。

第二,当代俄罗斯女性作家重视对女性心理现实的展现。作品中出现女性情感世界和心理活动的描写。不少作品采用第一人称的叙述策略,女主人公的内心独白、梦境、书信、日记等也出现在这类作品当中。比如乌利茨卡娅的《库克茨基医生的病案》中的部分章节、阿尔巴托娃(М. Арбатова)的小说《今年我四十岁》(« Мне сорок лет »)、托卡列娃的《第一次尝试》、谢尔巴科娃的《情人大军》(« Армия любовников »)等,这些作品(或作品中的某些部分)以第一人称为叙述视角,深刻展现女主人公在情感、思想和心理方面的状态和变化,带给读者最直观的感受。

第三,在当代俄罗斯女性小说中出现了新的现实主义艺术表现空间。封闭空间,特别是医院和筒子楼成为女性作家首要选取的艺术表现环境。

筒子楼是生活在底层女人的居住场所,筒子楼里的公共厨房更是女人的天下,女作家选取这样的场所作为故事展开的艺术空间以表现当代俄罗斯女性的现实生活是很容易理解的,相关作品有托尔斯泰娅的《火焰与灰尘》(《Огонь и пыль》)、阿尔巴托娃的《今年我四十岁》、彼特鲁舍夫斯卡娅的《夜晚时分》、乌利茨卡娅的《布罗尼卡》(《Бронька》)等。至于医院,我们则需要作出进一步阐释。医院(或者病房)在传统意义上所具有的崇高性质在当代女性小说中被弱化,甚至被消解。在以往正统的苏联社会主流话语语境下,医院或病房一般被描写为英雄层出不穷的场所,他们以一种竭尽全力与死亡和病魔作斗争的形象出现在文学作品中。与此不同的是,当代女性作家笔下的病房成为了牢房的化身。正如美国学者海伦娜·戈西罗(Helena Goscilo)所论述的那样:"像监狱一样的病房通过各种手段被展现出来。住院接受治疗就意味着饱受煎熬或者完全被束缚在狭小的空间内,……就意味着承载巨大的压力。病房里难熬的治疗过程使时间在无形中被拉长,在那个狭小的监狱般的病房里,时间不可避免地改变了自己的轮廓和意义。……另外,医院建立的系统化的行为规范和医护人员在专业方面的优势,使他们在患者面前具有不可逾越的绝对权威。"[1]当代俄罗斯女作家更加重视医院或病房所具有的与女人的生育、流产以及生死密切相关的特性,她们通过对这种独特空间下女性经验的相关描写来展现女性生存的价值与意义,相关作品有瓦西连科的《塔玛拉女皇》(《Царица Тамара》)、帕列依的《失踪者病房》(《Отделение пропаших》)、乌利茨卡娅的《库克茨基医生的病案》等)。

再次,许多俄罗斯女性小说具有自然主义性质。当代俄罗斯女性作家偏爱在文学作品中描写女性的身体、欲望和生理经验等,这是女性文学所具有的独特性。比如在乌利茨卡娅的长篇小说《美狄娅和她的孩子们》

---

[1] Helena Goscilo, *Women's Space and Women's Place in Contemporary Russian Fiction*, Gender and Russian Culture, Cambridge University Press, Cambridge, 1996, —329—330 p.

第一章
乌利茨卡娅与当代俄罗斯女性文学

《库克茨基医生的病案》和《您忠实的舒里克》中,在彼特鲁舍夫斯卡娅的小说《自己的圈子》和《夜晚时分》中,在纳尔比科娃的小说《日月星辰之光的平衡》(«Равновесие света дневных и ночных звед»)中都有关于女性生理欲望、生理经验和女性身体的描述。这些描写充分体现了当代俄罗斯女作家对女性自我存在感的认定与强调。

以上我们简要梳理了女性主义批评理论在俄罗斯的接受情况,并且从创作主题、女性人物形象和创作手法三个方面较为宏观地介绍了当代俄罗斯女性文学的创作情况。乌利茨卡娅在同时代俄罗斯女性作家中是较为出色的一位,她的小说除了具有上述当代俄罗斯女性小说的共性特征之外,还拥有独特的魅力。下面我们先对乌利茨卡娅的创作情况及其相关研究现状作一考察。

第二节 乌利茨卡娅创作简介及其研究状况

一、乌利茨卡娅的创作生平

柳德米拉·叶甫盖尼耶芙娜·乌利茨卡娅是当代俄罗斯文坛的后起之秀。她于1943年出生在莫斯科一个犹太知识分子家庭。受犹太文化传统和家庭氛围的影响,女作家自童年时期起就对读书和写作产生了浓厚兴趣。庞杂而广泛的阅读使女作家拥有了丰富的知识,这些都为她日后的文学创作打下了重要基础。青年时期的乌利茨卡娅并没有从事文学创作活动,她先是就读于莫斯科大学的生物系,之后又在生物遗传学研究所继续深造,最终获得了遗传学副博士学位,并开始从事相关工作。不过,文学与乌利茨卡娅的缘分并没有就此中断,命运的捉弄致使乌利茨卡娅退出遗传学界,她借由结婚生育的契机转而进入她自童年起就念念不忘的文学世界,从事与文学相关的工作。

乌利茨卡娅虽然走上了自己向往已久的文学创作之路,但是她在文坛上并非一举成名。自20世纪70年代起,乌利茨卡娅先是在剧院工作,为音乐剧、木偶剧等撰写脚本,然后着手创作了她的童话作品《一百个纽扣》(«Сто пуговиц»)和《玩具的秘密》(«Тайна игрушек»)。不过在当时,这些创作都没有给女作家带来较高的知名度。从 20 世纪 80 年代开始,女作家开始转向短篇小说的创作,一些作品还在法国和德国的文学杂志上公开发表。在这些作品中,女作家将写作重点放在对普通人的日常生活和家庭生活的展现与描写上,通过对生活细节的把握来揭示人与人之间的关系。女作家简朴细腻的写作风格越来越受到文学界的普遍关注和认可,因而出自其笔的《穷亲戚》《幸福的人们》(«Счастливые»)、《布哈拉的女儿》(«Дочь Бухары»)等小说也陆续在俄罗斯本土杂志上得以发表。进入 20 世纪 90 年代中期,乌利茨卡娅开始涉足中长篇小说的创作。1992 年,女作家在俄罗斯颇具影响力的文学杂志《新世界》上发表中篇小说《索尼奇卡》,由此一举成名。转年,《索尼奇卡》还获得了俄语"布克"文学奖的提名,而后又于 1996 年在法国荣获"梅迪奇"文学奖。该小说向我们描写了一个俄罗斯犹太妇女一生的情感经历和家庭生活故事。作家在小说中塑造了一个情感真挚、胸怀博大、道德品质高尚的女性形象,给读者留下了深刻印象。与《索尼奇卡》相似,小说《美狄娅和她的孩子们》中的女主人公美狄娅同样以独特的女性魅力吸引了广大读者的目光。该部长篇小说于 1996 年刊登在《新世界》杂志上。乌利茨卡娅在小说中延续了之前的写作风格,以家庭生活作为小说叙述的基础。不过与以往不同的是,作家并不仅限于关注一个女人的家庭生活,小说的视野相对开阔了,我们能从中感受到近一百年俄罗斯社会的变迁对一个家族的影响。1997 年,乌利茨卡娅凭借这部小说再次进入俄语"布克"文学奖的最终角逐,虽然并未折桂,但这足以证明女作家挤进了当代俄罗斯一流作家之行列。同年,她出版了中篇小说《欢乐的葬礼》,该小说所涵盖的主题十分丰富,其中包括犹太主题、侨民主题等,不过最重要的还是生存主题,即人对死亡的态度以及怎样与人为善的命题。这部小说凭借其对死亡的独特视角的叙事和深刻的哲理性获得了许多读者的喜爱。2001 年,乌利茨卡娅

第一章
乌利茨卡娅与当代俄罗斯女性文学

终于凭借其力作《库克茨基医生的病案》获得了俄语"布克"文学奖,并且成为历史上第一位获得该奖项的女性作家。这部小说讲述了一个普通家庭中各个成员的人生经历和心理变化,以及家庭成员之间微妙的关系,由此折射出整个俄罗斯社会近百年的变迁。可以说,这部长篇小说是乌利茨卡娅小说创作的重要里程碑,女作家以其开阔的叙述视野、细腻的艺术形象刻画、丰富独特的写作技巧和女性书写策略赢得了评论界和广大读者的赞赏和喜爱。俄罗斯著名导演尤里·格雷莫夫(**Ю. В. Грымов**)还将它拍成了电视剧,小说的受欢迎程度由此可见一斑。乌利茨卡娅的第三部长篇小说《您忠实的舒里克》于 2004 年问世。与以往几部小说的不同之处在于,该小说在社会上引起了较为激烈的争议,对它的赞誉声和批评声几乎处于抗衡状态。有些评论家认为这部小说是乌利茨卡娅对之前写作风格的一种创新,作家通过塑造一个富有同情心的、生性脆弱的男性形象反映了当代俄罗斯社会单亲家庭教育、男女比例失衡、男女角色异变等重要问题;另一些评论者和读者则认为小说中对性爱场面和人物生理欲望的相关描写,以及男主人公舒里克不断用"性"来取悦各种女性的行为其实就是为了吸引读者的眼球,这些描写实质上是一种廉价的故事情节。也许正是由于争议太过激烈,小说获得了庞大的读者群。在该部小说出版之后,女作家表示不愿再进行长篇小说的创作,因为其创作过程十分艰难,她"每完成一部长篇小说就觉得这是最后一部了"①。不过令读者意外的是,女作家于 2006 年发表了她的第四部长篇小说《达尼埃尔·史塔因,翻译》(**«Даниэль Штайн, переводчик»**),该小说由真实故事改编而成,向我们讲述了一个二战期间在纳粹德国警察队伍中充当翻译的犹太人达尼埃尔的传奇人生故事。女作家通过讲述主人公的一生,探讨了诸如民族信仰、民族理解和交融等较为宏大的问题,从而引发读者对人生

---

① 作家访谈:Роман меня напишет. http://www.peoples.ru/art/literature/prose/roman/ulitskaya/interview1.html

哲学的深刻思考。该作品同样入围了俄语"布克"文学奖。21世纪以来，乌利茨卡娅笔耕不辍，以其独特的创作天分写下了几部新的小说和小说集，2002年出版的短篇小说集《小女孩》、2004年出版的短篇小说集《我们沙皇的臣民》、2011年出版的长篇小说《绿色的帐篷》(«Зеленый шатер»)都引起了广泛关注和认可。这些作品保持了作家一贯的写作风格，同时在语言和创作主题方面都呈现出一些新的特点。总之，乌利茨卡娅的作品已经成为当代俄罗斯文学，特别是女性文学的经典研究范本，作家本人及其创作都是俄罗斯文学批评界不可回避的。

二、乌利茨卡娅个人因素对小说风格的影响

我们在绪论部分已经谈过，历来很多中外文艺家都认同风格是作家本人独有的一种表现。美国学者韦勒克沃伦在其著作《文学理论》中提到："一部文学作品的最明显的起因，就是它的创造者，即作者。因此，从作者的个性和生平方面来解释作品是一种最古老和最有基础的文学研究方法。"[①]也有学者认为，文学作品的风格在很大程度上是由作者的主观因素决定的，言语主体在面对庞大的语言材料和生活材料时会有着明显的个性化写作倾向，"一个人的阅历是有限的，这有限的阅历决定了他的言语度量；一个人的审美趣味是有定的，这有定的趣味决定了他言语形式的选择方向。"[②]类似的论断还有许多，这些论点不但概括了作为创作主体的作家和他所创造的作品之间存在的一种内在的对应关系，也为鉴赏和分析文学作品风格提供的另一种视角和方法。虽然本书的重点是从文本内部考察乌利茨卡娅小说的风格特点，但了解其作品风格形成的主观因素无疑有助于我们更全面、更准确地把握女作家的创作独特性。因此，我们将从以下几个方面对乌利茨卡娅作品风格形成的主观因素作出大致分析。

---

① [美]韦勒克、沃伦：《文学理论》，北京：生活·读书·新知三联书店，1984年，第68页。
② 高万云：《文学语言的多维视野》，济南：山东文艺出版社，2001年，第212页。

第一章
乌利茨卡娅与当代俄罗斯女性文学

1. 女性身份

乌利茨卡娅是活跃在当今俄罗斯文坛上的一位颇有成就的女作家。作为一名女性作家,她笔下的作品明显具有女性文学的特征,无论是从作品的创作主题、人物形象,还是写作手法上都可见一斑(我们在后文将进行相关论述)。我们在这里需要交待一些有关女作家对女性文学的看法问题。

乌利茨卡娅曾经在一次记者采访中谈到过该问题,她并不赞成以性别作为划分文学种类的标准和尺度。虽然男性作家和女性作家在创作题材和描写方法上存在差别,例如,女性作家一般擅长家庭生活、个人情感以及女性独有的生理体验和心灵体验等题材,而男性作家则擅长书写战争、历史等题材,但从本质上说,衡量文学只能以好坏作为标准,而不是以性别差异。不过,作家也谈到,如果女性文学真能促进男女两性之间的互相理解和爱护,并且男性能够通过女性文学更加了解女性,那么,她也不反对这样的划分方式。① 她还解释说:"为什么男女两性好像生活在不同的星球上,很难达成妥协和一致呢? 这是一个非常严肃的话题。虽然现代遗传学的发展日新月异,但貌似仍然不能解决这个复杂的问题。不过有一点是十分明确的,那就是男性和女性是彼此需要的——为了爱,为了繁衍后代,为了培养后代,为了社会各个领域的和谐发展和进步,男性和女性必须在一起合作。因此,男女之间的相互理解是必不可少的,至少我们应该尝试并努力地去接近它。"② 上述思想倾向较明显地体现在小说的创作内容上。例如《幸福的人》中的别尔达和玛佳斯就是一对相濡以沫的夫妻,他们虽然失去了自己的孩子,但却能做到在生活中相互扶持、彼此鼓励;又如《大儿子》(«Старший сын»)中的丈夫和妻子也十分恩爱。尽管妻子曾经与别的男人生下私生子,但丈夫却能用宽大的心胸包容她,并

---

① 陈方:《拥有最多读者的俄罗斯女作家》,《译林》,2006 年,第 4 期。
② 作家访谈:Какое время жизни нам досталось. http://www.ulickaya.ru/content/view/1285/

且像对待亲生孩子一样对待妻子的私生子;《库克茨基医生的病案》中的巴维尔也努力尝试改善与妻子之间的关系等等。

男人与女人的关系问题常常是乌利茨卡娅关注的重要主题,这一创作倾向几乎贯穿了女作家的所有作品。比如,作家在长篇小说《您忠实的舒里克》中,向读者讲述了舒里克与多个女人之间的故事,借此展示了男主人公的成长史。值得注意的是,故事的主人公虽为男性,但作家仍然塑造出几个鲜活、典型的女性人物形象。小说中形形色色的女人形成一幅丰富多样的"女性画卷"。从这些女人身上反射出男主人公矛盾的一生:舒里克同情她们,却几乎欺骗着她们每一个人。这不禁让读者深思:这难道是真正的爱情吗?"徜徉"在各种女人中间的舒里克的人生不过是一出爱情与欲望的悖论、幸福与痛苦的悖论、高尚与罪恶的悖论。作家透过讲述舒里克的成长故事,反映出当代俄罗斯社会的一系列问题,诸如男女比例失衡、单亲家庭教育、道德沦丧等。

乌利茨卡娅也会在作品中塑造一些令人信赖的、理解女性的、以正面形象出现的男主人公,不过总体来看,她还是更多地将笔墨放在女性人物的刻画方面,并且总能对女性的不幸处境和遭遇表现出应有的关注、理解与同情,这与乌利茨卡娅的女性身份有着重要的关联。事实上,乌利茨卡娅是少数并不公开强烈反对将其作品划分到"女性文学"领域的女作家,我们或多或少可以从作家对该问题的和缓态度上感受到作家本人随和的性格与内敛的气质,这其实对她的创作风格不无影响。

2. 犹太人血统

在一系列当代俄罗斯女性作家的文学创作中,乌利茨卡娅的小说格外引人注目,这是由于女作家"善于细腻地解读俄罗斯女性的历史命运和现实处境"[1],并且"始终以一种温和、善意的个性笔法,关注普通女人的

---

[1] 刘文飞:《三大流派主导俄语文坛》,《环球时报》,2005年5月23日。

第一章
乌利茨卡娅与当代俄罗斯女性文学

生活遭遇与生活状态"①。除此之外,女作家小说中所体现的鲜明的犹太文化特征也是其与众不同的重要因素之一,而这种风格特征的形成与乌利茨卡娅的犹太人血统密切相关。

1) 崇尚"智慧"

据说,生在犹太人家庭里的孩子,在他们刚刚懂事的时候,母亲就会将蜂蜜抹在书本上,让孩子去舔书本上的蜜。这样做,目的只有一个,那就是让孩子从小树立这样一种观念:书本是甜的,而且书里有智慧。孩子再大一点儿,几乎每个犹太人母亲都会拿同样一个问题让孩子来猜。假如有一天你不幸遭遇火灾,你的房子被大火包围,在你逃命的时候,最不能忘记携带的是什么? 在否定了许多答案之后,母亲就会告诉孩子们:应该携带的不是金银珠宝,而是一种无价之宝,它的名字叫智慧。在聪明的犹太人眼里,生命宛如一棵树,要想茁壮你的根,繁茂你的枝,葱绿你的叶,你就必须不断挖掘智慧的深井,用那甘爽清冽的泉水浇灌生命。生命在成长过程中要不断吸收养料,智慧是其中必不可少的一种。② 犹太学校历史上有一传统,刚入学的小学新生第一次听课,必须穿上新衣服,由教士或有学问的人领到教室。在那里放着一块干净的石板,石板上有几行用蜂蜜写下的希伯来字母和简单的《圣经》文句。然后让孩子们一边诵读字母,一边舔掉石板上的蜂蜜,接着,还有蜜糕、苹果和核桃可吃。所有这一切都是为了使他们在学习发蒙伊始就尝到香甜的滋味。这种习俗如今虽已不再时兴,但该仪式背后无疑暗含了犹太人的一种观念,即知识是甜蜜的,孩子们应抱着欣喜和愉悦的心情来开始学习。

犹太文化传统历来重视教育,爱护书籍,看重学识,推崇智慧。在《犹太教法典》的时代,学问被视为非常重要的东西。学者们纷纷出人头地,成为犹太社会的精英。在社会组织系统和公共活动中,学者和教师往往

---

① 张建华:《俄罗斯民族历史的"文化寻母"——乌利茨卡雅长篇小说〈美狄娅与她的孩子们〉中的女性话语》,《外国文学》,2006年,第5期。
② 左夫:《犹太人的智慧》,《出版参考》,2005年,第8期。

比王子和武士更有权威。上层家庭的年轻女子,大多愿意嫁给学者,而不是商人或金融家。假若父亲和教师双双入狱,孩子就会决定首先救出教师。因为在犹太社会中,传授知识的学士或教师地位非常之高。犹太人从不焚书,哪怕是攻击犹太人的书亦不例外。按照犹太教规,在每周的"安息日"(从周五日落到周六日落)里,都得停止工作和活动,但各种书店却可以继续营业,且不管是在"安息日"的白天还是夜晚。热爱学习、崇尚读书的气氛,在犹太民族中蔚然成风。由于犹太人有一以贯之的重视教育的传统,使该民族在长期的颠沛流离中能够不断涌现出优秀的思想家、科学家、艺术家和一流的经营者。不可否认,诺贝尔奖得主中的犹太人,历年来比例惊人。①

上述崇尚知识和智慧并擅长精神探索的犹太文化传统从未停止过,这种传统也深深影响着出生于犹太知识分子家庭的乌利茨卡娅。乌利茨卡娅的家庭十分重视教育,作家自孩提时代起便受到知识和书本的熏陶。她酷爱读书,对写作也产生了浓厚的兴趣。在一次采访中乌利茨卡娅曾提到:"我从小就很喜欢阅读,已经记不清是从何时开始写些诗句。苏联时期,我曾在一本犹太地下刊物上发表过一首诗,其他的诗则可见于《美狄娅和她的孩子们》。"②作家对阅读的热爱以及对文学创作的执着为其日后的写作生涯打下了坚实的基础,即使后来在大学学习的是遗传学专业,但她始终对文学不曾忘情,终于在20世纪70年代正式开始了文学创作生涯。如果要谈对乌利茨卡娅创作影响颇深的作家,首先要提到马歇尔·普鲁斯特(Marcel Proust)。乌利茨卡娅在青年时期非常沉醉于普鲁斯特的长篇小说,正如女作家自己所说的:"大约有那么一年左右的时间

---

① 《犹太人和读书》,《科学时报》,2002年9月19日,http://www.china.com.cn/chinese/RS/206823.htm

② Архангельский А. Жизнь Улицкой. http://www.ogoniok.com/5036/27/.

第一章
乌利茨卡娅与当代俄罗斯女性文学

里我只读他的作品,我那时对他的任何一个段落都是出口能诵的。"① 纵观乌利茨卡娅的作品,特别是其长篇小说,我们便可以感受到,普鲁斯特那种细腻而真实地描写每一个人物的感知和心理的意识流笔法确实对女作家的创作风格产生了不小影响。除此之外,乌利茨卡娅还特别喜爱俄罗斯作家纳博科夫(В. В. Набоков)和普拉东诺夫(А. П. Платонов),并且其创作理念深受两位作家的影响。她认为"这两个作家是难得的天才,他们的作品能够帮助人拓宽对世界的认知,并且用较为直接的写作手法将难以表达的人类意识表达出来。"②

乌利茨卡娅不仅在个人生活中酷爱读书,还将嗜书如命的性格特点赋予作品中的人物形象。在小说《索尼奇卡》中,女主人公就是一位活在书本世界里的人。每当遇到生活中的变数,她总是返回与书为伴的生活,以此慰藉自己。直到垂暮之年,她依然沉浸在俄罗斯古典文学美妙的境界中,享受着安详和平静的晚年生活。作家曾经公开承认,索尼奇卡这一形象一部分就来自于她本身,这就是一种对书的酷爱:"我的整个童年与青春都是在手不释卷中度过的。"③ 同样,索尼奇卡美妙的青春时代也是在研读世界文学名著中度过的,"她把写书当做神圣的事业"④,并且随时"让灵魂进入伟大的俄罗斯文学的广阔天地去自由驰骋"⑤。图书管理员的职业使她如获至宝,为此她感到幸福无比。又如,长篇小说《您忠实的舒里克》的主人公舒里克、他的母亲和外婆以及小说中女主人公都受过良好的教育。就拿舒里克来说,他的家庭教育主要由外婆和

---

① 周启超译:《我对自己说,世界很美好——柳·乌利茨卡娅访谈录》,摘自《美狄娅和她的孩子们》,李英男、尹城译,北京:昆仑出版社,1999年,第281页。
② 作家访谈:Людмила Улицкая. http://www.litwomen.ru/autogr23.html.
③ 周启超译:《我对自己说,世界很美好——柳·乌利茨卡娅访谈录》,摘自《美狄娅和她的孩子们》,李英男、尹城译,北京:昆仑出版社,1999年,第283页。
④ [俄]乌利茨卡娅:《美狄娅和她的孩子们》,李英男、尹城译,北京:昆仑出版社,1999年,第5页。
⑤ 同上书,第4页。

母亲负责。"妈妈和外婆就像两个羽翼宽阔的守护天使,总是站在他身旁,像是左右护法。";"当他一上小学的时候,开始帮他上德语课,和法语不同,他视德语为外文,而课还真是上得不能再好的了。";"舒里克躺在沙发上……听完果戈理、契诃夫和外婆最爱的托尔斯泰。俄国文学之后是雨果、巴尔扎克和福楼拜。";"她(作者加注:指舒里克的母亲)带他看遍所有的好戏、听遍所有的好音乐会,甚至连难得的国外巡回表演都没有错过。"①诸如类似的主人公,在乌利茨卡娅笔下还有很多。

2) 浓厚的宗教思想

众所周知,犹太人将耶和华奉为唯一信仰的神明,其他任何神和偶像均不可相信,排他性很强。这就像一种合同,或曰"契约",即犹太人是耶和华特殊的朋友和契约伙伴。在犹太教中,有这样的说法,耶和华神把所有信仰耶和华的犹太人都作为上帝的选民,这些选民死后可以上天堂,和耶和华一起享受美好的生活。犹太教规定:出生第八天的男孩要实行割礼仪式,来证明该男孩与上帝之间的特殊关系。犹太人还强调割礼不只割在了肉上,更要割在心上,割在灵魂深处。犹太人从一出生就打下了宗教的烙印,就成为了上帝的子民,这种深刻的烙印将伴随他们的一生,虽然有时可能是隐性的存在,但是在他们灵魂深处这种特殊的意识是无论如何都割舍不掉的。②"犹太人的选民思想,从圣经时代算起,一直到现在,对犹太文化思想产生了巨大影响。"犹太教的选民思想是犹太教的核心思想,也是犹太人赖以生存的根本。而选民思想则是由契约观衍生出来的,是犹太民族集体与上帝订立的约定。因为是全体犹太民族的承诺,所以对每一个犹太人都具有约束力,从而使犹太民族成了"上帝的选民"。

---

① [俄]乌利茨卡娅:《您忠实的舒里克》,熊宗慧译,台北:大块文化出版社,2008年,第36—38页。
② 高迪迪:《家族伦理与丛林生存法则的冲突——以索尔·贝娄早期小说为例》,博士论文,东北师范大学,2011年,第17页。

第一章
乌利茨卡娅与当代俄罗斯女性文学

乌利茨卡娅便是一位虔诚的宗教信徒,她曾在采访中亲口表示:"我们从早到晚都要靠宗教信仰活着。"①受其影响,乌利茨卡娅的大多数小说具有浓重的宗教色彩,不过作者从不刻意强调作品的宗教性,也不直接言说事物的本质和真理,更没有说教性的议论。作者曾在一篇小说中写下这样的话语:"我不能代表任何人,我只代表我自己,因为从文化上看——我是俄罗斯人,从血统上看——我是犹太人,从宗教信仰上看——我是基督的信徒。"②。这句话很好诠释了作家复杂的身份,而这种特殊的身份潜移默化地影响着女作家的创作风格。犹太人几世纪以来都生活在一种孤立状态中,他们饱受战争、贫困和压榨的痛苦与折磨,却始终笃信宗教,崇尚沿袭传统道德法规。在这一苦难的过程中,犹太人面临着失去本族文化的危机,他们有如流浪异乡的孤儿被强迫割断了与过去的联系,无论是在物质上还是在精神上,他们都处于被剥削的地位,所以他们的内心无所依靠,时常处于一种彷徨状态。但上述犹太教的"选民思想"却深深地影响着他们,使他们顽强地生存下去。在这样的文化影响下,乌利茨卡娅笔下诞生了许多"受难者""边缘人"的形象。比如,小说集《穷亲戚》中的最后一篇《上帝的选民》(«Народ избранный»)在很大程度上体现了本小说集的核心思想,具有强烈的宗教意识。小说的题目本身就极具犹太文化的代表性。小说中的女主人公济娜依达是一个患病的女子,有一天她来到教堂前乞讨。作者在该作品中交待了女主人公孤独无助的生存状态,母亲在临终前告诉她,到教堂前向善良的人行乞便可以过活,但事实远比想象的艰难。从济娜依达身边路过的人很少向她施舍恩惠,甚至附近的老人们还试图将她赶走。恰巧有一天,她结识了一位名叫卡佳的残疾人,她拄着双拐,告诉济娜依达自己曾经遭遇丈夫背叛和母亲遗弃的不幸经历。令济娜依达意外的是,卡佳并没有对自己的命运抱怨,相

---

① 作家访谈:"Религия—это то, как ты проживаешь жизнь с утра до ночи..." http://www.sem40.ru/famous2/m836.shtml
② Улицкая Л.: Мой любимый араб. http://lib.rus.ec/b/206703/read

反还为自己目前的处境感到高兴和骄傲。卡佳向济娜依达谈论了自己对乞丐的认识。她认为,真正的乞丐并不能仅仅被看作终日在教堂前面死乞白赖地向人们祈求施舍的人,而是以一种被对比、被当做样本的身份出现,并且甘愿如此。因为当人们看到作为弱者的残疾人时,便能为自己所拥有的健康和幸福感到庆幸,可能也会由此停止抱怨自己和周遭事物,并且能发自内心地感恩上帝对自己的眷顾。在这个意义上,卡佳看到了自己的特殊价值。因此,她将真正的乞丐称作是"上帝的选民"。的确,在乌利茨卡娅的小说中还出现过不少类似的人物,这其中有病人、疯子、无家可归的人、乞丐等等。相比健全人而言,他们往往更能看清事物的真理和生存的意义与价值,这个主题成为乌利茨卡娅小说的重要内容之一。另外需要指出的是,乌利茨卡娅常常赋予女性以"受难者"的身份,她笔下的女性的经历常常都具有以下共性:那些性格越是坚强、品质越是优秀的女性,往往经历的磨难也越多,因为在作家看来,只有这样的女性才能承载生命中的不幸与痛苦,她们具备坚定的意志,并且拥有一种可以战胜一切的力量。这样的女性在作家的小说中比比皆是,诸如索尼奇卡、美狄娅、叶莲娜①、尼娜②、古丽娅③、别尔达④等等,这些女主人公尽管会经历生活中的贫困、背叛、屈辱、痛苦等,最终依然能坚强乐观地活下去,因为她们都认同一点,即"生命中最宝贵的恰恰是生命本身"⑤。

3) 重视家庭生活和家族的延续

守护和谐的家庭历来是犹太民族文化的核心内容之一。犹太民族在历史上饱受颠沛流离之苦,在如此不安定的生存境遇下更加需要加强家庭的内聚力,以保证民族的凝聚力。虽然犹太民族千百年来过着流浪的

---

① 《库克茨基医生的病案》的主人公。
② 《野兽》(«Зверь»)的主人公。
③ 《古丽娅》(«Гуля»)的主人公。
④ 《幸福的人》(«Счастливые люди»)的主人公。
⑤ 作家访谈:Жизнь перед лицом смерти. http://www.ulickaya.ru/content/view/1279/

第一章
乌利茨卡娅与当代俄罗斯女性文学

生活,但是这并不意味着他们缺少民族意识,相反地,他们在大流散过程中最为珍惜的就是他们强烈的民族、家族意识。① 因此,犹太人的家庭观念都特别浓厚,可以说,在犹太人的心目中,家庭是继宗教信仰之后的第二重要的文化概念。

乌利茨卡娅本人就对普通人的家庭生活十分感兴趣。2005年作家来到中国并接受了中国学者的访问,她对记者说十分希望结识一些中国家庭,这样她就能了解中国人是在怎样的环境中生活的。② 从作家这样的意识中我们不难看出,乌利茨卡娅确实十分重视观察普通人的家庭生活,这种对"家庭"的兴趣必定对其创作产生直接的影响。通过观察乌利茨卡娅的小说,我们发现,她笔下大多数作品都以百姓家庭生活为题材展开。女作家在展现人物家庭生活的同时,还将自己富于犹太民族文化传统的人生观、价值观、伦理道德观灌输在小说中,即把家庭作为社会的支柱,把家庭关系准则作为伦理道德核心的观念。女作家身上所具有的上述犹太文化传统集中体现在其小说中主人公对待爱情和家庭的态度上。长篇小说《索尼奇卡》和《美狄娅和她的孩子们》就是诠释这个主题的典型范例。两篇小说中的女主人公都对丈夫忠贞不渝,甚至在面对丈夫的背叛行为时,仍然将痛苦和委屈埋藏在心底,对丈夫敬爱如故。其实,在犹太人家庭中,对配偶不忠的现象是极其少见的,在对婚姻和家庭的态度上,父母是子女绝对的好榜样。在家庭生活中,女人们都是操持家务的好手,她们努力"将自己无意识的宗教热情转向厨房里的忙碌,洗肉、剥葱、切胡萝卜,准备硬挺的白色餐巾,把餐桌安排得井井有条,把调味瓶、餐刀架、左右边的平盘等等都摆放得很讲究。"③在她们的观念中,女人就应当承担家务劳动,履行照顾丈夫和孩子的家庭义务,并维持家庭的完整与和

---

① 刘建军,《基督教文化与西方文学传统》,北京:北京大学出版社,2005年,第46—51页。
② 陈方:《拥有最多读者的俄罗斯女作家》,《译林》,2006年,第4期。
③ [俄]乌利茨卡娅:《索尼奇卡》,见《美狄娅和她的孩子们》,李英男、尹城译,北京:昆仑出版社,1999年,第43页。

谐。另外,在犹太文化中,完整和谐的家庭生活总是与繁衍后代紧密联系在一起。在《索尼奇卡》中我们可以深切体会这种文化对女主人公观念的影响:索尼奇卡在生完塔尼娅之后,再也没有怀孕,"这叫她难过得时常掉泪,总认为自己对不起丈夫的爱,因为再也不能为他生儿育女了。"①在家庭生活状况转好以后,索尼娅"突然感到家里的人口太少了,内心里为自己没有遵循本民族的传统,做到子孙满堂而感到难过。"②《美狄娅和她的孩子们》中的美狄娅虽然没有自己的子女,但是她"经常把人数众多的侄子、外甥及侄孙女等等召集到克里米亚自己家里,默默地进行非科学的观察。大家认为,她是非常喜欢这些后代的。无子女的女人对孩子究竟有什么感情,实在难说,但她对孩子们却有兴趣,到了老年,这种兴趣就更加浓厚了。"③由此看来,乌利茨卡娅笔下的女主人公受到犹太文化传统的影响,确实非常重视对后代的关注和爱护。这些女性形象既是母爱的化身,也是家园的象征。

3. 个人职业

在大学的学习生涯中,乌利茨卡娅掌握了丰富的自然科学知识,这为其文学创作提供了大量有利的素材。作家曾经在一次采访时谈到:"作为一个学习生物的人,我对人的身体和生理很感兴趣;作为一个作家,我喜欢探讨一些有关人的较深层次的问题——人的心理、人的经历和人与人之间的相互关系。"④在乌利茨卡娅的很多小说中,作家好像将人的各种问题放置在显微镜下进行观察和透视,以一种科学的视角描述了人在日常生活中的困境。值得注意的是,她笔下很多主人公的职业都是医生。

---

① [俄]乌利茨卡娅:《索尼奇卡》,见《美狄娅和她的孩子们》,李英男、尹城译,北京:昆仑出版社,1999年,第43页。
② 同上书,第43页。
③ 同上书,第67页。
④ 陈方:《拥有最多读者的俄罗斯女作家》,《译林》,2006年,第4期。

第一章
乌利茨卡娅与当代俄罗斯女性文学

其中有巴维尔·库克茨基[①]、安娜·费德罗夫娜[②]、伊琳娜·米哈洛夫娜[③]、安德烈·因诺肯季耶维奇[④]等等。作家将这些人物形象设置为医生，就是为了赋予他们一种客观冷静的性格，以及透析生活中各种问题症结所在的能力。正是因为这些人物具有看清一切事物本质和真理的能力，所以他们身上都具有明显的悲剧色彩。除此之外，乌利茨卡娅还在小说中探讨了一些与遗传学相关的问题。比如，在系列小说《血液的秘密》（«Тайна крови»）中，作者重点探讨了如下问题：孩子与父母之间的爱是建立在何种基础之上的？作为遗传学家的乌利茨卡娅十分擅长这个领域的问题，但是她并没有将答案归结到自然科学层面，而是归结到精神层面。

乌利茨卡娅的遗传学家身份还影响到其作品的语言风格。在乌利茨卡娅很多小说中出现了与生物学相关的词汇和言语表达。比如在小说《库科茨基医生的病案》中，乌利茨卡娅以自己丰富的医学和生理学知识描写了很多人的身体状态和生理体验等（我们在本书第二章中将作出详尽论述），如人在母体中的形成，精子和卵子的相遇，以及许多含蓄的性爱描写。不仅如此，乌利茨卡娅身上所具有的自然科学者冷静、理智的态度也深深影响着她的创作风格，正如作家自己所说的："对我创作影响最大的恰恰是大学里的遗传学老师。他们教会我如何思考、看待和观察周围的事物。"[⑤]在这种态度和立场下，作家才可以在作品中客观地描述现实生活，不轻易夹杂主观评价，也不进行直接的道德说教。

由于以上各种因素的交叉作用，乌利茨卡娅小说的风格呈现出别具一格的特点，这些因素直接影响了乌利茨卡娅的内心世界，并从她小说的各个方面折射出来。从中我们可以看出，作家的生长环境、个人的气质和

[①] 《库克茨基医生的病案》的主人公。
[②] 《黑桃皇后》（«Пиковая Дама»）的主人公。
[③] 《布罗尼卡》的主人公。
[④] 《布哈拉的女儿》的主人公。
[⑤] 作家访谈：Людмила Улицкая. http://www.ulickaya.ru/

性格、人生经历等因素同她的审美心理密切相关,而作家的审美心理又直接影响着她的创作理念。正如王焕运先生所说:"人格同风格的关系是一致的。"①

三、乌利茨卡娅小说的国内外研究状况

乌利茨卡娅的作品无论是在俄罗斯本土,还是在国外,都受到文学批评界的广泛关注,特别是很多女性主义理论家和文学评论家都将其作为女性作家的重要代表来进行研究和探讨,公开发表的评论文章和相关的学术论文越来越多。下面我们将乌利茨卡娅文学作品的研究状况作出概括。

1. 乌利茨卡娅小说在中国的研究状况

我国对乌利茨卡娅文学作品的研究大致始于20世纪末期。可以说,在约十年的时间里,我们在这方面的研究尚处于初级阶段,公开发表的有关作家及其作品的文章有二十余篇,文章的内容从最初简单介绍作家创作活动和作品内容逐渐发展到较深入的对作品内部结构的阐释和分析。不过,从总体上看,这些文章大多都从文学批评角度展开,有关作品语言和修辞的相关分析十分少见。我们可以将这些研究成果分为归纳为以下几类:

第一类是作家访谈和作品介绍类成果。这类的代表文章有:《拥有最多读者的俄罗斯女作家》(陈方,2000)、《乌利茨卡娅新作〈射线〉问世》(霞光,2003)、《文学不能服务于实用性的思想——乌利茨卡娅访谈录》(侯玮红,2004)、《柳德米拉·乌利茨卡娅访谈录》(校莉莉 译,2006)、《乌利茨卡娅及其近年的创作》(潘月琴,2007)、《俄罗斯女性文学的典范——简评乌利茨卡娅的创作及其短篇小说〈漫长的生命〉》(张焰,2011)等。这些访谈性文章和作家作品简介为我国学界传达了重要信息,也为今后研究乌利茨卡娅的文学作品奠定了必要的基础,另外,我国读者也能通过此类文章初步了解乌利茨卡娅及其作品创作情况。

---

① 王焕运:《汉语风格学简论》,石家庄:河北教育出版社,1993年,第169页。

第一章
乌利茨卡娅与当代俄罗斯女性文学

　　第二类成果对乌利茨卡娅某一部或几部文学作品的思想性和艺术性进行较为深入的探讨。这些研究文章的角度和内容是多样的,包括对作家的创作主题进行分析和总结,对作品中主要人物形象的特征进行归纳,对小说创作手法和形式结构进行阐释和剖析,从俄罗斯传统文化角度对小说进行研究,从女性主义文学理论视角对小说进行解读等等。例如:段丽君在《纯洁而崇高的"小人物"——试论俄罗斯当代女作家柳·乌利茨卡娅的创作特色》一文中指出,乌利茨卡娅在创作上延续并发展了俄国经典作家笔下的"小人物"形象,女作家尤其关注女性"小人物"在当代俄罗斯社会生活中特殊的生存状态,揭示了家庭生活对普通人的个性发展、精神状态、乃至人格完善的重要影响,从侧面烘托了夹缝生存中的"小人物"在某些时刻所表现出的纯洁、高尚的灵魂[①];张建华在《俄罗斯民族历史的"文化寻母"——乌利茨卡娅长篇小说〈美狄娅与她的孩子们〉中的女性话语》一文中指出,该长篇小说蕴含着强烈的历史情感,作家在文中借助叙述一位女性的生命史,来寻觅民族文化历史的源头,流露出了鲜明的"文化寻母"意识。在创作手法方面,作者认为,乌利茨卡娅对古希腊神话中的美狄娅原型进行了重新表述,赋予该小说中的"美狄娅"以新的历史文化意蕴[②]。总之,作者从文化角度对该小说所具有的民族文化意义进行了阐释和分析;在《论柳·乌利茨卡娅〈您忠实的舒里克〉女性描写的小人物视角》一文中,作者李平平以"小人物"形象作为研究切入点,重点关注了该小说中多位女性人物形象的特点。作者认为,小说中形形色色的女性人物并不完美,女作家真实而深刻地展示了她们特殊的生活状态和精神世界,目的就是为了揭示当代俄罗斯社会文化中有关两性关系的种

---

① 段丽君:《纯洁而崇高的"小人物"——试论俄罗斯当代女作家柳·乌利茨卡娅的创作特色》,《当代外国文学》,2001年,第4期,第91—96页。
② 张建华:《俄罗斯民族历史的"文化寻母"——乌利茨卡雅长篇小说〈美狄亚与她的孩子们〉中的女性话语》,《外国文学》,2006年,第5期,第54—61页。

种问题①；孙超在其文章《乌利茨卡娅短篇小说中的性格类型》中首次较系统地总结出女作家在短篇小说中塑造的人物形象，作者认为国内评论界以往更多地关注女作家的长篇小说，而对同样出色的短篇小说有所忽略。作者以乌利茨卡娅早期创作的短篇小说集为例，对其中的人物形象做出了准确的分析和归类，对我们的研究颇有启发。除这篇文章之外，孙超还对个别短篇小说的艺术创作手法做了较为细致的研究，比如在《透过生活细节展示历史——柳·乌利茨卡娅短篇小说〈布罗妮卡〉的艺术世界》一文中，作者对乌利茨卡娅在该篇小说中所使用的细节描写方法和心理刻画做了比较详实的分析，展示出作品在人物形象塑造方面的艺术特色，从而揭示出女作家独特的写作风格。②

第三类是将乌利茨卡娅的作品与其他女性作家一起作对比研究，以说明当代俄罗斯女性文学的某些特色。比如，段丽君的《当代俄罗斯女性主义文学》③和《当代俄罗斯女性主义小说对经典文本的戏拟》。作者在两篇文章的论述中都例举了乌利茨卡娅的小说。在后一篇文章中，作者的分析对我们很有启发。她在该文中表达了自己的观点，即戏拟是女性作家用以反抗经典文本中男性话语的文学手段之一，在文章当中作者分析了当代俄罗斯女性小说对经典文本的戏拟，作者分析了戏拟对塑造人物形象和加强主题意义的作用。④ 除了段丽君之外，学者孙超在《当代俄罗斯短篇小说契诃夫式的梦想者》一文中也从戏拟的角度分析包括乌利茨卡娅在内的当代俄罗斯女性作家的文学作品。他认为，契诃夫的文学创作对当代俄罗斯小说依然有很大影响，然后以托尔斯泰娅、彼特

---

① 李平平：《论柳·乌利茨卡娅〈您忠实的舒里克〉女性描写的小人物视角》，《工会论坛》（山东省工会管理干部学院学报），2009年，第1期，第151—152页。
② 孙超：《乌利茨卡娅短篇小说中的性格类型》，《解放军外国语学院学报》，2010年，第2期，第112—116页。
③ 段丽君：《当代俄罗斯女性主义文学》，《俄罗斯研究》，2006年，第1期，第79—84页。
④ 段丽君：《当代俄罗斯女性主义小说对经典文本的戏拟》，《当代外国文学》，2006年，第1期，第93—99页。

第一章
乌利茨卡娅与当代俄罗斯女性文学

鲁舍夫斯卡娅和乌利茨卡娅三位女性作家为例,分析了她们继承和发展契诃夫创作传统的表现。① 可以说,这种分析方法对我们的研究很有帮助。

除上述研究文章之外,在我国现已出版有关乌利茨卡娅小说研究的专著一部(《当代俄罗斯文学视野下的乌利茨卡娅小说创作:主题与诗学》,孙超,2012年)。该专著综述了乌利茨卡娅小说创作中的俄罗斯文学传统与艺术创新之处,详细论述了女作家创作的重要主题,即个体与国家冲突、梦想与现实冲突、心灵与自我牺牲,并对其小说的基本诗学特征做出阐释和分析。该专著主要从文学角度展开。除此之外,还有当代俄罗斯女性文学的研究专著一部(《当代俄罗斯女性小说研究》,陈方,2007)。该专著运用女性主义文学相关理论,分别从创作主题、文学形象和写作风格三大方面对俄罗斯当代女性文学做出了较为宏观的概括和总结,其中也有一些内容涉及了乌利茨卡娅作品的独特性。由于该专著是一部较为宏观性的研究成果,所以提及乌利茨卡娅作品的所到之处笔墨不多,并且其研究是以文学角度展开,所以几乎没有对女性作家语言特色进行分析和阐释。

除上述有关乌利茨卡娅小说的研究成果之外,我们还注意到,在短短十余年的时间里,乌利茨卡娅的一系列长篇小说(《索尼奇卡》《美狄娅和她的孩子们》《库科茨基医生的病案》和《您忠实的舒里克》)均已被译成中文,并在我国出版发行。其中,《您忠实的舒里克》还于2005年获得由我国人民文学出版社颁发的第四届"21世纪年度最佳外国小说奖"。总之,乌利茨卡娅的小说已经得到我国很多专家学者的关注与研究,并且有越来越多的读者也开始注意作家本人及其创作。

---

① 孙超:《当代俄罗斯短篇小说中契诃夫式的梦想者》,《俄罗斯文艺》,2010年,第4期,第21—26页。

2. 乌利茨卡娅小说在俄罗斯和西方其他国家的研究状况

乌利茨卡娅的小说在 20 世纪 90 年代引起俄罗斯文学评论界的关注。从那时起直至今天,她的文学作品已成为批评家积极探讨的话题,各种研究成果和相关讨论层出不穷,并且以文章、网络讨论和学术论坛发言等各种形式发表或出现。

应该指出的是,有关乌利茨卡娅作品的研究成果主要以文章的形式集中在相关报纸和杂志上。不过近些年来,越来越多的学者也在其纵谈当代俄罗斯文学的学术专著中放入乌利茨卡娅的作品介绍和研究(比如有涅法姬娜的《20 世纪俄罗斯文学》、列戴尔曼和利波维茨基《当代俄罗斯文学:20 世纪 50 年代——90 年代》、吉米娜和阿里冯索夫《20 世纪俄罗斯文学——文学创作的流派,倾向与方法》等①。这些文章的研究内容广泛,研究角度多样。从总体上看我们将这些论文分为以下几类:研究长篇小说《美狄娅和她的孩子们》中神话与现实的关系问题(研究者有吉米那、罗文斯卡娅、普拉霍洛娃、别列瓦洛娃等)②;阐释小说《欢乐的葬礼》

---

① 参见:Нефагина. Г. Л. Русская проза конца XX Века. Филинта: Наука, Москва, 2003, —320 с.; Лейдерман Н., Липовецкий М. Совевременная русская литература: 1950—1990-е годы: в 2 т. Академия, Москва, 2003; Тимина С., Альфонсов В. Русская литература XX века: Школы, направления, методы творческой работы. Учебник для студентов вузов. Высшая школа, Москва, 1992, —586 с.

② 参见:1. Тимина С. Ритмы вечности. Роман Л. Улицкой "Медея и ее дети" // Русская литература XX века в зеркале критики. Академия, Москва, 2003, —537—549 с. 2. Ровенская Т. Опыт нового женского мифотворчества: "Медея и ее дети" Л. Улицкой и "Маленькая Грозная" Л. Петрушевской // Адам и Ева: Альманах гендерной истории. —СПб., 2003, —333—354 с. 3. Прохорова Т. Особенности проявления мифологического создания в художественной структуре романа Л. Улийкой "Медея и ее дети" // Русский роман XX века: сб. Науч. Тр. Саратов, 2001, —288—292 с. 4. Перевалова С. Миф и реальность в романе Л. Улийкой " Медея и ее дети" // Фольклор: традиции и современность.: сб. Науч. Тр. / под ред. М Ч. Ларионовой. Таганрог, 2003, —181—186 с.

第一章
乌利茨卡娅与当代俄罗斯女性文学

中主人公的内心世界(研究者有卡拉别姬扬、尤兹巴舍夫、谢戈洛娃等)①;《库克茨基医生的病案》时空体研究(研究者有涅克拉索娃、叶尔莫什娜、斯科沃尔采夫等)②;乌利茨卡娅小说题目意义阐释与分析(研究者有列戴尔曼和利波维茨基)③。除此之外,近些年来,开始出现一些专门论述乌利茨卡娅的作品、或者包含论述乌利茨卡娅作品的学位论文。④这些学位论文的研究角度较为广泛,研究内容也从最初宏观概述、总结和阐释乌利茨卡娅小说的创作主题、人物形象和作品意义逐渐发展到对作品的创作手法和内部结构进行较深入探讨。出自叶戈罗娃笔下的论文《1980—2000 年乌利茨卡娅小说主题和诗学研究》⑤可以说是至今为止有关乌利茨卡娅作品研究最为深入的论文之一。该论文首先挑选了《索尼

---

① 参见:Карапетян М. Аристократы духа, бражники и блудницы. Легкое дыхание героев Л. Улийкой,《Культура》,1998,27, —10 с.; Юзбащев В. Улицкая "Веселые похороны",《Знамя》,1998,11, —221—222 с.; Щеглова Е. О спокойном достоинстве и не только о нем. Проза Л. Улицкой,《Нева》,2003,7, —183—189 с.

② 参见:Некрасов И. Заметки о современном "женском" романе. Русский роман XX века: сб. науч. тр. Саратов, 2001, —293—298 с.; Ермошина Г.. Путешествие в седьмую сторону света,《Знамя》,2000,12, —201—203 с.; Скворцов В, Скворцова А. О фабульном и символическом аспектах текста романа Л. Улицкой "Казус Кукоцкого", Ветник ВолГу, Серия 8: Литературоведение, Журналистика, 2001, —выпу. 1. —58—65 с.

③ 参见:Лейдерман Н., Липовецкий М. Совеременная русская литература: 1950—1990-е годы: в 2 т. Академия, Москва, 2003, —530 с.

④ 参见 Ровенская. Т. Женская проза конца 80-х—начала 90-х годов. Проблематика, ментальность, индентификация. Диссертация кандидата филологич. наук. Москва, 2001, —188 с.; Ермакова. А. Способы и средства реализации концептов "жизнь" и "смерть" в художественном тексте: На материале романов "Чевенгур" А. Платонова и "Казус Кукоцкого" Л. Улицкой. Диссертация кандидата филологич. наук. Волгоград, 2006, —181 с.; Пушкарь. Г. Типология и поэтика женскоц прозы: гендерный аспект: на материале рассказов Т. Толстой, Л. Петрушевской, Л. Улийкой. Диссертация кандидата филологич. наук. Ставрополь, 2007, —234 с.; Крижовецкая О. Нарратология современной беллетристики: на материале М. Веллера и Л. Улийкой. Диссертация кандидата филологич. наук. Тверь, 2008, —156 с.

⑤ 参见 Егорова. Н. Проза Л. Улицкой 1980—2000-х годов: проблематика и поэтика. Диссертация кандидата филологич. наук. Волгоград, 2007.

奇卡》和《欢乐的葬礼》中的典型形象进行分析，并从修辞学的角度对其塑造方法做了较细致的研究，然后对长篇小说《美狄娅和她的孩子们》所具有的神话主义性质和《库克茨基医生的病案》独特的体裁特征进行了深度分析，提出独到的见解，这些都对我们的研究有较大启发。斯科戈娃的论文《俄罗斯后现代主义语境下的乌利茨卡娅创作》[①]以后现代主义文学理论为指导，提出了乌氏小说具有大众文学和精英文学的双重特征，详细论述了乌氏小说与经典作家契诃夫小说之间的互文关系，最后总结出女作家小说所具有的各种后现代主义特性。这些论述都对我们的研究有很大启发。

纵观俄罗斯学术界对乌利茨卡娅及其小说的研究成果，我们发现，围绕一些重要问题的争论至今仍在继续，讨论结果处于开放和未完成的状态。比如有关乌利茨卡娅小说在当代文学中的定位问题，学者们的说法至今未能统一。女作家的小说被放在不同的语境下进行研究，如大众文学、女性文学、后现代主义文学等等。的确，当代文学作品的流派、创作方法以及有关当代文学作品的审美分歧十分纷乱、复杂，正因为如此，有关乌利茨卡娅小说在当代俄罗斯文学中的定位研究，弄清女作家的小说在当代俄罗斯文学中的地位问题就显得有益和迫切。关于这个问题，学术界主要存在以下几种观点：一是认为乌利茨卡娅的创作属于大众文学的范畴。因为无论是在乌氏的长篇小说中还是短篇小说中，大量充斥着当代文学的创作手法，作者利用特殊的写作策略满足了大众读者的期待，这些手法包括大量描写男女之间的关系(如三角关系)、性爱场景、家庭琐事和家人之间矛盾等等。这些问题都是当代人在生活中常常遇到的。女作家通过对日常生活场景的艺术性处理，使作品具有一定的思想深度和哲学意义，正因为如此她的小说能引起大众读者的共鸣。因此，从这个角度

[①] 参见 Скокова. Т. Проза Людмилы Улийкой в контексте русского постмодернизма, Диссертация кандидата филологич. наук. Москва, 2010.

第一章
乌利茨卡娅与当代俄罗斯女性文学

来看,女作家的作品确实具有广泛的群众性和通俗性。比罗格夫称乌利茨卡娅为"全欧洲的女作家",认为她的小说几乎讲述了所有欧洲人在面临生活中的家庭冲突、日常琐事和性别问题时的非理智状态[①];二是将乌利茨卡娅的小说视为严肃文学。有学者指出,"乌氏小说本来就是为一定圈子的读者所写,只不过后来受众面越发大了起来"[②]。我们认为,并不能简单地将乌氏作品视为大众文学或严肃文学,而应该是两者的平衡,因为乌氏小说既具有大众文学的通俗性和群众性,又具有严肃文学的艺术审美价值和思想深度,我们会在之后的章节中逐步证实这个观点;三是认为乌氏小说继承了现实主义文学的某些传统,并且兼具自然主义和感伤主义的风格特征[③];四是将乌利茨卡娅小说放入女性主义文学理论视角下进行研究,探讨作为女性作家的乌利茨卡娅的创作独特性,并在这个意义上将乌利茨卡娅与其他女性作家作类比,以分析当代俄罗斯女性群体作家不同于男性作家的创作风格。有不少学者认为,从这个角度来研究女性作家的小说,能获得不同寻常的收获,正如学者戈波列埃良所说,乌利茨卡娅、彼特鲁舍夫斯卡娅、托尔斯泰娅和托卡列娃等女作家应该被视为一种流派,即"女人所写"和"为女人写"的"女性文学"[④]。不过应该指出的是,从某种意义上说,乌利茨卡娅的小说并不仅限于"为女人写",女作家笔下的很多小说都涉及人类永恒的话题,追求全人类共同认定的真理,很多作品在一定程度上具有普遍意义,所以乌氏小说不仅得到女性读者的青睐,还受到男性读者的欢迎和好评。

最后,我们需要提及一位名叫海伦娜·戈西罗的美国学者,该学者是

---

① Пирогов Л. Кипяток не для чайников. Л. Улицкая, Т. Толстая и национальный вопрос, 《Новый мир》, 2006, 5, —227 с.

② Кучерская Н. Роман меня напишет, 《Российскиая газета》, 2005, 69, —1 с.

③ 参见:Лейдерман Н., Липовецкий М. Совеременная русская литература: 1950—1990-е годы: в 2 т. Академия, Москва, 2003, —567 с.

④ Габриэлян Н. . Ева-это значит "жизнь": проблема пространства в современной русской прозе, 《Вопросы литературы》, 1996, 4, —3—5 с.

西方研究当代俄罗斯女性文学的专家。她在相关著作中对近五十年来俄罗斯女性文学的发展进程和总体状况进行了宏观描述,她认为在当代俄罗斯女性文学中,严肃文学、大众文学和介乎两者之间的文学是同声并存的,女性作家拥有自己的题材领域和创作特色,在未来的日子里,女性文学一定会有光明的前景。值得注意的是,作者在文章中对乌利茨卡娅的创作特色进行了专门的研究。①

综上所述,我们可以得出以下结论:尽管国内外有关乌利茨卡娅小说的研究文章不少,相关专著的数量也日渐增多,但就目前来看,大多数研究成果还在集中讨论乌利茨卡娅小说的流派定位(现实主义、后现代主义、女性主义、大众文学、严肃文学等)、主题意义和人物形象塑造等问题,具有明显的文学批评性质,即使有少数文章开始涉及小说的语言特点和文本内部结构等,但研究对象仅限于乌利茨卡娅的某部作品。除此之外,大多数研究都是以乌利茨卡娅小说的某方面特性(现实主义传统、后现代主义文学特性、神话主义性质、主人公具有"小人物"特性等)展开讨论,或是对乌利茨卡娅的某一部小说进行解读和分析。总之,至今为止还未有学者从文学修辞学的角度对乌利茨卡娅的整体创作风格做出梳理、阐释和分析,而面对这样一个写作风格较为成熟且广受欢迎的作家,我们的研究显然是必要和有益的。

小结:

本章首先考察了女性主义理论与女性文学的产生与发展,然后提出了我们对"女性文学"的理解和界定方式,即女性文学就是以女性为创作主体的文学作品。当今俄罗斯女性文学在创作主题、人物形象和艺术手法上都具有鲜明的特色,它的蓬勃发展除了受到西方女性主义批评理论

---

① Helena Goscilo: Domostroika or perestroika? The construction of Womanhood in Soviet culture under Glasnost. // Thomas Lahusen, Gene Kuperman: *Late Soviet culture: from perestroika to novostroika*, Duke University Press, 1993, —233 p.

的影响，也继承了俄罗斯经典文学的优秀创作传统。从创作主题上看，当代俄罗斯女性文学主要涉及生存、死亡、爱情三个主题；从女性人物形象方面来看，当代俄罗斯女性小说中的女主人公几乎不再符合人们传统思维模式中对"女性美"的定义，她们在精神上越来越强调个性的彰显；从创作手法上看，当代俄罗斯女性文学作品具有后现代主义的特征，同时也保留了现实主义文学的创作手法。对当代俄罗斯女性小说的创作状况和主要特点作出概述后，我们重点考察了乌利茨卡娅的创作活动及其研究现状，从中发现，从文学修辞学角度对女作家的小说风格特征做一整体性把握是十分可行和必要的。

第二章
乌利茨卡娅小说的语言风格

文学风格问题一直是文学批评家和语言学家共同关心和热衷探讨的话题,尽管他们观察、分析和研究问题的角度有所差异,但都会把研究的重点之一放在语言表现形态方面,这是由于语言是一切文学作品的基本材料,文学只能用"语言文字"这一抽象的符号系统来作为传达内容和表达思想的工具。因此,对文学作品艺术创作技巧的研究首先应该建立在分析语言材料的基础之上,研究文学作品的语言风格应该是掌握其整体艺术风格的首要因素,对文学语言风格的研究也有助于对文学风格这一概念范畴的认知,并能开拓文学风格研究的新视野。

众所周知,文学是以语言为物质材料来塑造形象、反映生活的艺术。文学语言不像日常生活语言那样,它不止是一种简单的交际中介。文学语言本身就具有丰富的意义。基于这样的认识,很多文艺理论家着眼于从作品外在形式所呈现出的特色来理解风格,认为文学风格就是一种语言形式,是主客体高度和谐统一状态下的一种词语境界。法国 19 世纪著名文艺理论家丹纳认为,"一部书不过是一连串的句子,或是作者说的,或是作者叫他的人物说的;我们的眼睛和耳朵所能捕捉的只限于这些句子,凡是心领神会,在字里行间所能感受的更多的东西,也要靠这些句子作媒介。"① 美国学者艾布拉姆斯(M. H. Abrams)在谈到文学风格时也强调,风格是指散文和韵文里语言的表达方式,是说话者或作者在作品中如何说话的方式。我们可以用句子结构和句法、比喻的类型和数量、节奏、语

---

① [法]丹纳:《艺术哲学》,北京:人民文学出版社,1983 年,第 398 页。

第二章
乌利茨卡娅小说的语言风格

音组合和其他的文学形式上的格式及其修辞目的和手段,来分析这部作品或这位作家的风格。① 德国学者威克纳格在论及风格学时明确指出:"风格是语言的表现形态,一部分是由表现者的心理特征决定的,一部分则是由所要表现的内容和意图决定的。"②俄国著名学者维诺格拉多夫在《论文学语言》一书中也探讨过作品语言特点在文学风格研究中的重要地位。他认为,个人风格是一个语言表达方法和形式的体系,是用语言学方法来研究文学的出发点和基础。研究作品风格结构,首先应该研究作品的语言系统,而个人风格所反映出的是将民族语的各种语言手段独具个性地运用于新的功能,是由作家语言偏好所决定的对这些手段的独具匠心的选用,是标准语各修辞层面或艺术语言各种手段自身的组合体系,是架构文学作品的个人的技法和原则,是对某些形象或典型及其塑造方式的个人追求。总之,对于作家风格来说,最具代表性的就是对语言表达形式和内容层面两者的独特综合。③ 相关论断还有许多,我们从类似的观点中不难看出,文学的语言风格和文学作品整体风格是紧密联系的,在我们阅读文学作品时也确实能够体会到不同作家作品在语言风格上的巨大差别。为什么果戈理和托尔斯泰的作品风格有着显著的不同呢?除了作品内容、题材和创作时代的影响之外,托尔斯泰语言的繁缛丰富、朴素直率,以及果戈理语言的幽默讽刺、含蓄新巧,都是造成他们文学风格巨大差别的重要原因。他们在语言运用方面都表现出卓越、独特的才能,也正是因为这样,他们才能把作品的思想表现得鲜明和深刻,由此造成一种巨大的艺术感染力。可以说,如果一部作品不具备独特的语言技巧,也就不具备独特的文学风格。优秀的文学语言是文学风格的基础。

作家运用的语言是具体实感的,所以文学语言风格也绝非不可捉摸。

---

① [美]艾布拉姆斯:《欧美文学术语词典》,北京:北京大学出版社,1990年,第354页。
② [德]威克纳格:《诗学·修辞学·风格学》,见王元化译《文学风格论》,上海:上海译文出版社,1982年,第18页。
③ Виноградов В. О языке художественной литературы. Гослитиздат, Москва, 1959, —59 с.

对文学作品的语言现象进行一番具体地、深入地研究,便可以识别作家的语言风格。从研究方法上看,考察一个作家作品的语言风格一般可以从两个方面入手。

首先考察作品语言的语体风格。我们这里所说的"语体"并不是指人们常说的功能语体中的"语体"。因为"单用功能语体概念无法解释同一语体乃至同一分语体中千差万别的语篇修辞面貌。"[①]就拿文学语体来看,不同体裁、不同流派、不同时代、不同民族的文学会呈现不同的语体面貌。我们所观察的语体,其实是作品语言同民族语之间的关系。当一个作家面对庞杂和复杂的民族语时,必然会倾向于选择某种类型的语言材料,作品便会呈现出相应的语言风貌。比如,如果作家多用历史词语或带有明显书面语言色彩的语词,作品语言便会呈现出一种文绉绉的特点;而当作品所用的语言材料多为当代生活词汇或带有明显口语色彩的语词时,作品语言可能呈现出新鲜、鲜活的面貌和特点。因此,我们所要研究的语言语体风格就是作家在民族语言中选择哪些符合自己创作风格特性的语言要素的问题。正如白春仁在《文学修辞学》一书中阐述的那样,为了观察一个作家的创作风格,首先就要观察作品与全民语的关系,其核心就是"作者选择哪些全民语的语言手段,具体说首先就是词语和句式。"[②]简言之,考察作品语言的语体特点,就是考察作家选取了民族语中的哪些词汇和句式来构成其艺术作品的物质材料,这与作品语言风格之间存在着必然的联系,不同的遣词造句习惯会造成不同的语言风格。

其次考察作品的语言表现风格。不同的语言材料运用方法会使作品呈现出不同的语言表现风格,而语言表现风格恰恰是语言风格的具体性表现。白春仁先生曾经在论述作家个人语言风格的遣词造句时提到,研究语言风格的核心问题之一就是"如何运用语言手段塑造艺术世界,即组

[①] 汪嘉斐:《语体·言语风格》,载于《庆祝北外建校 60 周年学术论文集(上)》,北外科研处编,北京:外语教学与研究出版社,2001 年,第 5 页。

[②] 白春仁:《文学修辞学》,长春:吉林教育出版社,1993 年,第 185 页。

第二章
乌利茨卡娅小说的语言风格

织词语句式以形成文章的方法。"① 这里所强调的语言运用问题与我们所说的语言表现风格息息相关。有些学者这样谈论语言表现风格:"表现风格是综合运用各种风格手段所产生的修辞效果的概括体现,从调音、遣词、择句到设格、谋篇等的风格手段,综合地反映在一篇文章或一部作品,或一种语体,或一个作家的作品,或一个地域的作家的作品,或一个时代的作家的作品,或一个民族的作家的作品里的修辞效果集中表现出来的各式各样的气氛和格调,便是它们各自的表现风格,对各式各样的言语作品的气氛和格调从不同的角度进行抽象概括便得出不同类型的表现风格。"② 如此看来,语言表现风格就是由于语言形式美学效果的不同而表现出来的综合特点,简言之,就是作家综合运用各种语言手段所带来的作品的修辞效果的概括性体现。因此,我们要把握一个作家的语言表现风格,就必须要探讨语言材料在作品中的运用问题。不过,语言的表现风格确实是一个相当复杂的问题。在语言表现风格的分类问题上,很多学者都提出自己的见解。如陈望道先生在《修辞学发凡》一书中将语言表现风格分为四组八种:第一组是按照内容和形式的比例分为简约和繁丰;第二组是根据语气的强弱分为刚健和婉约;第三组是根据话里辞藻的多少分为平淡和绚烂;第四组是依照文笔的疏密程度分为谨严和疏放。③ 白春仁先生将语言表现风格分为五组:文与白、繁与简、华与实、直与曲、庄与谐。④ 周振甫先生在《文学风格例话》一书中将语言表现风格分为十一组:雅正与奇变、隐约与明朗、繁丰与简练、刚健与柔婉、清新与绮丽、严密与疏放、深沉与平易、虚灵与朴实、高妙与浅俗、豪放与严谨、弘畅与纤仄。⑤ 通过观察以上学者对语言表现风格的分类情况,我们发现,各种分

---

① 白春仁:《文学修辞学》,长春:吉林教育出版社,1993年,第185—186页。
② 黎运汉:《1949年以来语言风格定义研究述评》,《语言文字应用》,2002年,第1期,第102页。
③ 陈望道:《修辞学发凡》,上海:上海教育出版社,2001年,第264—283页。
④ 白春仁:《文学修辞学》,长春:吉林教育出版社,1993年,第199—200页。
⑤ 周振甫:《文学风格例话》,上海:复旦大学出版社,2005年,第32—77页。

类方法既有重合也有相互补充的部分,对我们的研究十分有启发。

　　在这里还需声明一点,在运用上述研究方法考察作家作品语言风格的过程中,必须要承认语言风格的复杂性,每一个作家都有自己独特的语言风格特征,即使是一个作家的语言风格,也可能由于时代、作家的兴趣或创作心理变化等多方面因素而发生改变。因此,我们认为,研究一个作家的语言风格都应该分两个方面去谈,一方面是探讨作家语言风格的主调,也就是指贯穿其大部分作品的较稳定的语言主导风格;另一方面是探讨作家语言风格的多样性,也就是指由于创作时期、创作题材或创作心理等因素的变化,作品中呈现出除主调之外的其他重要语言风格特征。正如一位学者所说:"优秀的作家一般都有个人爱用的择语方式和修辞手段,这些方式和手段在一定的时间内在其一系列作品中反复而持续地出现,达到稳定时,就会呈现出一种统一的语言风格。因此,语言个人风格具有相对的稳定统一性。运用的风格手段不具备稳定性,就不可能有统一的语言风格。具有统一的语言风格的作家,一般都具备一种主导的语言格调",不过"有着稳定的主调的作家,其语言风格不是停滞的、凝固的,也不是只有一种面貌、一种色彩,而是发展的、多样化的。稳定统一与发展多样在卓越的作家作品中是辩证统一的。"①

　　具体谈到乌利茨卡娅作品的语言风格,我们将运用上述研究方法分别从其语言所呈现出来的三个主要特征进行考察和分析,即语言风格的简约质朴、委婉含蓄和细腻生动。

第一节　简约质朴的语言风格

　　简约是指语言凝练,换而言之就是言辞简洁,但含义却丰富完整。作者在行文中很少作出铺垫和渲染,主张摒除繁冗词句,追求用最简练的语

---

① 黎运汉:《汉语风格学》,广州:广东教育出版社,2000年,第504页,第511页。

第二章
乌利茨卡娅小说的语言风格

言把要讲述的故事和要描写的艺术形象展现出来,力争做到干净利落,不拖泥带水。总之,文约意广就是简约风格的基本特点。质朴与简约是相辅相成的关系,甚至有很多时候具备极其相似的因素和特征。具体来说,质朴是一种朴素、平实的语言风格,即指作家在语言运用上朴实无华、平实如话,主张在文学创作中不事雕琢地、真实自然地书写生活的本色。在这样的语言风格中,我们很少发现形形色色的修辞手法,自然、平易的语言氛围贯穿作品始末,流露出"清水出芙蓉"般的朴素之美。不过,应该指出的是,简约质朴的语言风格并不等于平淡无奇、索然乏味,它其实是一种超越了刻意雕琢、玩弄技巧阶段的返璞归真,是作家语言艺术趋于成熟的一种体现。

  古今中外许多理论家、作家都十分推崇简约质朴的语言风格与境界,特别是许多现当代作家,他们都会在创作中遵循语言简约和质朴的原则。比如我国文学大师鲁迅笔下的作品就明显具有简约的风格特点,他本人也曾经就该问题表达过自己的见解:"我力避行文的唠叨,只要觉得够将意思传给别人了,就宁可什么陪衬拖带也没有。"[①]俄罗斯文学大师契诃夫也是语言凝练、朴素的典型代表作家,他的作品讲究炼词炼句,语言达到简练精当的境界。直到今天,契诃夫的那句"简洁是天才的姊妹"依然被人们耳熟能详。可以说,契诃夫毕生都坚持简练和朴素的创作原则。正如他自己所说:"要是我能再活四十年,而在这四十年中我一味看书,看书,看书,学会写得有才气,也就是写得简练,那么四十年后我就会用一尊大炮向你们大家放它一炮,震得天空都发抖。"[②]正是因为作家一贯坚持这种创作风格,他笔下的几乎每一部小说才都是语言简约和朴素的佳作。法国伟大的艺术家罗丹说过一句流行至今的名言:"艺术上最大的困难和最高的境地,却是自然地、朴素地描绘和写作。"[③]从这句话中,我们可以

---

① 鲁迅:《我怎么做起小说来》,《鲁迅全集》第4卷,北京:人民文学出版社,1957年,第393页。
② [俄]契诃夫:《契诃夫论文学》,汝龙译,北京:人民文学出版社,1958年,第152页。
③ 《罗丹艺术论》,傅雷译,北京:人民美术出版社,1987年,第49页。

看出,一个作家要想做到语言风格的简练、质朴并非是件容易之事,这要求作家拥有深厚的语言功底和文字感悟能力。要知道,不用或少用修饰语,不借助各式各样的修辞手段,只用平实、朴素的语言却能将作品写好,这的确是一种过硬的写作功夫。

作为一名当代俄罗斯女性作家,乌利茨卡娅对当代俄罗斯普通人,特别是对当代俄罗斯普通女人,以及他们的生活处境和情感世界产生了强烈的兴趣和感情。为了展现普通人的日常生活,贴近民情,作家在创作中遵循了简约和质朴的原则。女作家笔下的大多数小说行文流畅,语言简练、朴素,摒弃繁杂和冗长的语句,便于普通大众阅读和理解。我国学者李英男这样评论作家的语言风格:"乌利茨卡娅的作品叙述风格冷峻,行文从容不迫,摒弃繁冗,语言简约,在情节发展的关键时期尤其惜墨如金,不事渲染。"①如此简约质朴的语言风格主要体现在作家的遣词造句和艺术表现手法上。下面我们就来具体分析乌利茨卡娅小说的上述语言风格。

在研读作品的过程中,我们发现,作为一位当代俄罗斯作家,乌利茨卡娅作品的内容大多是描写当代人的日常生活和家庭琐事,所以其主要作品中的大多数语言材料是符合当代生活的语词。从作品语言与民族语之间的关系来看,作家倾向选用生动活泼的普通词语和大众化词语,简单易懂,口语化色彩较浓重;作品中的句子句式简短、凝练,句子结构相对简单。乌利茨卡娅倾向于在小说创作中保留语言材料的本来面目,将现实生活的原汁原味和盘托出;在对情节的处理方面,作家始终做到对关键情节不事渲染,最大限度地给读者留下回味和想象的空间。因此,作家的作品大都充斥着朴素平易的氛围,读上去真实自然,不矫揉造作,让人容易接受,且作品中蕴含着智慧。这些因素会使小说语言呈现出简约质朴的

---

① [俄]乌利茨卡娅:《美狄娅和她的孩子们》,李英男、尹城译,北京:昆仑出版社,1999年,第4页。

第二章
乌利茨卡娅小说的语言风格

风格特征。

一、词汇层面

从词汇层面来看,乌利茨卡娅偏好选取简单易懂的词语作为小说语言材料的主体和底色。我们在这里之所以要强调"主体"和"底色",是为了澄清一件事情,即作家笔下的各个作品由于题材和创作目的等不同,词汇面也相应有所不同,但是,对于一个作家来说,有相当一部分词汇是其善于普遍使用的,无论是作品中的叙述语言还是人物语言,选用的词汇大致在某一个固定的范围内。乌利茨卡娅小说中的语言朴实无华、平实如话,不事雕琢地反映生活本色,这一切首先与她选择的词汇密切相关。女作家较多运用人们熟知的语词作为构架小说语言的主干。她的作品中很少出现华丽的修饰词或晦涩难懂的词语,其写作力求自然、平易、真实,给人以朴素之美。我们以短篇小说《单梯》(«Приставная лестница»)中的片段为例:

> Весь холодный месяц декабрь отец плел елочные корзиночки из широкой древесной щепы, крашенной фуксином и зеленкой, с розочками на ободе. А мать выходила на продажу. Иногда и Нинку посылали, но она не любила зимой торговать, больно холодно, другое дело летом. В конце декабря мать заболела. Лежала да кашляла, и Ваську бросила кормить, так что Нина стала его кормить жидкой кашей через тряпочку. Но он сильно кричал и по-взрослому есть не хотел. Так незаметно прошел Новый год, и Нина сильно переживала, что опять не ходила в школу-там обещали всем дать подарок с конфетами и печеньем, и теперь, видно, всем дали, кроме нее. Отец лежал лицом к стене неизвестно сколько дней, сначала молчал, потом велел Нинке принести от Кротихи самогону. Нина идти не хотела, но он рассердился, кинул в нее своей толкалкой и попал в самую голову. А мать лежала, кашляла

громко, и все видела, да хоть бы слово сказала. Нина заплакала и принесла две бутылки. Отец одну почти сразу выпил и опьянел. Полез к матери драться. А она не то что убежать, встать на ноги не могла. Он бьет ее, а она только кашляет да кровь с лица отирает. Братья кричат. А Нинка сжалась в комок, Петьку к себе прижала, а Ваську не взяла. Он как раз кричать к тому времени устал.①

整个寒冷的十二月父亲都在做圣诞树上挂的小装饰篮,他用染成洋红色和紫药水色的宽薄木片编那些篮子,外圈还围上小玫瑰。母亲则出门去卖,有时她也让宁卡去,但宁卡不喜欢冬天出去卖东西,太冷了,夏天就舒服多了。十二月底的时候母亲病倒在床,咳个不停,连瓦西卡也不喂了。尼娜就用布条蘸了稀粥喂他,可瓦西卡大哭大闹,一点儿不想吃东西。新年就这样不知不觉地过去了,尼娜非常难过,又没能去上学——学校说了会给大家发糖果和饼干作为礼物,大概所有人都得到了礼物,除了她之外。父亲脸朝墙躺了几天,开始的时候什么话都不说,后来就让宁卡到克罗季哈那儿去买自酿白酒。尼娜不想去,父亲动了气,朝她扔撑手用的木头块,正好砸到她头上。母亲躺在那儿大声咳嗽,把一切都看在眼里,可她却一声没吭。尼娜哭着去拎了两瓶酒回来。其中一瓶父亲一下子就喝光了,醉得一塌糊涂,爬过去打母亲。别说躲,她连站都站不起来。他打她,她只是一边咳嗽一边把血迹从脸上抹去。两个弟弟大哭大闹,尼娜哽咽着把彼得卡搂过去,没管瓦西卡——这时候他正好哭累了。②

这一段平实如话的叙述文字由作者娓娓道来,文中字眼朴素、言真意切。此文用淳朴的语言描述了一个普通家庭新年前后的生活情景:母亲

---

① Улицкая Л.：Приставная лестница. http://lib.rus.ec/b/206703/read(本书中中所引用的该小说片段均出于此,后文不再另行说明。——作者注)

② 参见乌利茨卡娅:《单梯》,张俊祥译,见《当代外国文学》之《柳·乌利茨卡娅短篇小说两则》,2006年第4期。

第二章
乌利茨卡娅小说的语言风格

和女儿迫于生计常常上街做小买卖,无奈在新年前母亲得了重病,父亲不但不会照顾母亲,还让女儿去买酒,并在酗酒后大发脾气,出手试图打自己的女儿和妻子。可怜的女儿尼娜无力反抗,却还要照料大哭的弟弟。值得我们注意的是,这段叙述中出现的形容词大多是为了说明事物的简单性质或物主关系(如:холодный, елочный, широкий, древесный, другой, жидкий, толкалкий),并没有出现具有强烈修辞色彩的形容词。从动词方面来看,本段中的动词大多属于通用词汇(如:выходить, посылать, любить, заболеть, лежать, бросить, кричать, молчать, рассердиться, заплакать),这类通用词最为人们熟悉,所以读起来简单易懂。但就是这些平凡词汇勾勒出社会底层人们的生活实景,作者通过运用简练却不失细致的描写方法,表现了弱势群体在残酷现实中所经历的隐忍和挣扎。这种叙述方法客观冷静,将真实的生活再现出来,作者丝毫不对生活中的残酷和痛苦作任何粉饰,但字里行间却蕴含着丰富的潜台词,充溢着她对底层人民,特别是对底层女性的理解与同情。

又如女作家的另一个短篇小说《大儿子》中的片段:

... А дело было в том, что старший сын Денис был на год старше годовщины свадьбы, и потому, празднуя каждое двадцать пятое ноября, родители старательно уводили разговор в сторону от года, когда этот самый день двадцать пятого ноября случился. Год не сходился с датой рождения старшего сына. И это могло потребовать разъяснения. До поры до времени как-то удавалось обойти это скользкое место, но каждый раз в день торжества родители, в особенности, отец, заранее нервничали. Отец семейства напивался еще с утра, чтобы к вечеру никто не мог ему предъявить недоуменные вопросы.

Друзей было много: некоторые, друзья давних лет, знали, что мальчик Денис рожден был вне брака, от короткого бурного романа с женатым человеком, который исчез из поля зрения еще до рождения мальчика. Другие люди, приходившие в дом, вовсе не знали об этой тайне,- вот этих самых людей, любителей восстановить ход исторических событий, -с выяснением точных дат посадок и выходов на свободу родителей-диссидентов, или годов окончания институтов, разводов, отъездов и смертей, - немного побаивались.①

……事情是这样的:大儿子丹尼斯比夫妇俩结婚的年数还大一岁,因此,每年十一月二十五号庆祝结婚纪念日的时候父母都尽力避开一个话题——他们到底是哪一年十一月二十五号结的婚。结婚的真实年份同大儿子的出生日期对不上的事实可能需要解释。此前他们都顺利地绕开了这个敏感话题:每年十一月二十五号父母——特别是父亲——就会感到不安。一家之长一早就会喝个大醉,这样晚上就没人能向他提类似的问题了。

他们的朋友很多。相交多年的朋友知道丹尼斯是个私生子,是母亲与一个有妇之夫短暂而热烈的浪漫史的结晶,那人在孩子出生之前就从大伙儿的视野中消失了。其他一些来家里做客的朋友对这个秘密全然不知,就是这些人,这些喜欢恢复历史事件进程的人比较可怕,他们总是试图弄清反对派的父母入狱和出狱的准确时间,或者某人大学毕业、离婚、出国以及去世的准确时间等等。②

这篇小说讲述了一个普通家庭如何面对私生子的故事。故事中的母亲在年轻时瞒着自己的丈夫与另外一个男人经历了短暂而热烈的情感,并生下了儿子丹尼斯。故事中的父亲宽容了妻子的行为,并且接受了丹

---

① Улицкая Л.: Старший сын. http://lib.rus.ec/b/206703/read(本书中中所引用的该小说片段均出于此,后文不再另行说明。——作者注)
② 参见乌利茨卡娅:《大儿子》,张俊祥译,见《当代外国文学》之《柳·乌利茨卡娅短篇小说两则》,2006年第4期。本书作者对译文做了部分修改。

第二章
乌利茨卡娅小说的语言风格

尼斯,多年来对他付出如亲生父亲一般无私的爱和关怀。他们并没有将秘密告诉丹尼斯,所以这个"大儿子"始终活在爱与幸福之中。终于有一天,秘密再也藏不住了,父亲只好尴尬地将真相告诉丹尼斯。令他意外的是,丹尼斯并没有将此事放在心上,而是将话题转开,和父亲谈论自己女友的事情。丹尼斯的反应和表现打开了父亲多年的心结,他们继续过着平凡而幸福的生活。上述片段向读者呈现出故事的主要矛盾,即父亲多年来一直躲避谈及结婚纪念日的原因。作者犹如一个生活中平凡的讲述人,用平静的口气和语调向我们交待丹尼斯是私生子的事实,以及起初家庭成员在面对这个问题时的尴尬和害怕心理。这篇小说中的词汇特征同乌利茨卡娅大多数小说中的一样,具有简单易懂、平淡朴素的特点。本段中的词汇(名词、动词、形容词等)几乎都是人们日常生活中使用的通用词,文字中没有一个晦涩难懂的字眼,即使那些母语非俄语的读者也能很快读懂小说的意思。

二、句子层面

首先,乌利茨卡娅作品中的大多数句子文意编织得较为简约,描写性文字讲究轻描淡写,叙述性文字倾向于抓住事物的主干,语序顺乎自然。例如下面这个片段:

①В двадцатых числах мая наступила преждевременная жара, и все сделались от нее немного больными. ②До конца школьных занятий оставалось еще несколько дней, но вся программа уже была пройдена и оценки-и четвертные, и годовые-выставлены. ③Известно было, кто прошел в отличники, кто оставлен на второй год. ④Школьницы и учителя изнывали от пустоты времени, от его сонной неподвижности.

⑤Галина Ивановна, старая школьная учительница, изношенная лошадь с обвисшим крупом, пришла в класс в новом платье-в летнем, грязновато-бежевом, в прерывистых черных линиях, которые то теряли друг друга, то снова находили, выкидывая кривые отростки.

⑥Галина Ивановна вела этот класс уже четыре года, учила их всему, что сама знала: письму, арифметике, рисованию, и девочки за эти годы выучили также наизусть оба ее шерстяных зимних платья, серое и бордовое, а также синий парадный костюм в налете серого кошачьего волоса.①

这段文字描述了塔尼亚的学校生活和老师加琳娜的外貌特征及行为举动。从句法上看,本段的句子结构较为简单,由一个简单句(句④)、三个并列复合句(句①、句②、句⑥)和一个繁式复合句(句⑤)组成。简单句和并列复合句能形成凝练、平易的风格,这自然不必多言,我们来重点观察本段中的繁式复合句,特别是其中的同等成分结构。该句的主干是"Галина Ивановна пришла в класс."。"старая школьная учительница"和"изношенная лошадь"都是与主语"Галина Ивановна"相对应的独立同位语,作者所使用的这种同等结构主要有两个修辞功能:一是通过延长话语,强化其对受话人的影响力;二是利用同等结构加强对客体的描述和说明。类似的修辞方法也在本句的另一处出现:"в новом платье"、"в летнем"、"грязновато-бежевом"、"в прерывистых черных линиях"都是说明"платье"的同等成分。作者利用多个独立短语来修饰所要描写的事物,换而言之,就是同一个语义场的多个概念从不同的角度分别说明同一个更大的概念,这种句法修辞手段虽然延长了话语表达,但是却在一个句子中将最重要的信息以最简短的语词强调出来,事物主干被明显地突出出来,由此形成了较为明朗和清晰的语言风格特征。这样的写作手法在乌利茨卡娅的小说中比比皆是,可以说女作家的小说语言处处散发着凝练的气质。

---

① Улицкая Л.: Казус Кукоцкого. http://lib.rus.ec/b/57681/read(本书中中所引用的该小说片段均出于此,后文不再另行说明。——作者注)

第二章
乌利茨卡娅小说的语言风格

其次,乌利茨卡娅还擅长使用较为简短的句子,即使是长句,也会尽量多地使用独立短语或分句,用逗号将句子成分隔开,所以小说读起来阻碍较小。在本书中,我们选择了乌利茨卡娅代表作品中的句子作为研究对象,统计了句子长度的相关情况,统计表格如下:

作品名 考察点	作品中 总词数	句子 总数	逗号 总数	句子 平均词数	句子平均 逗号数
《穷亲戚》	1589	103	242	15.43	2.35
《大儿子》	1369	121	219	11.31	1.81
《单梯》	1433	104	206	13.78	1.98
《布罗尼卡》	5817	467	801	12.46	1.72
《布拉哈的女儿》	4982	323	670	15.42	2.07
《鸭子》	303	29	33	10.45	1.14
《索尼奇卡》第一部分	1379	72	234	19.15	3.25
《您忠实的舒里克》 第一章	1577	85	201	18.55	2.36
《美狄娅和她的孩子们》 前三章节	2060	96	296	21.46	3.08
《库克茨基医生的病案》 第一章	1877	123	232	15.26	1.89

从上面的表格中,我们可以看出,乌利茨卡娅小说中句平均词数约为15.33个。从总体上看,中长篇小说的句平均词数略多于短篇小说的句子平均次数,但在这种情况下,中长篇小说的句平均逗号数也相应高于短篇小说的句逗号平均数。也就是说,乌利茨卡娅小说中的句子要么是在长度上相对较短,要么是长句被分割成较小的成分表达出来。并且,我们发现,无论是短篇小说还是中长篇小说,女作家所擅用的句子长度情况基本稳定。

接下来，我们以中篇小说《索尼奇卡》中的片段为例，具体分析其中的句子长度情况：

> Сонечкино чтение, ставшее легкой формой помешательства, не оставляло ее и во сне: свои сны она тоже как бы читала. Ей снились увлекательные исторические романы, и по характеру действия она угадывала шрифт книги, чувствовала странным образом абзацы и отточия. Это внутреннее смещение, связанное с ее болезненной страстью, во сне даже усугублялось, и она выступала там полноправной героиней или героем, существуя на тонкой грани между ощутимой авторской волей, заведомо ей известной, и своим собственным стремлением к движению, действию, поступку...
>
> Выдыхался нэп. Отец, потомок местечкового кузнеца из Белоруссии, самородный механик, не лишенный и практической сметки, свернул свою часовую мастерскую и, преодолевая врожденное отвращение к поточному изготовлению чего бы то ни было, поступил на часовой завод, отводя упрямую душу в вечерних починках уникальных механизмов, созданных мыслящими руками его разноплеменных предшественников.

通过阅读以上段落，我们有以下几点发现：首先，该段文字中共有五句话，词语126个，逗号18个，平均一句话里有词25.2个，平均一句话里有逗号3.6个。也就是说，虽然这段文字中句平均词语较多，但是，由于作者恰当地分割了句子成分，使句子的节奏适当加快，所以读起来并不困难；其次，该段文字中的句子多为简单句或并列复合句，无繁式复合句，所以大大减少了阅读的阻碍，使语言具有简洁、平易的修辞色彩。

第三，乌利茨卡娅还擅长在小说中使用截断法（усечение）。这种结构广泛运用于人物对话中，它的功能是表达当下人物的各种情感状态，尤其是"欲言又止""吞吞吐吐"的语气，折射出人物复杂矛盾的内心世界，以

第二章
乌利茨卡娅小说的语言风格

及故事情节本身的复杂性。比如:

例1:

—Дети наши... того... разбились насмерть...

—С Машей? — только и нашла сказать Александра.

—Нет, Маша на даче... Они по дороге... забирать ее хотели, — просопел генерал. («Медея и ее дети»)

例2:

...Никакой особенной срочности. Просто я хотела с тобой поговорить. Узнать, что ты решила... как дальше. («Мой внук Вениамин»)

例3:

—Деточка, мне кажется, эти голубцы немного того... Ты поосторожней... («Сонечка»)

第四,作家广泛使用省略结构(эллипсис),特别是在人物对话部分,省略结构既可以展现人物说话的习惯、语气、心情,又可以在一定程度上发挥审美功能。有时读者在阅读的过程中会觉得省略了点什么,而事实上,这恰恰是作家有意安排的"空白",具有极大的吸引力,令人回味无穷。读者通过反复品读可以获得不同的发现。这就是"空白"折射出的艺术魅力。比如:

例1:

—Гриша считает, что они должны жить отдельно. Снимать! («Бедная родственница») ——补全后: Они должны снимать квартиру! 此处省略结构表现出人物较为激动和不满的心情。

例2:

—А мне петухи... вон тот, пестрый, -сказала младшая Колыванова, от которой никто не ожидал. («Дар нерукотворный»)——补全后：А мне петухи нравятся. 此处省略结构表现出人物害羞的心情。

例3：

—Почему я? Почему обо всем должна я? Господи, если бы ты знал, как я устала. («Русское варенье»)——补全后：Почему обо всем должна заботиться я? 此处省略结构表现出人物烦躁和不满的情绪。

从以上例句中可以看出，作家巧妙运用省略结构把控人物的语调和节奏，由此隐含地表现出人物的心理状态和变化，让读者能在这种暗示的语调和节奏中把握作品的真实思想，这要比用直白的、具体的、冗长的语言描述更能展现艺术作品的魅力。这是乌利茨卡娅小说创作的一大特征。

三、语篇层面

首先，乌利茨卡娅运用巧妙的隐喻使语义含量丰富起来。一般来讲，从篇幅上看，越长的篇幅包含的语义越丰富，但文学作品却不一定符合这样的规律。作家通过各种艺术手段，可以赋予简短篇章丰富的内涵，营造出特殊的艺术氛围。隐喻就是一种最常用的手法，作家常常能借助恰当的隐喻表达最丰富、最全面的涵义，当然这种涵义需要通观整个语篇去把握。我们以短篇小说《别人的孩子》(«Чужие дети»)中的片段为例来说明这个问题。作者在小说开篇便用一个简短的篇幅向读者交代了故事的主要内容和思想：

Факты были таковы: первой родилась Гаянэ, не причинив матери страданий сверх обычного. Через пятнадцать минут явилась на свет Виктория, произведя два больших разрыва и множество

第二章
乌利茨卡娅小说的语言风格

мелких разрушений в священных вратах, входить в которые столь сладостно и легко, а выходить — тяжело и болезненно.①

事实是这样的:第一个出世的是加娅奈。这并没有引起母亲异于寻常的疼痛。十五分钟以后,维克多利娅出世了,她的降生附加给母亲两下巨大的撕裂般的疼痛感,此外在神圣之门处还有数不清的损伤,进入大门是多么甜蜜和轻松,而出来却是沉重和苦痛。

我们从上述语句中得知,该小说的主题是两个孩子的纠结命运,在这个并不长的句子中,作者最大限度地聚合了小说的思想,不仅表达出故事的主要情节,而且展现了孩子母亲的矛盾心理,小说的冲突在三言两语中展露无遗。两个孩子的最终命运也在一句话中暗示出来:

Виктория крепко кричала, поводя сжатыми кулачками, а Гаянэ мирно спала, словно бы и не заметив своего выхода на хрупкий мостик, переброшенный из одной бездны в другую.

维克多利娅大声地哭闹,挥动着攥紧的小拳头,而加娅奈却安静地睡着,似乎并未发现自己走上了从一个深渊通向另外一个深渊的脆弱小桥。

作者通过描写两个孩子睡觉的状态隐喻了他们的未来,本句虽然简短,但是生动形象地隐喻着整个小说的深刻思想。可见,作家确实是一个语言简约凝练的高手。

其次,作家对关键情节不事渲染。我们首先以小说《索尼奇卡》为例。通读整篇小说,我们发现,在本篇小说中并没有大段有关景物和环境的描写,偶尔出现几笔,也是作者在情节发展关键之处所作出的与人物当下心境相符的相关描绘。例如:

---

① Улицкая Л.: Чужие дети. http://lib.rus.ec/b/272002/read(本书中所引用的该小说片段均出于此,后文不再另行说明。——作者注)

Родильный дом, стоял на окраине большого плоского села, в безлесном растоптанном месте. Само строение было из глиняных, вымешанных с соломой кирпичей, <u>убогое</u>, с маленькими <u>мутными</u> окнами.

产院位于平平扁扁的大村庄的边上,周围没有树木,土地也被来来往往的人踏平。是一栋"干打垒"筑成的土房,<u>非常简陋</u>,带有一排<u>昏暗</u>的小小的窗子。①

上述段落描写了产院周围的环境,出现在男主人公罗伯特将妻子索尼奇卡送到产院的故事情节之后。我们知道,在描写性的文字中,形容语通常扮演十分重要的角色。简约精练的语言常常体现在形容语的选择和使用上。俄罗斯作家阿·托尔斯泰(А. Н. Толстой)在一篇讨论文学创作方法的文章中谈道:"必须非常节省地使用形容语,……滥用并不等于丰富。应该使形容语非常鲜明和精确地来说明事物,就像照相机上的闪光灯,突然一下子射到眼睛上,使人感到好像眼睛被什么东西刺了一下那样。……任何时候都不要去堆砌形容语。形容语应该用得非常地节省。"②由此看来,阿·托尔斯泰极力主张语言的精确和凝练,而这一点恰恰与形容语的使用相关。比如在上述句子中表示事物状态的形容语并不多,"убогий"就是其中一个,用来形容一栋"干打垒"筑成的土房,表明了其简陋的状态。作者没有用"бедный",也没有用"жалкий",而是用"убогий"③,准确地形容出土房不仅陈旧,而且已经残缺不全的样子,所以是一个非常确切的形容词。我们再来看形容词"мутный",直义表示"浑浊的""发污的",修饰文中的名词"окно",译为"发污的窗户"或"昏暗的窗户"。其实,如果仅仅表

---

① [俄]乌利茨卡娅:《美狄亚和她的孩子们》,李英男、尹城译,北京:昆仑出版社,1999年,第17页。
② [俄]阿·托尔斯泰:《论文学》,程代熙译,北京:人民文学出版社,1980年,第282页。
③ 在俄语中,"бедный""жалкий"和"убогий"为近义词,都有"简陋"的意思。不过,从修辞色彩来看,它们所表示的破旧程度逐渐加深,且"убогий"还有"残缺不全"之意。——作者注

第二章
乌利茨卡娅小说的语言风格

示上述直接意义,作者完全可以使用"потускневший"(失去光泽的、暗淡无光的)或"тусклый"(不大透明的、不明亮的)等词语,但作者在这里特意使用"мутный",因为该词除了能表示窗户不明亮和发污之外,还具有引申意义,即表示"不确定的"或"令人隐隐感到不安的"①,用来暗指主人公对事物所持的怀疑态度。由此可见,作家用少而精的词汇既描绘出真实的周围环境,又暗示出男主人公不安的心理和对未来生活所持的不确定态度。所以,"мутный"在此是一个非常确切的形容词。

又如下面这段景物描写:

> Сюда, к этому окну, он подходил несколько раз в день, смотрел на бесформенную, в грязных клочьях травы землю, вместо стройной Еруса-имской аллеи, куда выходили окна его варшавской клиники, и промакивал слезящиеся глаза красным...
> 他一天几次来到这个窗口往外看,看到的不是他华沙诊所外那条整整齐齐的耶路撒冷林荫大道,而是乱七八糟地长出几片脏草的土地,于是他掏出最后一块绿格子红底的英国手帕,轻轻地沾去眼上的泪水……②

此段文字以人物视角展开,描写了产院医生茹瓦尔斯基先生背对来访病人向窗外眺望所看到的景色。引起我们注意的是修饰"земля"的形容语"бесформенная, в грязных клочьях травы"。作家在此向我们交代,茹瓦尔斯基医生看到的景物是"乱七八糟的长出几片脏草的土地",并非"整整齐齐的耶路撒冷林荫大道",前后景物形成强烈对比,准确地映射出医生在面对备受煎熬的产妇时复杂、矛盾的心理。

---

① Викисловарь русского языка онлайн. http://ru.wiktionary.org/wiki/%D0%BC%D1%82%D0%BD%D1%8B%D0%B9
② [俄]乌利茨卡娅:《美狄亚和她的孩子们》,李英男、尹城译,北京:昆仑出版社,1999年,第17页。

下面这段描写出现在女主人公索尼奇卡发现自己的丈夫与亚霞的不正当关系之后,作家对罗伯特画室外的自然环境进行了少而精的描绘:

Ей казалось, что <u>кругом должен лежать снег</u>, -а на улице клубилась, кудрявилась <u>разноцветно-зеленая майская зелень</u>, и <u>зеленым цветом отзывались длинные трамвайные трели</u>.

她觉得四周应该是冰天雪地,可街上却是郁郁葱葱、五彩缤纷的5月景象,有轨电车丁零当啷的铃声也好像映出了碧绿的颜色。①

从上述描写中我们发现,作者将女主人公心境中的景象"冰天雪地"与现实中"郁郁葱葱、五彩缤纷"等景象作出对照,这种强烈的反差极好地衬托出人物在发现自己被丈夫背叛后失望、悲凉的心情。除此以外,再无其他多余的修饰和描写,语言十分简练精确。

长篇小说《库克茨基医生的病案》中对关键情节的描写也恰到好处,作者很少做作过多的铺垫或渲染。故事中的男主人公巴维尔和女主人公叶莲娜争吵的场面是本小说的关键情节,这个情节被视为是两个人感情生活的转折点。巴维尔和叶莲娜因为托马母亲在家流产致死的事情展开了一段谈话。当他们谈到流产是否应该合法化的问题时,丈夫巴维尔坚决表明了作为一个妇产科医生的立场,即女人流产应该合法化。因为在他看来,如果流产被合法化,那么诸如托马母亲那样面临流产危险的女人就不会失去生命,她们会得到及时的、合法的救助,也不会生下注定要在世上受苦受罪的孩子。作为一个女人,叶莲娜不能接受巴维尔的观念。她认为这种做法就是犯罪,是杀害孩子的行为。听到这样的想法之后,丈夫巴维尔终于忍不住说出了极具攻击性的、伤害夫妻感情的话:

У тебя нет права голоса. У тебя нет этого органа. Ты не женщина. Раз ты не можешь забеременеть, не смеешь судить.

---

① [俄]乌利茨卡娅:《美狄亚和她的孩子们》,李英男、尹城译,北京:昆仑出版社,1999年,第48页。

第二章
乌利茨卡娅小说的语言风格

你没有发言权。你又没有这个器官。你不是女人。既然你不能怀孕,你就没资格品头论足。①

小说中的以上情境都是由男女主人公的对话形式呈现出来,在巴维尔说出晴天霹雳般的话语之后,作者并没有对叶莲娜的心理活动作细腻刻画,也没有对当时的家庭气氛作出细致的渲染,而只是采用一个隐喻手法暗指了叶莲娜的反应:

Елена встала. Дрожащей рукой опустила чашку в мойку. <u>Чашка была старая, с длинной трещиной поперек.</u> Коснувшись дна мойки, она развалилась. Елена, оставив осколки, вышла из кухни.

叶莲娜站起身。她用颤抖的手把茶杯放到水池里面。杯子是一只旧的,有一道长长的横纹裂缝。碰到水池底后,杯子碎了。叶莲娜没管那些碎片,走出了厨房。②

这里"碎裂的旧杯子"显然是一个隐喻。身有裂纹的旧杯子犹如感情出现裂痕的夫妻间的感情。杯子碰到池底彻底破碎,象征着巴维尔伤人至深的话语彻底打碎了他与叶莲娜之间的情谊。作者用短短五句话便将此时此刻叶莲娜的心情向读者暗示出来,可以说是简约凝练,恰如其分,毫不矫情。

以上我们分别词汇、句法和语篇方面分析了乌利茨卡娅作品语言简约质朴的风格。总体来看,女作家善于在小说中采用生活中的通俗语言,句子一般不长,句法结构比较简单,小说很少有晦涩难懂的语言出现,很少有大段的描写性文字。从篇章来看,作家对事物的描写几乎是点到为止,其笔下很多作品的生活场景描写十分精练,但是却在情节的关键之处恰到好处地勾勒出生动的场面。以上创作方法的运用使作品常常呈现出明快利落、直截了当,又耐人寻味的特色。

---

① [俄]乌利茨卡娅:《库科茨基医生的病案》,陈方译,桂林:漓江出版社,2003年,第77页。
② 同上书。

综上所述,乌利茨卡娅的小说不论从语言材料的选取方面,还是从语言材料的运用方面都力求做到文约意广、朴实无华,小说准确、生动地再现了事物的本色和现实生活的原味之美,处处充溢着自然淳朴的真情实感,体现了作家对现实主义传统文学创作手法的继承与发扬。

第二节 委婉含蓄的语言风格

生活本身的蕴藉和文学风格反映生活的间接性为文学作品语言风格的含蓄提供了无限可能。一般来讲,含蓄是指一种蕴藉曲折、回味无穷的语言风格。它的主要特点是指,文学作品的思想感情并不通过简单的语言方式直露地表达出来,而是暗藏在字里行间。作者主张将作品的意义和思想深藏在表层文字之下,利用独特的艺术创作手法启发读者通过文字表象去领悟和回味作品的深层意蕴,从而获得"玩之者无穷,味之者不厌"[①]的审美享受。比如希腊雕像中,男女爱神的眼睛特意被雕成盲目,就是为了给鉴赏者提供一个广阔的联想和思索空间,如果雕刻得过于真实,便不能启发人们的想象,雕像本身也失去了韵味和美感。委婉含蓄的文学风格在作品的语言表达上会通过许多方法和手段呈现出来。有些作家在作品中只描写事件中某一个环节和局部的典型特征,试图启发读者由事件局部推及联想到整个事件,这样的作品能引起读者的阅读兴趣和丰富联想;有些作家在描写事件时,充分利用因果联系,只描写原因,或者只交代结果,作品也能收到意犹未尽的审美效果;有些作家故意打乱整个事件的发展顺序,将不同时间和空间的场景重新进行艺术性的组合与编排,面对这样的文本,读者自然会产生类似于解谜的阅读心理;还有些作家通过大量使用象征、隐喻、省略等诸多修辞手法,达到文笔委婉含蓄、意蕴犹存的创作目的。不过,需要注意的是,委婉含蓄的语言虽然要求藏而不

---

① 刘勰:《文心雕龙·隐秀》,http://wenku.baidu.com/view/27e6c270f46527d3240ce015.html

第二章
乌利茨卡娅小说的语言风格

露,却也不能流于晦涩。换而言之,作家在文学作品中既不能把话说尽,也不能在不恰当的时候说一半留一半,而是应该把那些可说可不说的话省略罢了。作品供给读者想象和回味空间都应该恰到好处,不可过分为之。

乌利茨卡娅小说委婉含蓄的语言风格主要从以下几个方面体现出来:

一、象征和隐喻的使用

首先,从辞章面貌来看,作家擅长适当使用象征和隐喻的艺术手法,为词语附加上意象,使语言含蓄委婉,意犹未尽。

我们先以小说《索尼奇卡》为例。这部小说中有一个非常重要的隐喻性描写,也就是作家赋予"白色"以特殊的意义。通过观察,我们发现,有关"白色"的描写是从亚霞走进罗伯特的生活之后开始出现的。自从亚霞住进索尼娅和罗伯特的家,作品中就不断出现白色的事物或物体。经统计,亚霞与罗伯特相见之后,白色事物共出现34次,这些事物有:白纸、白铅粉、白皑皑的雪地、白融融的瓷壶边、白色石膏、白色静物画、白瓷糖罐、白色小方块脸巾、牛奶、洁白的面孔、白色兔毛三角巾、白色纽扣、哑光白漆粉、白糖、洁白的小手、白蒙蒙的天空、白白的鸭蛋脸、白色肖像、白眼睛、白雪公主、冰凉的白光、白色的生、白色的死、白色的小花等等。这些白色的物体或事物代表着罗伯特在遇见亚霞之后,艺术创作达到了新的高峰。在这个高峰时期,他开始对白色十分迷恋。因此,他在创作中不断地追求和表现各种各样的白色物体、白色在不同光线下的变化,在他的眼里,生活似乎也成了由白色事物组成的世界。通常来说,白色象征着纯洁、高尚与美好,比如,白色的婚纱。同时,白色也可以象征死亡、伤感、虚无等。比如,在不少国家和民族文化中,白色都是葬礼上的主色。又如,很多作家都会在文学作品中利用白色来表现负面情绪。美国文学史上的经典著作《莫比·迪克》(中文也译作《白鲸》)中的白色就是邪恶与痛苦的象征。乌利茨卡娅在这篇小说中适时地营造"白色"的环境,同样具有独特的意义。可以说,上面所列举的一系列白色事物既象征着罗伯特对纯洁爱情的遐想和憧憬,也象征着他与亚霞之间的爱并不像他与索尼娅之间的感情一般真实、可靠。此外,白色事物还象征着罗伯特内心的空虚。罗伯特终其一生都在为自己的绘画梦想奋斗,试图取得成功,他虽然重新找回了创作灵感,精神却一直处于极度空虚之中。实质上,罗伯特除了在亚霞身上获得创作激情之外,没有其他任何追求,这其实是一种心灵的荒芜和扭曲。小说中还有几个与白色相关的隐喻性情节:第一,在罗伯特死后,索尼娅试图在他的墓地上种上白色的小花,可是无论如何也养不活。我们认为,这一事实首先象征着男主人公的死亡;其次象征着他精神空虚的余生;此外,还象征着罗伯特终其一生所向往和追求的纯洁、美好和高尚是无论如何也不能达到的境界。第二,亚霞初到莫斯科在车站厕所换上白色衣裙,后来与罗伯特在一起时也爱穿白色衣装等行为,都暗示着亚霞试图与过去不洁净的、空虚的生活告别,并且决定开始追求新生活的强烈愿望。这些隐喻充满着若隐若现的神秘意味,引导读者不断进行探究、思考与发现。

我们再来看女作家的短篇小说《走廊式》（«Коридорная система»）。这篇小说中的"走廊"本身就是一个充满隐喻意味的象征。小说向我们交代主人公热尼娅从小到大所有的回忆几乎都与公共走廊有所关联:她记得自己的母亲是如何在做饭时拿着小平底锅在走廊里来回穿梭,她记得自己家庭的变故都在这里发生,包括父母的死亡都与这走廊有关。在冉尼娅小时候,她的梦境都与走廊牵连在一起:

> В жестком белом халате Женя бежала по бесконечному коридору, по обе стороны которого часто поставленные двери, но войти можно только в одну из дверей, и никак нельзя ошибиться, скорей, скорей… Но неизвестно, какая из дверей правильная… а ошибиться нельзя, ошибиться-смертельно… Все-смертельно… И Женя бежит, и бежит…①

---

① Улицкая Л.: Коридорная система. http://lib.rus.ec/b/206703/read(本书中所引用的该小说片段均出于此,后文不再另行说明。——作者注)

第二章
乌利茨卡娅小说的语言风格

  冉尼娅穿着粗硬的白色长袍沿着没有尽头的走廊奔跑着，走廊的两边通常都是门，但是却只有一个门能进去，而且无论如何都不能选错门，快点找到，快点……但根本不清楚打开哪一个门才是对的……也决不能选错，不能错，因为选错是致命的……选错就全完了……冉尼娅跑啊，跑啊……

  这段文字所描述的在可怕的走廊中寻找正确之门的梦境具有深刻的象征意味，这暗指小说中主人公终其一生对幸福生活的寻找和对人与人之间和谐关系的追求。"走廊"形象代表女主人公灰暗的童年生活和父母双亡带来的悲惨境地。"走廊"在冉尼娅的心里就是地狱，是试图挣脱却永远无法甩掉的现实生活。在父亲去世之后，冉尼娅终于意识到可怕的现实。她梦中不断沿着奔跑的走廊正是她要面对的现实。女主人公在生活中拒绝走进父亲房间这一举动代表了她人生的选择，她没有足够的勇气和力量去原谅自己的亲人，所以生活中某些重要的东西便永远不能被她拥有，等待她的唯有在一片糟糕中寻找没有出路的房门。另外，从句法上看，作者在这里使用了准直接引语（我们在后文中将对准直接引语进行详尽论述），即叙述语以第三人称展开，但其中却混合着作者和人物的双重视角和声音，使读者难以分辨这是作者的话语还是人物的话语，这种用法加强了语言的修辞效果，充分展现了主人公急于找到出路的慌张心理和走投无路的害怕与无奈，也含蓄表达了作者对主人公的理解和同情，恰当并准确地呼应了作品的主题。

  作家在短篇小说《拉拉的家》（«Лялин дом»）中也赋予某些词语以隐喻意义。比如小说中交待女主人公整天坐在厨房里盯着砌成堆垛的砖块，砖块之间的缝隙和被紧紧粘合起来的砖块堆恰好与她对夫妻关系的思考和醒悟相关联。可以说，对砖块的描写和对女主人公举动的描述正是人物心理状况的写照：

  Дети обнаружили ее утром на кухне, в старом плетеном кресле. Она сидела, уставив синий бесчувственный взор в заложенное кирпичом окно. Ее окликали, она не отзывалась. 〈...〉 Кирпичная кладка замурованного окна была для нее чрезвычайно привлекательна. Она как будто знала, что именно в трещинах кирпичей, в их простом и правильном, сдвинутом по рядам чередовании есть спасительный порядок, следуя которому можно соединить всю разрушенную картину ее жизни. А может быть, цемент, навечно соединивший отдельные кирпичи, был так притягателен для глаз Ольги Александровны. Цемент, скрепляющий отдельности в целое...①

二、省略手法的使用

乌利茨卡娅小说委婉含蓄的语言风格的第二个体现就是作家常常使用省略手法。这是一种较为机智的写作方式:作者不把一切都呈现出来,充分信任读者的智慧,让读者自己猜测故事情节中的某些关系、条件和界限。换而言之,作者故意创造条件不把话说完,给读者留下思考和想象的空间,暗含地表达出作品的深层意蕴和涵义。我们继续以短篇小说《拉拉的家》中的片段为例进行分析:

К тому же кое-какие слухи о пестрых материнских похождениях доползли и до нее-она к своим двадцати двум годам окончила тот же институт, в котором заведовал кафедрой отец и мать преподавала французскую литературу. К любимому своему отцу она тоже испытывала иногда злое раздражение, возмущалась беспринципной терпимостью его поведения,-как, зачем мирится он с Лялиным телефонным хихиканьем, отлучками, враньем и безразлично-бесстыдным кокетством со всеми особями мужского пола, не исключая постового милиционера и соседского кота...

---

① Улицкая Л.: Лялин дом. http://lib.rus.ec/b/272014/read(本书中所引用的该小说片段均出于此,后文不再另行说明。——作者注)

第二章
乌利茨卡娅小说的语言风格

  这段叙述以拉拉的女儿莲娜之视角展开，读者能从简短的叙述中了解拉拉一家人关系的一个侧面：拉拉是一个美丽轻浮的女子，虽然拥有美丽的外表，但身为妻子和母亲却对家庭琐事很少顾及，甚至还对不少男性卖弄风情，女儿莲娜对此极为不满。通读小说我们还得知，拉拉的丈夫忠诚老实，宽容大度，包容了妻子的种种缺点。本段的结尾处有一个省略号，一方面表明拉拉对家庭生活和家人缺乏关心的行为时有发生，不止作者列举出的几样；另一方面暗指拉拉轻浮的性情和行为可能会破坏家庭生活的稳定，为小说后面的情节做出铺垫。读者读到这里难免会进行丰富联想，试图一探究竟，这样的写作手法赋予作品"点而不透，引而不发"的审美效果。

  下面一段话是小说《索尼奇卡》中的片段，故事情节发生在男主人公罗伯特的葬礼上：

    Весь шепоток, вся скандальность этой смерти оставались в раздевалке. Здесь, в зале, даже самые жадные до чужих потрохов люди примолкали. Подходили к Соне, произносили неловкие слова соболезнования. Соня, чуть выталкивая впереди себя Ясю, механически отвечала:

    -Да, такое горе... На нас свалилось такое горе...

    А Тимлер, в обществе молодой любовницы пришедший проститься со своим старым другом, сказал тоскливым тонким голосом:

    -Красиво как... Лия и Рахиль... Никогда не знал, как красива бывает Лия.

  在以上片段中共出现四次省略，每次省略的涵义各不相同。交头接耳、讨论死者丑闻的人们走到索尼娅跟前，说了一些不自然的安慰的话语。此时的索尼娅很机械地挤出一句话"是啊，那么不幸……这样的不幸降临在我们身上……"这里的第一个省略号表明索尼娅在表达亚霞和自己不幸之后的一种尴尬心理，因为前来参加葬礼的人们都清楚亚霞和罗伯特之间不正当的关系。接下来,主人公再次强调"这样的不幸降临在我们身上……",这个省略号里隐藏了索尼娅复杂的心理:其一她为自己丈夫之死感到不幸,其二还为自己丈夫在生前的出轨行为感到伤心和失望,其三也为亚霞作为年轻女孩的不幸遭遇感到同情。当罗伯特的老朋友蒂姆勒前来辞别时,不禁用惆怅的声音赞叹索尼娅和亚霞,并将她们分别比作《圣经·旧约》中的利亚和拉结①。在那个赞叹句中也出现两个省略号。第一处表明蒂姆勒看到索尼娅和亚霞后的惊讶心理,他立刻联想到索尼娅就像利亚,这隐喻着索尼娅虽然遭到丈夫的背叛,但是却得到上帝的眷顾。事实也确实如此,小说结局向我们交代上帝赐给索尼娅以长寿,让她晚年生活得长久和安详。第二处省略号表明蒂姆勒对索尼娅由衷的赞美之情,正是索尼娅对丈夫从始至终的忠诚和宽恕,以及她对丈夫的情人无微不至的照顾使得蒂姆勒感到十分感动。可见,这两处省略号蕴含了说话人丰富和复杂的思想过程。

在乌利茨卡娅的小说中,省略的艺术手法还常常运用在对性生理的描写方面。我们都知道,女性身体叙述是西方女性主义批评理论中非常重要的一个环节。不少女性作家为了在作品中建立女性的主体性,会使用各种方式记录女性身体所遭受的经历、女性的生理欲望和本能等。在这方面,乌利茨卡娅也毫不例外地在一些作品中做出尝试,不过她笔下有关女性生理欲望和体验的描写相对比较隐晦。作家常常通过省略、替代某些相关词语或情节,婉转表达作品的内容和思想。比如在长篇小说《库克茨基医生的病案》中就有不少这样含蓄的描写:

> Он видел пружинистую прядь, всегда выбивавшуюся из пучка и петлей висящую ото лба к уху, видел скулу и кончик носа,

---

① 《圣经》中的利亚和拉结是两姐妹。利亚是姐姐,拉结是妹妹,她们都是雅各的妻子,但雅各对拉结的爱胜过对利亚的爱。正是雅各自私、执着的偏爱,使两姐妹彼此嫉妒,相互竞争。由于信仰神明,利亚在多年不幸的婚姻生活中,始终忠于自己的丈夫,学会了如何依靠耶和华神获得真正的幸福和精神的满足。——作者注

第二章
乌利茨卡娅小说的语言风格

сгорал стыдом и желанием, и отдал бы в этот миг без колебаний лучшее, чем владел, свой безымянный дар, чтобы вернуть счастливую простоту и легкость, с которой еще недавно он мог положить указательный палец в ямку под мягким пучком волос и провести от шеи вниз, по узкому позвоночнику, уложенному в ровном желобке вдоль спины, до чуть выпуклого крестца, - Ossacrum, сакральная кость... Почему, кстати, сакральная именно эта? -и ниже, раздвинув плотно сжатые Musculus glutaeus maximus, миновав нежно-складчатый бутон, проскользнуть в тайную складку Perineum, развести чуть вялые Labium majus, робкие Labium minor, замереть в Vestibulum vaginae, коснуться атласной влажной слизистой, -уж он-то знал всю эту анатомию, морфологию, гистологию-приласкать пальцем продолговатое зернышко Corpus clitoridis, -пропуск, пробел, сердцебиение... дальше, дальше, -пройти по редколесью волос, под которым прощупывается изгиб Mons pubis, перешагнуть через косметический, двойного шитья шов-не знал, что для себя старался, -подняться к маленькому, с мелкой воронкой пупку, пройти между разбежавшихся в разные стороны, заостренных к соску грудей и остановиться у подключичной ямки так, чтобы под ладонью расходились Clavicula, фигурные скобочки ключиц..

上述段落是一段有关性生理体验的描写。作家对女性身体和生理经验并没有进行露骨地、自然主义式地刻画，为了含蓄委婉地交待故事情节，作家使用法语来代替俄语以描述一些人体器官和人物生理体验，并且在必要之处做出了情节上的省略。

又如小说《索尼奇卡》中有关性生理体验的情节也由作家较含蓄地传达出来，作品中仅存在适当的相关心理体验的描述：

Прижимаясь спиной к гранитному боку монумента, неловко придерживая ногой дверь, он пропустил вперед Ясю. В момент, когда дверь захлопнулась, он почувствовал сильное и гулкое сердцебиение, но не в груди, а где-то в глубине живота. Сердцебиение восходило в нем вверх, как солнце от горизонта, морской гул наполнил голову, виски, даже кончики пальцев. Он поставил подрамники и принял рулон из Ясиных рук. Тут он и вспомнил, когда это было. Он улыбнулся, положив руку на отсыревший пух ее косынки, а она уже сметливо расстегивала огромные пуговицы своего самодельного пальто, которое многие вечера шила из старого пледа вместе с Сонечкой. В тот год был припадок моды на большие пуговицы. И юбка Яси, и блузка были ушиты стаями коричневых и белых пуговок, и она, сбросив пальто, серьезно и вдумчиво вытаскивала их одну за другой из аккуратно обметанных петель. Сердцебиение, достигшее набатной мощи, заполнившее все закоулки самых малых капилляров, разом вдруг прекратилось, и в ослепительной тишине она села на сломанное кресло, поджав под себя тугие ножки. Потом отпустила на свободу стянутые на макушке резинкой волосы и стала ждать, покуда он выйдет из своего столбняка и возьмет ту малость, которой ей было не жаль...

由此可见，乌利茨卡娅并不避讳对性爱内容的描述，其笔下的人物身体和生理体验等都是裸露的，但是作家用一种较为巧妙的修辞手法将它们恰当地遮盖起来，所以小说语言呈现出较为婉转和含蓄的风格特点。

综上所述，乌利茨卡娅小说委婉含蓄的语言风格之艺术实现手段主要有两种，一是赋予词语以某种意象，借助隐喻和象征的艺术手段；二是在行文必要之处采用省略手法，间接描述事物或阐明观点。

第二章
乌利茨卡娅小说的语言风格

第三节　细腻生动的语言风格

我们在以上两节中探讨了乌利茨卡娅小说语言简约质朴和委婉含蓄的语言风格特征,可以说,这是乌利茨卡娅语言风格的常态和主调。但是,一个作家如果只有一幅笔墨,就无法适应千变万化的题材和读者的需要。有些学者就曾经指出:"成熟的作者大都有比较稳定的语言风格,但又往往能'文备众体',写不同的题材用不同的语言。作者对不同的生活、不同的人、视不同的感情,可以从他的语言的色调上感觉出来。"[①]乌利茨卡娅的语言风格在大多数作品中表现出简约质朴和委婉含蓄的特点,这种稳定的主导风格为她在不同作品中表现多样化风格提供了统一的基础。但是,在这个基础之上,作家的小说语言在某些方面也不失细腻。

一、女性人物外貌和心理刻画手法

乌利茨卡娅小说细腻生动的语言风格首先表现在作家对女性人物性格和心理的细致刻画方面,这自然与乌利茨卡娅的女性作家身份密切相关。乌利茨卡娅在表现女性人物性格和心理时,通常采用以下几种方式:一是通过描写人物的外貌和举动来反映人物心理活动,二是在叙述语言中穿插心理活动的描写,三是直接对人物内心活动进行深入分析或意识流式的呈现等等。

在上述女性人物性格刻画和心理分析的艺术手段之中,乌利茨卡娅最常用的是通过对人物外貌和行为的描写来反映其内心世界。比如有背叛自己丈夫的"美丽又轻浮的"奥利嘉[②],有对母亲言听计从的"头发是麻雀羽毛颜色的"安娜[③],还有被丈夫毒打的"长相难看,又高又瘦,戴副

[①] 汪曾祺:《关于小说语言》,载于《小说文体研究》,北京:中国社会科学出版社,1988年,第2页。

[②] Улицкая Л.: Лялин дом. http://lib.rus.ec/b/272014/read

[③] Улицкая Л.: Пиковая дама. http://lib.rus.ec/b/272020/read

厚眼镜"的克拉弗吉亚①等等。乌利茨卡娅经常详实、细腻地描写主人公的外貌特征,并同时在描写中揭示他们的性格。在短篇小说《布罗尼卡》中作者这样描述女主人公:

> Бронька была и впрямь существом особенным, нездешним- с какой-то балетной летучей походкой, натянутым как тетива позвоночником и запрокинутой головой... Взгляд ее был всегда вверх или мимо. Первыми бросались в глаза рыжеватые, растительно-пышные волосы да низкий, изысканной фигурной скобкой очерченный лоб, и лишь потом, при особо внимательном рассмотрении, видна была вся прочая ее красота, собранная из мелких не правильностей...

> 布罗尼卡长得实在是又特别,又神秘,她走路时步伐飞跃,就像跳芭蕾舞一样,脊背挺直着,使劲仰着头,活像一幅紧绷的弓箭。她的眼神要么是朝上飞,要么就朝旁边看。那一头浅红棕色的,像海藻一样的蓬松的毛发,还有那低低的、像是用精致的画笔画出的括弧一样有型的额头总是引人注目,之后只有通过慢慢的、仔细的观察,才可以发现她其他的那些由各个细小而不匀称的因素汇聚成的美……

通过观察上述描写,我们得知,主人公布罗尼卡是一个与众不同、充满神秘感的女性。走路时"步态像跳芭蕾舞一样轻盈",以及"挺直的脊背和头"都暗示她是一个有独立精神、追求自由、不受羁绊的女子;总是"目视上方或旁视"说明她是一个具有自信、骄傲个性的人;另外,作者交代布罗尼卡的美需要通过仔细的观察才可以发现,这也暗示了精通艺术的摄影师可能会爱上她,懂得她的魅力所在。这些外貌的细节描写都与小说后来的情节发展交相辉映:女主人公不顾一切地与摄影师相爱,虽然她长期生活在母亲的严格控制下,却没能阻止她对理想、爱情和自由的追求。

---

① Улицкая Л.: Финист Ясный Сокол. http://lib.rus.ec/b/206703/read

第二章
乌利茨卡娅小说的语言风格

乌利茨卡娅还通过对人物外貌的描写来影射人与人之间的关系,比如在短篇小说《亲爱的》(«Голубчик»)中,作家对十二岁的小男孩及其继父的外貌特征做出如下描写:

> Консерваторским завсегдатаям тех лет примелькалась эта парочка-субтильный пожилой мужчина в крупных очках на мелочном личике и тоненький юноша с аккуратно постриженной светловолосой головой, в черном свитерке и выпущенным поверх круглого выреза воротом белой пионерской рубашки.[①]

作者通过上述文字对主人公的外貌特征作出了细腻的描述。其中,"субтильный"(纤细的)、"в крупных очках на мелочном личике"(小脸上架着一副大框眼镜)仿佛向读者勾勒出一位保守、细腻、柔弱、敏感的中年男子形象,而"тоненький"(瘦弱的)、"с аккуратно постриженной светловолосой головой"(满头浅发,发型整齐的)则向读者展现出一个漂亮的、惹人爱怜的小男孩的形象。两种形象的对比不免让读者产生联想,作家正是通过对主人公外貌的细腻刻画暗示出他们之间关系的实质——同性恋关系。虽然小说中的其他人物并没有发现这个秘密,就连小男孩的母亲都猜不透为什么一个中年教授"能像亲生父亲一样对待小斯拉夫卡",可以毫不保留地、耐心地将自己的才能传授给继子,并对其关怀备至,但是读者已经能从上述有关人物外貌的细腻刻画中捕捉到重要的信息。

乌利茨卡娅对女性人物的心理分析也常常是细致入微的,她甚至用一整章的篇幅来进行刻画,从而使语言表现出细腻的特点。例如《库克茨基医生的病案》中第一部的第十三章以笔记本的形式呈现出来。这部分以叶莲娜的口吻记录了她在所谓的"第三种的状态"的全部心理体验。下

[①] Улицкая Л. : Голубчик. http://lib.rus.ec/b/272008/read(本书中所引用的该小说片段均出于此,后文不再另行说明。——作者注)

面是其中一段：

　　Вообще, я уверена, что ПА для Тани значит больше, чем я. Так ведь и для меня он тоже значит больше, чем я сама. Даже теперь, когда все между нами так безнадежно испорчено, надо по справедливости признать, что человека благородней, умней, добрей я не встречала. <u>И никто на божьем свете не сможет мне объяснить, почему лучший из всех людей служил столько лет самому последнему злу, которое только существует на свете.</u> <u>И как в нем это совмещается?</u> Все предчувствовала, все знала заранее моя душа-еще в эвакуации, когда он Ромашкиных котят унес. Я сначала не поверила даже, что он их утопил. Теперь уж верю всему. Ведь смог же он одной фразой перечеркнуть всю любовь, все наши счастливых десять лет. Все уничтожил. И меня уничтожил. <u>Жестокость? Не понимаю.</u> <u>Но</u> об этом как раз я не хочу вспоминать. Для меня важно сейчас восстановить все то, что ускользает от меня, что всегда, еще до появления в моей жизни ПА, играло такую большую роль. Мои сны и ранние воспоминания.

　　总之，我相信，比起我来，巴·阿对于塔尼娅来说意味着更多的东西。因为，要知道，对于我来说，他也比我自己意味着更多的东西。就连现在，当我们之间的一切都如此无望地被破坏了，还是应该公正地承认，比他更高尚、更聪明、更善良的人，我还从来没有遇到过。没有一个天上的神灵能够告诉我，这么多年以来，这个众人中最优秀的人物，为什么一直在为人间才有的最大的恶服务？这一切是如何容纳在他身上的？我的心预感到了一切，提前知道了一切，那还是在撤退的时候，当时，他把罗马什金家的小猫全部带走了。开始，我甚至不相信他把它们淹死了。现在我相信了那一切。要知道，他也能用一句话来抹杀全部的爱情，我们整整10年的幸福光阴。他把一切都毁掉了。他也把我毁掉了。残酷？我不理解。但是，我恰好不想回

第二章
乌利茨卡娅小说的语言风格

忆这件事。对于我来说,现在重要的是,要把从我身边溜走的那一切都回想起来,还是在巴·阿出现在我的生活中之前,那一切就一直具有非常重大的意义。我的梦境和早年的回忆。①

在上述段落中,作者以第一人称的视角展现了女主人公对丈夫的看法和争吵以后的心情。通过阅读上述人物的心理活动,我们了解到,有关流产是否合法化的争吵在叶莲娜的心中划下了重重的伤痕。整段文字采用了铺排的手法来表现叶莲娜的心理,文中的疑问句、反问句以及表达转折关系的关联词等使得人物内心世界的展示层层深入,读者能从中发现人物的个性特征和矛盾心理。

在短篇小说《那年的三月二日》(«Второго марта того же года»),作家向我们讲述了一个名叫莉莉娅的女孩在几经生活不幸后心理日渐成熟的成长故事。这部小说中有关主人公心理反应和心理变化的刻画十分生动、细腻,下面这段文字就是主人公在面对成长过程中的烦恼琐事时烦躁和几近愤怒的心灵写照:

Зима эта была ужасной и для Лилечки: она тоже чувствовала особую тяжесть неба, домашнее уныние и враждебность уличного воздуха. Ей шел двенадцатый год. Болело под мышками, и противно чесались соски, и временами накатывала волна гадливого отвращения к этим маленьким припухлостям, грубым темным волоскам, мельчайшим гнойничкам на лбу, и вся душа вслепую противилась всем этим неприятным, нечистым переменам тела. И все, все сплошь было пропитано отвращением и напоминало о морковно-желтой жирной пленке на грибном супе: и унылый Гедике, которого она ежедневно мучила на холодном пианино, и шерстяные колючие рейтузы, которые она натягивала на себя по утрам, и мертво-лиловые обложки тетрадей... И

---

① [俄]乌利茨卡娅:《库科茨基医生的病案》,陈方译,桂林:漓江出版社,2003年,第117页。

только под боком у прадеда, пахнущего камфарой и старой бумагой, она освобождалась от тягостного наваждения.①

作者在这里虽然没有直接描写小女孩在成长中所体验到的一些心理感受和变化,但是却通过刻画她对周围环境的感受、对青春期生理变化的态度等来展示主人公的内心世界:可怕的冬天使她灰暗的心情更加沉重;身体上的细微变化使她烦躁不安;食物也并不美味,甚至令人作呕;身上穿的衣服令她不舒服,甚至钢琴也变得冰冷冷的,令她提不起丝毫兴趣……总之,周遭的一切事物都不能令她满意,甚至惹来她的愤怒和烦躁。通读全文我们发现,整个小说的叙述随着小女孩对青春和周围事物态度的转变展开,作者从始至终没有对主人公的心理活动进行直接展现和剖析,但是借助细节描写的心灵刻画法却令读者印象深刻。

二、作为创作手法的女性身体叙述

乌利茨卡娅小说细腻生动的语言风格还表现在她对女性身体和女性生理经验的细腻刻画方面。这种刻画是有其写作意图的,这种意图很好地反映了女性的主体意识。我们在上一节已经提过,乌利茨卡娅一般采用较为含蓄的笔法对女性生理体验和男女性爱场景进行描写。与此稍有不同的是,当作家试图表现女性在身体上和精神上的遭遇和痛苦时,便会采用细腻的笔法对女性身体和生理体验进行描绘。这种手法在文艺理论上被称为"身体叙事"。

所谓身体叙事,是一种重点描写人的身体的艺术表现形式。文艺学语境下的身体叙事理论是西方女性主义运动的产物,主张女人在文学作品中诉说自身,通过对女性身体和生理体验的书写来获得女性的解放。法国当代女作家、文学理论家埃莱娜·西苏在其著名文论《美杜莎的笑声》中写道:"通过写她自己,女性将返回到自己的身体,这身体曾经被从

---

① Улицкая Л.: Второго марта того же года. http://lib.rus.ec/b/272030/read(本书中所引用的该小说片段均出于此,后文不再另行说明。——作者注)

第二章
乌利茨卡娅小说的语言风格

她身上收缴去,而且更糟的是这身体曾经被变成供陈列的神秘怪异的病态或死亡的陌生形象,这身体常常变成了她的讨厌的同伴,成了她被压制的原因和场所。身体被压制的同时,呼吸和言论也就被抑制了。写你自己,必须让人们听到你的身体。只有到那时,潜意识的巨大源泉才会喷涌。……写作。这一行为将不但'实现'妇女解放对其性特征和女性存在的抑制关系,从而使她得以接近其原本力量;这行为还将归还她的能力与资格、她的欢乐、她的喉舌,以及她那一直被封锁着的巨大的身体领域;……"①自埃莱娜·西苏发表此言论后,很多女性作家开始通过女性身体表达文学作品的思想,深化主题。"身体理论"通过摒弃男性视角和男性经验建构出女性自身的话语表达系统。

乌利茨卡娅在其小说中便适时、恰当地使用上述写作方法。比如,作家根据小说创作题材和题旨表达的需要,刻意在小说中直言不讳地使用一些与女性身体器官和生理状态相关的词汇,通过这种身体叙述的方式来反映当代女性的生存状态并探讨人与人之间的关系问题。应该指出的是,作品中有关女性身体的描写本身就具有深刻的隐喻意义,这种隐喻手法的使用便使小说具有细腻生动、思想深刻的特点。上述手法主要出现在作家的几部中长篇小说中。比如,长篇小说《库克茨基医生的病案》中的词汇就具有鲜明的特色。作为曾经身为生物学者身份的女作家采用独特的女性视角描写了很多人体生理场景,其中包括人在母体中的形成过程,人在做手术时的身体感觉和生理变化等。因此,小说中大量充斥着医学、生理学等专业词汇。比如下面这个片段:

> Еще он видел, как хрупки тазобедренные суставы из-за недостаточной выпуклости головки бедра... Собственно, близко к подвывиху. Да и таз такой узкий, что при родах можно ожидать растяжения или разрыва лонного сочленения. Но матка зрелая,

---

① 张京媛:《当代女性主义文学批评》,北京:北京大学出版社,1992年,第93—194页。

рожавшая. Значит, однажды обошлось... Нагноение уже захватило обе веточки яичников и темную встревоженную матку. Сердце билось слабенько, но в спокойном темпе, а вот матка излучала ужас. Павел Алексеевич давно уже знал, что отдельные органы имеют отдельные чувствования... Но разве можно такое произнести вслух?

Да, рожать тебе больше не придется.... -он не догадывался еще, от кого именно не придется рожать этой умирающей на глазах женщине. Он встряхнул головой, отогнав призрачные картинки... Валентина Ивановна, расправив виток кишечника, добралась до червеобразного отростка. Все было полно гноя...

他还看见,髋关节由于肋骨凸起不足而非常脆弱……事实上,接近半脱位状态。还有如此狭窄的骨盆,在分娩时候有可能会出现难产或者耻骨断裂。但是子宫是成熟的,生产过的。这说明她有一天曾有过……脓水已经渗入到了卵巢的两翼以及黑暗而不安的子宫。心脏跳动微弱,但是速度平静,这是子宫在发散恐惧。巴维尔·阿列克谢耶维奇早就知道,每一种器官都有自己独特的感受……但是,这能宣之于众吗?

"是啊,你不能再生小孩了……"他还没有想到,眼前这个濒临死亡的女性不能再为谁生小孩了。他甩了甩头,驱赶走了那幅透明的图景……瓦莲京娜·伊万诺夫娜抚平肠壁,摸到了阑尾,里面全是脓水。①

第一段描写了小说的主人公巴维尔在手术台上遇见自己未来妻子叶莲娜的场景。巴维尔所具有的"透视"的特异功能使得他将叶莲娜身体的病患之处看得一清二楚。作家首先使用一系列医学词汇将这一过程细致

---

① [俄]乌利茨卡娅:《库科茨基医生的病案》陈方译,桂林:漓江出版社,2003,第13页。

第二章
乌利茨卡娅小说的语言风格

地描写出来。这样的词语有：тазобедренные суставы（髋关节），подвывих（半脱位），таз（骨盆），разрыво лонного сочленения（耻骨断裂），матка（子宫），нагноение（化脓），обеветочки яичников（卵巢的两翼）等。在下一段中，作者交待，正是由于巴维尔将叶莲娜身体内部的情况看得一清二楚，他才能了解到眼前这位女性将来不能生育的事实，这便为小说后面的情节发展埋下伏笔。作者以外科医生巴维尔的视角，描写了叶莲娜的生理和身体状况，向读者交待了他们之间的亲密关系（叶莲娜的身体在巴维尔面前是赤裸的，不存在任何隐私），但是身体上的"完全坦诚"并不代表灵魂上的和谐统一，叶莲娜不能生育的事实正是悲剧发生的根源所在。作者将第一段的身体描写与第二段男主人公的内心活动刻画结合起来，暗示了两性之间复杂、矛盾的关系，为整个小说提出灵与肉是否能真正结合的问题作出铺陈。

又比如，小说中的男主人公库克茨基医生为了争取流产合法化，将女性子宫标本带到有关领导者面前展示，有关这一场景的描述具有深刻的思想意义：

> Это была иссеченная матка, самая мощная и сложно устроенная мышца женского организма. Разрезанная вдоль и раскрытая, цветом она напоминала сваренную буро-желтую кормовую свеклу, еще не успела обесцветиться в крепком формалине. Внутри матки находилась проросшая луковица. Чудовищная битва между плодом, опутанным плотными бесцветными нитями, и полупрозрачным хищным мешочком, напоминавшим скорее тело морского животного, чем обычную луковку, годную в суп или в винегрет, уже закончилась.

> 这是一个切除下来的子宫，女性身体中最强有力、结构最复杂的肌肉。它是沿着边缘切下来的，敞开着，颜色让人想起煮熟了的、用作饲料的黄褐色甜菜，它在高浓度的福尔马林中还没有完全变色。子宫的内部有一个发芽的洋葱头一样的东西。被无色线状物紧紧缠

绕的胎儿和半透明的凶猛的囊——它首先使人想起的是海洋动物，而不是一个适合做汤或者凉拌菜用的普通洋葱头——它们之间的战斗已经结束了。①

上述关于女性特有器官的赤裸裸的展示与描绘使那些原本在男性中心文化下柔美的女性形象大打折扣。作家通过呈现女性疾病的器官和流血的身体，对传统文化中的女性形象作出彻底地否定。可见，作家想要道出的不仅是女性经历的生理苦难，更是迫害女性身体、压抑女性精神的非人道的社会制度。作者在上述叙述中，利用细腻、冷静的笔法，以女性身体器官为工具，充分表达了自己对女性生存困境的看法和态度。由此看来，有关女性疾病器官、流血身体的叙述隐喻了女性在现实生活中被疏离的悲凉境地，这种写作方式成功传达人物的心理和精神状态，使女性身心所遭受的痛苦得到了最强烈的表达，也能引起读者最强烈的同情。总而言之，为了表达对社会制度的控诉，乌利茨卡娅在小说中并没有采用含蓄、迂回的写作方式，而是从女性视角出发，进行客观、冷静地书写。通览整部小说，我们很难从中找到直接表达同情或不满等思想感情的语句，作家将女性身体作为工具，巧妙地掩藏了自己的情感变化和小说主旨。

小结：

本章从整体类型上归纳了乌利茨卡娅小说的语言表现风格，其中简约质朴和委婉含蓄作为主调贯穿了作家的大部分作品，在不同作品中又有不同程度的体现。同时，作为一位当代俄罗斯的女性作家，乌利茨卡娅特别关注对女性人物形象的塑造，小说中有很多关于女性人物性格、内心世界、身体和生理体验的刻画，所以语言时而表现出细腻入微的特质，这种语言风格与作家语言的主调风格并不矛盾，形成相辅相成、互相补充的关系，使女作家小说语言呈现出丰富多样的面貌。

---

① ［俄］乌利茨卡娅：《库科茨基医生的病案》，陈方译，桂林：漓江出版社，2003，第34页。

第三章
乌利茨卡娅小说的艺术形象塑造风格

　　文学中艺术形象的结构十分复杂。文学中的形象,或称为"意象",并非简单地指作品所描绘的人、事、景等具体的物象,依据白春仁先生的观点,它应该至少包含三个成分,"意象写人也好,写物也好,总会有一定的社会意义,代表着一层事理或者伦理,给人启发,引人玩味,这是艺术形象的'意'。此外,艺术形象还体现着作者的感情态度,对人或物的褒贬好恶,是为'情'。缺乏意蕴的形象,固然显得苍白;不施抑扬的形象(且不说有没有这种纯然客观的描摹),也同样没有神气。"[①]由此我们可以看出,作品的艺术形象世界包含三个基本要素,首先是作家塑造的"形象",然后是形象中可以给人启发的"意",最后是"象"和"意"结合后体现出来的作者的"情",即感情评价。在塑造形象时,作者对形象的认识和透过形象要表达的思想,必然寓于形象之中,感情态度同样与这种认识相伴而行。这样,象、意、情三者在意象中得以综合,是一个有机的整体。"在具体的作品中,塑造意象的方法,象、意、情三者相互关系的安排和协调,情节的组织,以及由作家感情态度外化而形成的情调,都是各不相同的,反映着作家创作的独特性,构成形象艺术的多种审美品格,自然也是作品风格所不可或缺的因素。"[②]

　　根据我国学者陈代文在《文学作品风格的结构分析和审美评价》[③]一文中阐述的理论原则,我们将从以下三个方面来考察乌利茨卡娅小说中

---

① 白春仁:《文学修辞学》,长春:吉林教育出版社,1993年,第120页。
② 王加兴等:《俄罗斯文学修辞理论研究》,哈尔滨:黑龙江人民出版社,2009年,第170页。
③ 同上书,第151—207页。

的艺术形象塑造风格:一是作品中象、意、情的关系,二是作品中情节安排的特点,三是作品的情感色彩。

第一节　乌利茨卡娅处理象意情关系的方法

车尔尼雪夫斯基曾经在谈论艺术功能时指出:"艺术的第一个作用,一切艺术作品毫无例外的一个作用,就是再现自然和生活。"①"艺术的主要作用是再现生活中引人兴趣的一切事物;说明生活、对生活现象下判断,这也常常被摆到首要地位。"②这段话告诉我们,文学作品的首要任务就在于描绘现实生活的形象,并对这些形象做出判断,采取立场,即同时传达出象、意、情。而象是意和情的载体。创造意象的审美要求,第一要真切生动,绘声绘影;第二应该传神,也就是要神形兼备。不过,象、意、情在具体作品中如何统一却呈现出不同的形态,作家在三者之间常有所偏重和偏好,写法也由此形成因人而异的审美品格。

在文学创作中,就意象塑造的方法和象、意、情三者关系的处理方法来看,一直都有客观笔法与主观笔法之分。以人物形象塑造为例,客观的笔法,一般是指作家不动声色地对人物的语言、动作、神态进行描写,将人物的外在特征——客观地呈现出来,作家本人不作出任何感情评价。透过对人物形象客观性的描绘,读者不难从中体会藏在"象"背后的深层意味,甚至品味出作者用心良苦的情感态度和评价色彩。19世纪俄国杰出现实主义作家兼批评家柯罗连科(В. Г. Короленко)在论及艺术作品所具有的高度思想性时强调,作品的思想应该"从形象中有机地、不费力地、直接地流露出来。"③契诃夫也主张文学应该真实地反映生活中的人和事,按照生活的本来面目来描写生活,文学的宗旨就是"无条件的坦率和

---

① 伍蠡甫主编:《西方文论选》,下卷,上海:上海译文出版社,1979年,第411页。
② 同上书,第415页。
③ 刘宁主编:《俄国文学批评史》,上海:上海译文出版社,1999年,第628页。

第三章
乌利茨卡娅小说的艺术形象塑造风格

真实"①。俄罗斯文学史上的很多作家都善于采用客观笔法塑造艺术形象。比如果戈理在塑造乞乞科夫这一形象时,分别从外貌、行为举动、神态、语言等各个方面进行细腻刻画,客观呈现了一个机敏善变、巧舌如簧、奸诈虚假的人物形象,尤其是在人物语言方面,作家为展示乞乞科夫圆滑钻营的性格特征,赋予其语言丰富的语体色彩,我们从他的语言中既可以看到具有强烈书面色彩的语词,又可以发现具有俚俗语色彩的语词。《死魂灵》这部小说中的其他人物形象,诸如满口谎言、内心空虚的玛尼洛夫,浅薄愚昧、贪婪守旧的克罗波奇卡,冷酷凶残、吝啬成癖的普柳什金,粗野笨拙、深通世俗的巴凯维奇等,都是通过客观笔法塑造出来的。可见,对人物形象进行真实客观地塑造表明了作者对生活现实的严肃态度,是一种极高的艺术创作境界。

以上探讨的是传统的人物形象客观塑造方法。在这种类型的小说中,人物是以性格和命运为主干,人物的整体性和统一性较强。与此不同的是,现当代小说倾向于减少对人物的外部形态描写,有不少作家喜好表现人的内心活动、情绪变化和感觉体验,进入人物的精神层面和潜意识层面等,甚至有些小说通篇都采用"意识流"写法,将人的感觉、体验、情绪、观念等混合在一起,天马行空,毫无羁系。我们认为,这类作品中虽然掺入了人物内心世界的描写,但是仍然属于客观塑造艺术形象的方法,因为作家运用此种手法的直接目的并非是作家个人情感态度的抒发与表达,相反,是为了展现人物的思想状态,进而刻画丰满的人物形象。英国乔伊斯(James Joyce)的《尤利西斯》(《 Ulysses 》)、伍尔芙(Virginia Woolf)的《达洛卫夫人》(《 Mrs. Dalloway 》)、美国福克纳(Wiilina Faulkner)的《喧嚣与愤怒》(《 The Sound and the Fury 》)、法国普鲁斯特(Marcel Proust)的《追忆逝水年华》(《 A la recherche du temps perdu 》)等都是世界著名的意识流代表作。作家在此类作品中打破了以时间为序的叙述方式,随

---

① [俄]契诃夫:《契诃夫论文学》,汝龙译,北京:人民文学出版社,1958年,第256页。

着人物的思想流动,通过自由联想来刻画人物形象、组织情节和表现题旨。比如,20世纪俄国作家别雷(А. Белый)所创作的《彼得堡》(《Петербург》)就是一部典型的意识流式的小说。该小说中的人物不仅是作者描绘的对象,更是作者意识的演绎者。可以说,由作者意识衍生出了小说的人物以及人物的意识,小说中的人物都是意识的载体,由作家意识幻化而来的人物意识依赖人物得以存在,每个人物都只是各自所代表的意识的化身。人物与人物之间的关系,反射了不同意识之间的冲突,而这些有关意识与意识间冲突的描写都统一在作者的创作意图之下,换而言之,作者通过对意识的刻画来表意达情。作为一种技法,意识流技法既可以在"现代派"小说中大显身手,也可以在现实主义作品中合理使用。

主观笔法则不尽然,这种意象塑造方法很少依靠对形象进行栩栩如生的刻画,而是相反,注重意和情的表达。在这类作品中,作者将对艺术形象的刻画融入浓浓的抒情境界,较直露地表达自己的评价态度,以达到情景交融的审美效果。比如屠格涅夫的《猎人笔记》便透露出一种浓烈的抒情色彩。无论是在塑造人物形象时,还是在描绘大自然的风景时,作家总是倾注大量的主观感情。将风景描写和人物形象刻画结合起来是屠格涅夫这部小说的重要特色。作家笔下的风景往往不是客观现实的风景,而是按照他理解中的样子描绘出来的。作家常常将作品的思想、人物的心理活动寄托于对自然风景的描写中,他笔下的"白净草原上那香甜的俄罗斯夏夜的气息,那清晨升起的鲜红的、后来是大红的、后来是金黄色的一轮朝阳,那大滴大滴的辉煌闪耀的露珠,那迎面传来的清澈明朗的晨钟……以及落日时那一幅大自然昏昏入睡前的画面,都好似有它们自己的容貌、心情、形体和变化,好似一个个独立存在实体,并且拥有一种人所没有甚而能影响人、左右人的威力。"①总之,屠格涅夫笔下的自然风景并不是通过客观手法描绘出来的,其中经常掺杂作者本人的感受。从语言

---

① 智量:《论19世纪俄罗斯文学》,上海:复旦大学出版社,2009年,第184页。

第三章
乌利茨卡娅小说的艺术形象塑造风格

上看,作者主要大量使用具有感情表现色彩的修饰语,这种笔法使整个小说呈现出一种浓烈的抒情格调。从总体上看,现当代小说作家较少使用主观笔法塑造艺术形象,他们一般不会坦率表明自己的立场和情感色彩,时常将"意"与"情"寄托在对"象"的客观描绘上。另外需要强调一点,对小说艺术形象的概念,我们应作宽泛、全面的理解,这里的艺术形象不仅指小说中的人物形象,应该指形象的人、形象的事件、形象的环境、形象的细节、形象的情节、形象的情感等等,一部好的文学作品,特别是当代文学作品应该在上述各个方面均有形象化的体现。

从处理象、意、情三者之间的关系来看,乌利茨卡娅在塑造艺术形象时主要采用客观笔法,即常常通过对形象的刻画和塑造来表意、达情。在乌利茨卡娅的绝大多数小说中,表意、抒情性的语句较少,艺术形象的审美意义需要读者根据作者的客观描写或对细节的刻画来揣摩。作者对艺术形象的情感态度大都不直露,小说中很少出现对主人公及其行为的直接评价,作者几乎不向读者直接表明自己的立场和态度,不过读者却可以通过作品的叙述语调和语言暗示等领悟作者的情感向度。

前面已经谈过,乌利茨卡娅的大多数作品讲述的都是当代俄罗斯普通百姓的日常生活,因此,小说中那些十分平常的生活片段具有极强的亲和力,能够引起读者较大的共鸣。小说中的人物形象犹如从现实生活中抽离出来,作家通过独具魅力的艺术笔法使这些平凡、朴素的人物形象具有很高的艺术审美价值。在女作家所塑造的各种形象当中,最具有代表性的要算"小人物"形象了。作家采用客观笔法,塑造了一系列令人印象深刻的"小人物"。应该说,乌利茨卡娅笔下的这类形象沿袭了契诃夫笔下"小人物"的传统[①],该特点已被很多学者公认且进行了一定的研究。经过作家的塑造,展现在读者面前的是一批在当代社会中厌倦了循规蹈

---

① Скокова. Т. Проза Людмилы Улийкой в контексте русского постмодернизма, Диссертация кандидата филологич. наук. Москва, 2010, —54 с.

矩生活的、试图逃离现实的不幸的人们。因此,人物对命运的抱怨与不满情绪便构成了乌利茨卡娅这类小说的重要描写主题之一。作家将"中年人"设置为这类人群的主要组成部分(其中有医生、工人、工程师等等)。中年人是社会生活和家庭生活得以顺利运转的重要力量,透过对"中年人"形象的刻画便可以较为准确和客观地诠释一个家庭生活状态,乃至一个社会的整体面貌。在乌利茨卡娅的很多小说中,中年人中的知识分子阶层被她选为描绘的主要对象(比如《布哈拉的女儿》《古丽娅》《黑桃皇后》《野兽》等小说中的主人公),作家并不对这些主人公给予直接评价,而是客观地记录了发生在他们身上的故事以及他们面临生活遭遇时的反映和表现。因此,我们在作品中读到的是那些日复一日、墨守成规、令人厌倦的生活琐事的描写。这些主人公在生活中最常见的情绪就是苦恼、不满和饱受折磨。他们中的有些人每个星期都要到墓地给多年前死去的儿子上坟(《幸福的人们》),有些人每天都要照顾自己的父母亲(《走廊式》),有些人失去自己挚爱的亲人,终日在回忆中度过,无精打采地过着平淡无奇的生活(《野兽》),有些人没有能力反抗独断专横的母亲,不得不向她霸道的意志屈服(《黑桃皇后》)。生活中种种看似微不足道的小问题随着时间的积累被逐渐放大,甚至塞满了主人公的全部生活,这也许就是乌利茨卡娅想要表达的东西。虽然作者没有做出任何评价,但读者完全可以通过作品中那些有关主人公遭遇的一点一滴的客观讲述了解作者的创作意图,并萌发同情之感,因为在这些"小人物"面前,生活本身就是一种不幸,所以并不需要更多的抒情与渲染。我们以短篇小说《野兽》中的开头为例,具体考察作者客观冷静的叙述笔法。本篇小说开场就向我们介绍主人公尼娜在失去母亲和丈夫后的生活现状:

> В один год ушли от Нины мать и муж, не для кого стало готовить, не для кого жить. Теперь она, как Ева из изгнания, смотрела в сторону своего прошлого, и все ей там, в прошлом, казалось прекрасным, а все обиды и унижения выбелились до

第三章
乌利茨卡娅小说的艺术形象塑造风格

полного растворения. Она даже ухитрилась забыть о том боевом перекрестье, на котором она стояла все одиннадцать лет своего брака, в огне взаимной ненависти двух любимых ею людей.①

在同一年里,母亲和丈夫相继离开了尼娜,没有谁可为之做饭了,也没有谁可为之生活了。现在,她就像被逐出了乐园的夏娃一样,看着自己过去的方向,对于她来说,那里的一切,过去的一切,仿佛都是美好的,而所有的怨恨和屈辱都变得苍白了,完全烟消云散了。她甚至忘却了那个战斗的十字路口。婚后的11年里,她一直站在那儿,置身在自己喜爱的两个人的相互仇恨之中。②

在上述段落中,作者用平静的口气陈述了尼娜无依无靠的生活状态。我们从中得知,主人公的怨恨和屈辱已经被日复一日的平淡生活磨平,现在她的生活是苍白的。作者在交待以上状况时,没有对主人公的可悲生活进行渲染,只用了一个比喻手法——将尼娜比作"被逐出乐园的夏娃"③,除此之外,再未使用其他生动形象的修辞手段。作者运用上述短短几句话,就把尼娜的生活状态交待得清清楚楚,本来沉重的生活通过平稳的语调叙述出来,这样的笔法为整篇小说定下了平静、淡然的基调。这种在开篇定下整部小说客观冷静基调的写作手法是乌利茨卡娅特别擅长的,高尔基曾经在谈论文学创作时讲到了开篇定调的重要性,他说:"最难的是开头,就是第一句话。这第一句话,好比在音乐里,能为整部作品定下基调。所以我写第一句,一般得苦思冥想好久。"④类似的开头在乌利茨卡娅的小说中还能找到很多,比如短篇小说《逃兵》的开篇:

---

① Улицкая Л. : Зверь. http://lib.rus.ec/b/272034/read(本书中引用的该小说片段均出处于此,后文不再另行说明。——作者注)
② 陈方:《当代俄罗斯女性小说研究》,北京:中国人民大学出版社,2007年,第175页。
③ 据《圣经》记载,耶和华神造出的亚当与夏娃本在伊甸乐园里无忧无虑地生活,但由于夏娃贪心,违背神的命令,偷吃了善恶果又不肯悔罪,而被逐出乐园,并受终身劳苦。作家在这里将人物比作"被逐出乐园的夏娃"是为了暗指其悲惨的命运。——作者注
④ 转引自《文学修辞学》,白春仁,长春:吉林教育出版社,1993年,第116页。

В конце сентября 1941 года на Тильду пришла повестка о мобилизации. Отец Ирины уже работал в «Красной звезде», разъезжал по фронтам и писал знаменитые на всю страну очерки. Муж Валентин воевал, и писем от него не было. Расставаться с Тильдой было почему-то трудней, чем с Валентином. Ирина сама отвела Тильду на призывной пункт. Кроме Тильды, там было в коридоре еще восемь собак, но они, <u>поглощенные, непонятностью события</u>, почти не обращали друг на друга внимания, <u>жались к ногам хозяев</u>, а одна молодая сука, шотландский сеттер, даже <u>пустила от страху струю</u>. ①

同样,作者在开篇便在不长的叙述中向读者交待了事件的起因、主人公以及主人公对事件的基本态度。女主人公伊丽娜被通知将自己的狗带到征兵站参加征选,由于父亲和丈夫已经参军,又由于战争本身具有的残酷性,所以女主人公不舍得将她唯一的依靠送去前线。作家在这段叙述中(乃至整篇小说)都没有对战场的残酷进行渲染,作家在这里只对几只狗进行了简单描写(见划线的句子)。在上述描写中,"жались к ногам хозяев"(蜷缩在主人脚边)和"пустила от страху струю"(吓得尿了)描述出狗害怕的样子,同时烘托出人的恐惧心理。除此之外,再无多余赘述,整篇小说流露出作者对事件的客观态度。

当然,除了采用客观、冷静的笔法将主人公不幸的生活遭遇全盘展现出来之外,乌利茨卡娅也会在作品中的关键环节进行细节描写,特别是对主人公的外部特征和行为方式进行细致的刻画,加大艺术形象塑造的力度。我们以小说《索尼奇卡》为例,来考察女作家在塑造艺术形象时所采用的细节描写方法。

---

① Улицкая Л.: Дезертир. http://lib.rus.ec/b/206703/read(本书中引用的该小说片段均处于此,后文不再另行说明。——作者注)

第三章
乌利茨卡娅小说的艺术形象塑造风格

在小说《索尼奇卡》中,女作家分别从外貌、行为方式和周围环境等方面对女主人公进行直接描写或侧面烘托,塑造了一个普通却又迷人的俄罗斯犹太妇女形象。通过仔细研读这部小说,我们发现,作家对女主人公索尼奇卡丑陋外形的描绘几乎贯穿整个作品。在小说开篇,作家就对青少年时期的索涅奇卡的外貌进行了详细的描写:

... нос ее был действительно грушевидно-расплывчатым, а сама Сонечка, долговязая, широкоплечая, с сухими ногами и отсиделым тощим задом, имела лишь одну стать-большую бабью грудь, рано отросшую да как-то не к месту приставленную к худому телу. Сонечка сводила плечи, сутулилась, носила широкие балахоны, стесняясь своего никчемного богатства спереди и унылой плоскости сзади.

……鼻子长得鼓鼓囊囊,像个大鸭梨。细高个子,宽肩膀,干瘦的双腿,坐平的扁屁股,唯一的长处是农妇般的大乳房,但与她扁瘦的身体不相配,像是个外来物。索涅奇卡总爱耷拉着肩膀,把后背驼起,用宽宽松松的衣裳遮掩体形,为自己上身那毫无用处的富态和下身那令人沮丧的扁臀而感到害羞。①

这段肖像描写不但表现出索尼奇卡外貌的平庸,也体现了她自早年起便产生的对外貌的自卑心理。从情节发展上来看,这样平庸甚至有些丑陋的外貌直接导致了主人公初恋的惨淡结局;而这种自卑心理亦为以后的情节发展埋下了伏笔。在生活的磨砺下,索尼娅越加苍老了:

Мотаясь в пригородных автобусах и расхлябанных электричках, она быстро и некрасиво старилась: нежный пушок над верхней губой превращался в неопрятную бесполую поросль, веки ползли вниз,

---

① [俄]乌利茨卡娅:《索尼奇卡》,摘自《美狄娅和她的孩子们》,李英男、尹城译,北京:昆仑出版社,1999年,第3页。

придавая лицу собачье выражение, а тени утомления в подглазьях уже не проходили ни после воскресного отдыха, ни после двухнедельного отпуска."

由于经常挤长途汽车和破旧的电气火车,她在迅速地衰老。人老面丑,嘴唇上面原有的绒毛变成了乱七八糟不男不女的胡须。眼皮下垂,使脸上出现老狗一样的表情,而长期劳累造成的眼下黑圈,即使经过星期天休息或两个星期的假期也不能消除了。①

面对自己日渐衰老和难看的面容,索尼奇卡抱有一种非常矛盾的心理,一方面她深知自己本来就与高傲的美人不同,不该对自己的长相感到难受,另一方面她又对自己能获得罗伯特的爱感到意外与不安:

И каждое утро было окрашено цветом незаслуженного женского счастья, столь яркого, что привыкнуть к нему было невозможно. В глубине же души жила тайная готовность ежеминутно утратить это счастье-как случайное, по чьей-то ошибке или недосмотру на нее свалившееся.

她自觉不配的女人的幸福染红了每日的黎明,那灿烂的光辉让她无从适应。在灵魂深处她悄悄地准备着随时丢失这种幸福的可能。她深知这幸福是偶然的,不是阴差阳错就是疏忽大意才落在她的身上。②

从索尼奇卡矛盾的心理中,我们可以看出,她从童年时期起就对自己的外貌怀有强烈的自卑感,这种自卑感使身处幸福生活中的她感到不安,也正是由于这种自卑感让她为丈夫不嫌弃自己而感到满足和幸福,并在发现丈夫出轨后原谅他,还为丈夫晚年能有一个年轻貌美的女性为他激发创作灵感而感到庆幸。不过,索尼奇卡原谅丈夫的举动并不主要源于她

---

① [俄]乌利茨卡娅:《索尼奇卡》,摘自《美狄娅和她的孩子们》,李英男、尹城译,北京:昆仑出版社,1999年,第24页。

② 同上书。

第三章
乌利茨卡娅小说的艺术形象塑造风格

自卑感,更多还是因为她本身就是一个心地善良、真挚淳朴、心怀宽大的女性,如果不是如此,索尼奇卡就不可能在丈夫去世后还为他举办画展,更不会像对待亲生女儿一般地对待丈夫的情人亚霞。因此,我们认为,作家描写女主人公平凡、丑陋的外貌特征,正是为了反衬出她不平凡的内在美,同时也是为了将索尼奇卡与罗伯特、亚霞两个人物形象作出强烈对比。

在这部小说中,乌利茨卡娅对另外一位主人公亚霞的行为描写也很值得关注。比如,在索尼奇卡给亚霞添加饭菜时,亚霞总能把所有的饭菜统统吃掉:

> Сонечка с умилением подкладывала Ясе на тарелку еды. Яся вздыхала, отказывалась, а потом все-таки съедала и утиную ножку, и еще кусочек студня, и салат с крабами.
>
> 索尼奇卡殷勤地给亚霞添菜加饭,亚霞叹着气推辞着,但最后还是把鸭腿、肉冻、蟹肉沙拉等等统统吃掉了。①

吃饭时她举止大方,胃口总是不错:

> 〈...〉ела как будто бы немного, но с несгораемым аппетитом, до смешной усталости. Откидываясь на спинку стула, она тихонько стонала:- Ой, тетя Соня! Так вкусно было... Опять я объелась...
>
> 〈...〉吃得似乎不很多,胃口却总是不错,一直吃累了才罢休,原因是她对儿童时代经常挨饿的回忆是刻骨铭心的。她仰头靠向椅背,轻轻滴呻吟着:"哎呀,索尼娅阿姨!真好吃呀……我又吃撑啦……"②

亚霞在喝茶的时候要放很多白糖,甚至还要边喝茶边吃糖:

> Он ставил чайник на плитку, заваривал крепкий чай,

---

① [俄]乌利茨卡娅:《美狄亚和她的孩子们》,李英男、尹城译,北京:昆仑出版社,1999年,第39页。
② 同上书,第43页。

распускал в белой эмалированной кружке пять кусков сахара – по детдомовской памяти она все не могла наесться сладким-и ставил перед ней белую фарфоровую сахарницу, потому что пила не только внакладку, но и вприкуску.

他往白色搪瓷罐子里放进五块白糖——因为她深记着孤儿院的生活,糖是怎么也吃不腻的——他还把白瓷糖罐摆在她眼前,好让她不仅往茶里放糖,还可以边喝边吃。①

这些有关亚霞吃相的描写体现了她对食物的强烈渴求,充分地暴露出她在幼年时期生活的困苦和物质的匮乏。通过这些描写,我们不免心生怜悯和疼惜。此外,作者在小说中曾描写,亚霞在初次勾引罗伯特后,将索尼娅的睡袍枕在脸下,她感觉上面"散发着天堂般的味道"②,在罗伯特猝死后,"亚霞像个孩子似的,一直抓着索尼娅的手不放"③。从这些描写中可以看出,亚霞并不是个良心泯灭的坏女人,她的内心还有孩子般脆弱的一面,她期待着母爱一般的关怀和爱护。作家在小说中并没有简单粗暴地将亚霞视为勾引男人的坏女人,而是给予她很大的同情。作家精心设计了一系列有关亚霞外貌和行为的细节描写,试图通过人物自身言行来彰显人物个性,通过人物的经历来丰满人物形象,让读者相对完整地了解亚霞的过去和现在,了解她的不幸、孤独以及放荡的根源。这就避免了由于作家书写或其他因素导致的读者对于人物武断的理解和判断。

在小说《美狄亚和她的孩子们》中,作者也对女主人公美狄娅的外貌进行了细致刻画:

Первые десять лет она носила все исключительно черное,

---

① [俄]乌利茨卡娅:《美狄亚和她的孩子们》,李英男、尹城译,北京:昆仑出版社,1999年,第46页。
② 同上书,第41页。
③ 同上书,第57页。

第三章
乌利茨卡娅小说的艺术形象塑造风格

впоследствии смягчилась до легкого белого крапа или мелкого горошка все по тому же черному. Черная шаль не по-русски и не по-деревенски обвивала ей голову и была завязана двумя длинными узлами, один из которых плоско лежал на правом виске. Длинный конец шали мелкими античными складками свешивался на плечи и прикрывал морщинистую шею. Глаза ее были ясно-коричневыми и сухими, и темная кожа лица тоже была в мелких сухих складках.①

头十年,她上上下下穿的全是黑色衣裳,后来放宽了一些,允许有一些小百花或白点,但依然以黑色做底。头上裹的是黑色头巾,式样不像俄罗斯族,也不像农村妇女,是系着两个大结,其中一个紧紧地贴在右边的太阳穴上。长长的一角仿照古希腊的式样,成细折一直垂到肩上,盖住了她已经起皱的脖颈。她那棕色的眼睛清澈、干燥,黝黑的脸上布满了细细的皱纹。②

从上述描写中,我们可以看出,美狄娅自守寡后在穿着方面一直保持着"黑寡妇"的形象,她不在乎衣服的款式是否流行,完全按照自己喜爱的方式穿着打扮,从不刻意修饰以取悦于人。美狄亚普通的外貌和打扮反衬出她内心世界的不同寻常和她纯洁朴素的性格。

有关美狄娅行为举动的描绘也衬托出她独特的性格特征:

Когда она в белом хирургическом халате с застежкой сзади сидела в крашеной раме регистрационного окна поселковой больнички, то выглядела словно какой-то неизвестный портрет Гойи. Размашисто и крупно вела она всякую больничную запись,

---

① Улицкая Л. : Медея и ее дети . http://lib. rus. ec/b/61896/read(本书中引用的该小说片段均处于此,后文不再另行说明。——作者注)
② [俄]乌利茨卡娅:《美狄亚和她的孩子们》,李英男、尹城译,北京:昆仑出版社,1999 年,第 64 页。

также размашисто и крупно ходила по окрестной земле, и ей было нетрудно встать в воскресенье до света и отмахать двадцать верст до Феодосии, отстоять там обедню и вернуться к вечеру домой.

她到镇上的小医院挂号处，穿上背后系扣的外科白大褂，坐在窗框上涂了油漆的窗口里，活像出自戈雅笔下的一副无人知晓的画像。她在医院做记录时，字迹潇洒、大方，出门走路也是飞快、大步向前的。星期天，她天不亮就起床，步行到20俄里以外的费奥多西亚城，在教堂里站着做完礼拜，傍晚才回家，也不觉得累。①

作者在本段中细腻刻画了美狄娅不同于一般女人的举止，在这个"字迹潇洒大方，走路健步如飞"的女人身上散发出独立、自强的气质。作者还将美狄娅坐在窗户里的样子比作西班牙画家戈雅笔下的画像②，准确地暗示出女主人公善良忠诚和顽强不息的珍贵品质。

从整体来说，女作家将塑造艺术形象世界的重点放在了对"象"进行客观阐释和描绘，几乎不对小说中的事件和人物等发表直接议论和评价，作家将自己的情感态度寄托于意象之中，引发读者充分的想象和思考，使作品获得意犹未尽的审美效果。

第二节　乌利茨卡娅小说的情节特色

作品的意象塑造还应该包括形象世界的组织方法，或者称为情节组织方法，这是作家作品风格特点的又一个侧面。恩格斯在写给斐·拉萨尔(Ferdinand Lassalle)的一封信中谈论了其剧本《济金根》(«Franz von Sickingen»)的情节特色："如果首先谈形式的话，那么情节的巧妙安排和

---

① ［俄］乌利茨卡娅：《美狄亚和她的孩子们》，李英男、尹城译，北京：昆仑出版社，1999年，第64页。
② 戈雅，西班牙浪漫主义画家，该画家的作品以色彩明亮动人、主题极富人性与革命精神的风格著称。

第三章
乌利茨卡娅小说的艺术形象塑造风格

剧本的从头到尾的戏剧性使我惊叹不已。"① 显然,情节是构成小说的重要因素,可以说,没有情节就没有小说。那么究竟什么是小说情节呢?关于小说情节的研究又应该从哪些方面着手呢?

对小说叙事情节的研究要从古希腊时期亚里士多德的《诗学》说起。亚里士多德在讨论悲剧题材时,对情节作出如下定义:"情节是对行动的摹仿,……没有行动就没有悲剧,一部悲剧即使在内容方面处理得差一些,但只要有情节,即只要是由事件组合形成的,就可以达到好多的成效。……因此,情节才是悲剧的根本,用形象的话来说,就是悲剧的灵魂。……而我们所说的情节就是指事件的组合。"② 亚里士多德在著述中反复强调了情节对悲剧构成的重要性,并且强调情节具有整体性:"情节既然是对行动的摹仿,那么就必须摹仿一个单一而完整的行动。事件的结合要严密到这样一种程度,即若是挪动或者删减其中的任何一部分便会使整体松裂和脱节。如果某个事物在整体中出现与否并不能引起显著的差异,那么它便不是这个整体中的一部分。"③ 虽然亚里士多德有关情节的论述仅是针对悲剧体裁而言,但是其情节结构的三段式论说却对后世叙事结构的研究影响巨大。19世纪德国戏剧家古斯塔夫·弗雷塔格(Gustav Freytag)对亚里士多德的三段式情节论进行了描述性总结,并用下图直观地将其理论精髓表示出来:

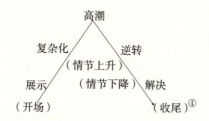

---

① [英]恩格斯:《致斐·拉萨尔》,摘自《马克思恩格斯选集》,第 4 卷,北京:人民文学出版社,1972 年,第 343 页。
② [古希腊]亚里士多德:《诗学》,陈中梅译注,北京:商务印书馆,1996 年,第 63—65 页。
③ 同上书,第 78 页。
④ 赵毅衡:《当说者被说的时候——比较叙述学导论》,北京:中国人民大学出版社,1998 年,第 173 页。

直至浪漫主义逐渐兴起之后,这种情节模式才受到强烈的冲击。从总体上看,进入 20 世纪中期之后,"摹仿行动"式的情节不再受到作家和批评家的推崇,只有一部分小说仍然采用传统观情节叙事模式。尽管如此,西方很多关于小说情节结构的研究都或多或少地保留了三段式情节结构的基本框架,在上述理论基础上将情节结构增加为五部分:

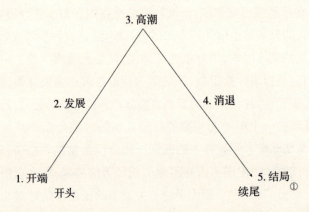

由上图我们可以看出,五段式结构更加明确地提出了发展和消退部分在情节中的重要作用。相对来说,五段式情节结构是一种比较理想的模式,非常适用于研究传统叙事模式的小说。不过应该指出的是,虽然开头、发展、高潮、消退、结局这些术语有助于理解和分析叙事文本中情节之间的相互关系,但并非所有的小说情节都按照这一模式展开叙事,对情节结构规范的打破尤其体现在现当代文学作品中。在现代主义小说出现之前,情节和人物可以说是小说文本中最容易把握的因素,读者读罢一篇小说后便可以复述出其主要故事情节。掌握小说的故事情节和人物形象也就基本掌握了小说的全部内容和主题思想。现代主义小说兴起之后,上述情况发生了剧烈变化,故事情节的地位变得微妙起来:传统的情节观受

---

① 赵毅衡:《当说者被说的时候——比较叙述学导论》,北京:中国人民大学出版社,1998 年,第 174 页。

第三章
乌利茨卡娅小说的艺术形象塑造风格

到冲击,甚至情节不再成为小说的核心要素,在一些作家的小说中甚至出现淡化情节和"零情节"的写作倾向。在这种趋势出现的进程中,文艺理论家们开始关注一个极为重要问题,即"故事"和"情节"的区别问题,他们在前人研究成果的基础上,开始对故事和情节做出严格的区分。英国小说家兼批评家福斯特(E. M. Forster)的论述非常具有代表性。他认为,故事是按照时间顺序对事件进行的叙述,但情节与故事不同,"故事可以成为情节的基础,但情节是小说的一种更高层次的结构。"[1]由此可见,福斯特所说的情节与传统意义上的情节有所不同,情节不应该是简单、机械地对事件和行为的摹仿,而应该上升到一种更高层次的艺术结构组织方式层面。这个道理并不难理解,相同的生活实践材料经过不同的情节安排和处理(或跳跃,或中断,或插叙,或补叙,或倒序等等),便会呈现出千姿百态的审美品格和艺术效果。

类似的观点在俄国形式主义者那里也可以找到。俄国形式主义理论家什克洛夫斯基和托马舍夫斯基等人将艺术作品分为材料和形式两个部分,他们将取材于生活实践的小说的材料称为"本事"(фабула)(即我们通常所说的"故事"),而把小说的形式加工称作"情节"(сюжет)[2],简言之,故事和情节分别对应于"小说根据的事件"和"对事件的艺术加工"。俄国形式主义者围绕"陌生化"的核心概念,将情节的实质认定为对常规的讲故事方式的打破和颠覆。情节与本事的关系类似于程序与材料的关系——本事是组成叙事文本的材料,在把本事形成情节的过程中,情节起着类似程序的作用,它通过打乱本事的时间、因果等联系,产生一种独特的叙述顺序和结构。而研究叙事文本的关键就在于研究它的情节构成,或者说是情节组织方式。在俄国形式主义者眼中,情节的布局显然比本事要重要得多,正如什克洛夫斯基指出的那样,"人们常常把情节分布的

---

[1] [英]福斯特:《小说面面观》,朱乃长译,北京:中国对外翻译出版社,2002年,第81页。
[2] 也有学者将"фабула"译为"情节""素材",将 сюжет 译为"情节结构",为了避免混淆,我们在本书中采取"本事"和"情节"这对译法。

概念和对事件的描绘,也就是我提出的按照习惯称之为情节的东西混为一谈。事实上,情节只是组成情节的材料。因此,《叶夫盖尼·奥涅金》中的情节分布并不是男主人公和塔吉雅娜的爱情故事,而是由引入插叙产生的对这一情节的加工。"①显然,在什克洛夫斯基看来,要弄清作品的艺术规律就要考察和研究其情节组织方式,简单说就是要研究小说讲故事的方式。俄国文艺理论家维果茨基(Л. С. Выготский)曾经就小说中形式与材料的关系问题提出见解:"任何小说都有自己特殊的结构,它不同于作为小说的基础的材料的结构。但是十分明显,任何组织材料的手法都是合乎目的的,或有明确的方向的;它是被带着某种目的采用的,它是符合它在小说的整体中所执行的某种功能的。因此,对手法的目的论研究,也就是对每一个风格要素的功能,每一个组成部分的合理性和目的论意义的研究,能向我们说明小说的活的生命,把小说的死的结构变成活的机体。"②从这段论述中我们也可以看出,针对小说情节特色作出研究是诠释一个作家或一部作品的风格特征不可或缺的重要环节。

通览以上有关情节内涵的相关论述,我们认为,研究一部作品的情节特色(其中包括对事件、行动的摹仿情况,即情节结构中各要素的特点与关系)和情节组织方式的特点对理解一部文学作品的整体艺术形象,乃至对一个作家的艺术风格的把握都是极其重要的。

一、出乎意料的结局

纵观乌利茨卡娅的作品,我们发现,女作家小说情节的首要特色就是具有出乎意料的审美效果,出乎意料的情节准确地表现了真实生活的相对性、多变性和欺骗性。乌利茨卡娅笔下很多小说(特别是短篇小说)中的情节都具有未完成性和偶然性的特点,或者也可称为开放性和意外性,这尤其体现在作家对小说结尾的处理方面。女作家小说中的结局常常出

---

① 方珊:《形式主义文论》,济南:山东教育出版社,1999年,第90页。
② [俄]维果茨基:《艺术心理学》,周新译,上海:上海文艺出版社,1985年,第195页。

第三章
乌利茨卡娅小说的艺术形象塑造风格

乎读者意料。如《单梯》《大儿子》《野兽》《别人的孩子》《幸福的人们》《穷亲戚》等小说中的情节结局都具有典型的开放性和意外性。下面我们重点选取其中的两部做出详细分析。

比如短篇小说《幸福的人们》中的故事情节就好像是从当代俄罗斯中年人群的生活中抽取的片段。小说的主人公是一对已上年纪的夫妇,分别名叫玛佳斯和别尔达。他们八岁的儿子在一次交通事故中不幸丧命。对于他们来说,失去的正是他们在垂暮之年获得的来自上天的恩赐。每周日,他们都来到儿子的墓前,先是进行祈祷亡灵仪式,然后便完成每个星期约定俗成的家庭成员共同进餐的任务。对于他们来说,生活渐渐变成了毫无意义的存在方式:永远没有变化的祈祷仪式和日复一日对儿子的思念使看似平静的生活显得枯燥和无聊。看着儿子生前的照片和多年来搭在小椅子上的浅褐色夹克衫,他们唯一能做的只有痛苦地思念和哀伤,然后继续自己的生活,除此之外,别无选择。随着作者的叙述,读者渐渐明白,小说中所描绘的一天其实代表主人公的每一天。他们终日难逃由失去儿子带来的悲伤和苦闷。了解到故事主人公所面临的生活困境之后,我们心中的同情之感油然而生,并且期待能有一个可以解决问题或摆脱困境的方法出现。令我们意外的是,作者竟然用最少的笔墨快速地将小说引向结局。下面我们来具体分析作品尾声部分是如何传达出上面我们所说的意外效果的:

〈…〉① В седьмом часу старики проснулись. ② Берта сунула худые серые ноги в меховые тапочки и пошла ставить чайник. ③ Они сидели за круглым столом, покрытым жесткой, как фанера, скатертью. ④ Посреди стола торжествовала вынутая из буфета вазочка с самодельными медовыми пряниками. ⑤ За спиной Матиаса в углу стоял детский стульчик, на котором пятнадцатый год висела маленькая коричневая курточка, собственноручно перешитая им из собственного пиджака. ⑥ Левое плечо, то, что к окну, сильно выгорело, но сейчас, при электрическом освещении, это было незаметно.

以上是小说尾声部分的倒数第二个自然段,总共由 6 个句子组成。从句子的句法连接方式来看,该段落整体上按照链式关系铺展开来,但其中包含着平行式连接关系。我们知道,人们说话都有一个共同的语义成分,文学作品中的语言也不例外,每句话都含有一个主题,我们的思想就是从每句话所提供的信息向未知信息发展的过程。从篇章修辞学的角度来看,任何一个句子都包含主项、谓项两个结构。主项传达着已知信息,而谓项中包含着新的信息。正如俄罗斯语文学家索尔加尼克(Г. Я. Солганик)所说的,"谓项是判断中思想运动的原动力,是新内容的体现者。"[①]从整体上看,在该段每个单独的判断中,谓项的作用是肯定主项的某些内容。若是把这些判断综合起来看待,则可以清楚地感受到,谓项在推动思想前进方面起着重要作用:在第一个句子中,作者向我们交待了"两个老人在七点钟醒来"的事实。单看这句话,我们无法确定逻辑主项和谓项,主项和谓项的身份只有在相互连接的完整篇章中才能被确认。在第二个句子中,第一个句子中的谓项"старики"转化为主项(我们已经知道两个老人在七点钟起床的事实,这一旧信息转变为第二句话中的主项继续铺述开来);同样道理,第一句中的谓项也是第三句中的主项,有关"старики"的新信息是"сидели за круглым столом, покрытым жесткой, как фанера, скатертью.",显然,第三句和第二句形成了平行式连接关系;接下来,第三个句子中的主项"стол"变成了第四句中的谓项,在第四句话中,我们能得到有关"桌子"的新信息;第五句话又承接了第一句话中的谓项,而最后一句话则是对第五句话的链接式叙述。由此开来,句子内部的思想运动是按照从主项到谓项,从已知信息到新信息的顺序进行的,本段从整体上是一个链式联系结构,其中包含平行式结构,我们用下图表示:

---

① Солганик Г. Синтаксическая стилистика, Высшая школа, Москва, 1973, —27 с.

第三章
乌利茨卡娅小说的艺术形象塑造风格

```
                    ┌ 句②
句① ─共同主项1 ─┼ 句③ ──主项3──→ 句④
                    └ 句⑤ ──主项5──→ 句⑥
```

通过分析上述段落的句群关系,我们发现,篇章整体上的链式联系使得思想连续发展,这样的叙述方式能够调动起读者思考的积极性,使其有兴趣了解更多的信息。在调动起读者兴趣之后,小说在下一个段落戛然而止:

- Ну что же, сдавай, -сказала Берта и потянулась за очками. Матиас тасовал.

该段落只有一个句子。其实,无论是从语义上,还是从篇章的句法联系上,这句话本可以和上一个段落合并为一个自然段,但是作者并没有这么做。有学者指出,自然段与散文段(具有完整和统一的语义内容)不吻合是非中性修辞语体和带有情感色彩的言语作品所固有的特征。在划分自然段的时候,我们不可能通过既定规则来认定一个尺度。这个尺度应该由作者本人视每一部作品的具体情况来拿捏,只有作者最清楚自己作品的语义节奏。[①] 根据苏联语言学家谢尔巴(Л. В. Щерба)的观点,"自然段或者另起一行应该算是一种独特的标点符号,它能够使前面的句子深化,并且能够开启思想的全新进程。"[②]因此,当我们在阅读文学作品的过程中遇到一个自然段过渡到另一个自然段的时候,好像有一种精神更加集中的感觉。特别是遇到单个句子甚至单个词语独立成段时,我们知道,作者是在强调它们的重要性。作者在本篇小说的结尾处让一个句子单独成段具有其特殊的创作意图。小说最后为我们展开了一个开放式的

---

① Солганик Г. Синтаксическая стилистика, Высшая школа, Москва, 1973, —208с.
② Там же, с. 96.

结局，两位主人公坐在家里，丈夫对妻子说，"来，洗牌吧"，于是夫妇俩玩起牌来。看到这样的结局，读者首先会感到十分突然，上一个段落带来的对故事发展的期待在这个段落并没能得到满足。或许作者就是试图在这种急促的语义节奏中向读者拷问，我们日以继夜追寻的幸福究竟该是什么样子？幸福的真谛又是什么？对于小说中的主人公来说，如果他们真要追求幸福，那么他们的幸福只能在于顺从，在于对现时的妥协和屈服。这种听上去似乎很残酷、很灰暗的观点却一针见血地道出了现实生活的真谛，也是这些不幸人们追求幸福的唯一出路。从突然收尾的结局中，我们得知，原来"打牌"这种再平常不过的娱乐游戏就是主人公选择的逃离现状的方式。作家如此设置结局，有力地揭示了生活的真谛，有效地消解了小说的悲凉气氛。因此，我们有理由认为，作品要传达的并不是世界末日般的消极情绪。在作者叙述的字里行间，我们读出的是不幸的人们抱有的"娱乐"心态，是对生活所保留的一份希望，这份希望就像穿透乌云的一缕阳光般温暖明亮：别尔达和玛佳斯没有抛弃对生活的热爱，没有因自己的不幸遭遇而变得怨天尤人，而是为自己保留一份生活中的小乐趣。他们以自己的方式诠释着幸福和人生的意义，使本来看上去倍感艰辛的生活多了几分轻松和愉快，这多少会使读者感到慰藉。

乌利茨卡娅的代表作小说《穷亲戚》中的情节也具有鲜明的"乌氏"特色。《穷亲戚》的故事围绕阿霞和安娜两个女主人公展开。她们是从小一起长大的亲戚，还在同一个班级学习，关系比较亲密。然而性格上的差异和生活中的各种变数使她们长大后在身份地位和经济条件方面差距较大：安娜过着衣食无忧的富足生活，她是家里人的支柱，也是救济阿霞的贵妇；与之相反，阿霞的生活穷困潦倒，只能靠安娜的救济才可度日。每月21号，阿霞找安娜领取救济金和物品，虽然钱不多，衣物也是安娜不要的旧货，但对于阿霞来说，这些已经是很好的物质必需品了。作者还向我们交代，安娜并非无忧无虑，有时候，她会向阿霞诉说自己家庭生活中的诸多烦恼。在诉说烦恼之后，阿霞还试图为安娜排忧解难，希望能用自己

第三章
乌利茨卡娅小说的艺术形象塑造风格

的方式为安娜解决一些生活难题,可是却遭到安娜的拒绝。到这里为止,小说已经为我们清楚交待了阿霞和安娜之间的淡漠的关系和穷富差异,作品中有关亲情淡化和感情物化的主题思想已经凸现出来。作家用平实和简练的语言为我们描绘了一幅活灵活现的穷亲戚上门的图景,这种图景是我们在日常生活中司空见惯的,不足为奇。这其中包括安娜在潜意识中对阿霞"穷人身份"的轻视和鄙夷,还有阿霞在安娜面前时时刻刻毕恭毕敬、谨小慎微的举止,都揭穿了人类性格中伪善的一面,我们从中看到的是人性中的傲娇、自私与虚伪。如果小说就此结束,读者也是可以接受的。如此一来,这就是一篇反照社会现实的作品,展现了亲情的淡化和人性的自私,揭露了为追求社会价值和经济地位而腐蚀的人类的心灵。但是,作者并没有满足于此,为了使小说不流入俗套,乌利茨卡娅使用了她惯用的情节设置方法——即赋予小说意想不到的结局。在小说的末尾出现了一个半瘫痪的老妇人。继续阅读小说后,我们发现,原来安娜送给阿霞的所有物品都出现在这个老妇人的桌上。对于这样一个令人出乎意料的结局,作家并没有做多余的烘托和渲染,也没有进行细致描绘,只用寥寥几笔就勾勒出阿霞的动作和表情,以及老妇人的情绪反应:

> На шаткий стол, припертый к сырой стене, она выгружала богатые подарки. Поколебавшись минуту над верблюжьими перчатками, она выложила их, а под стопку с чиненым бельем засунула большой серый конверт. -Ишь ты, ишь ты, Ася Самолна, балуешь ты меня, - бормотала скомканная полупарализованная старуха. И Ася Шафран, наша полоумная родственница, сияла. ①

听着老妇感激的话语,阿霞只是默默地微笑。乌利茨卡娅在结尾处利用一个意外出现的角色——半瘫痪的老妇人,很好地反照了主人公阿霞的真实内心,使她的美好品质在顷刻间树立在读者面前。还需要特别

---

① Улицкая Л.: Бедная родственница. http://lib.rus.ec/b/269594/read

注意的是,女主人公阿霞的父称"Шафран"是在结尾处才出现的。我们知道,从人物命名的角度来看,俄语人名中的父称一般只在隆重、正式、严肃等语境下使用,用父称称呼一个人代表他是被尊重的。可见,作者对阿霞的情感态度在此处表露无遗,原本那个可悲可笑的人物形象被崇高化,得到了升华。综合来看,如此迅速、简短却又出乎意料的结局几乎使读者来不及反应,然而故事已经在瞬间爆发的力量中结束。乌利茨卡娅在小说集《穷亲戚》的扉页中写下这样一段话:"世上的每一个人都梦想成为富有、健康和美丽的人,只可惜贫穷和疾病占去了世界的多数地方。怜悯、宽恕和忠贞是上天最美好的恩赐,只可惜它们常常掩埋在人们不易发现的角落。然而,一旦你发现它们,世界就可以变得异常美好。只可惜,它们常常……未被发现。"[①]如果将作家的这段话和这篇小说结合起来思考,我们便可以明白:社会地位高上、经济条件优越、受过良好教育、追求时尚和品味的人施予馈赠的场面在现实生活中时有发生,但是,如果他们与那些看似"卑微"却愿意奉献出自己最宝贵的东西的平凡人相比,便显得微不足道了。生活中拥有真正美丽心灵的人恰恰是那些无私奉献自己全部的人。这听起来似乎很难做到,但文学作品的魅力之处就在于让读者在艺术化的世界中坚信真善美的存在,并永远执着地追求下去,这也是乌利茨卡娅作品最闪光的地方。因此,我们认为,这篇小说的主题并不像之前预想的那样,揭露贫富差距、亲情淡化和感情物化并非是作家的创作初衷。作家关注的重点不是从开篇到结局之前的那些描绘和叙述,相反是半瘫痪老妇人出现之后的部分,这才是小说的高潮。换而言之,作家的创作意图蕴藏在结局,甚至可以说是在结局之后的无限空间里,故事结局所具有的未完成性和偶然性为这篇小说带来了意蕴尚存和极具张力的审美品格。

有一点有趣的发现,乌利茨卡娅小说的结局之所以常常令读者出乎

---

① Улицкая Л. Бедные родственники. Эксмо, Москва, 2009.

意料,具有"意犹未尽"的魅力,这与小说情节的故事性消解有关。具体来说,作家的许多小说,特别是短篇小说,对传统小说的样式做出了突破和创新,摆脱了传统小说对故事情节的依赖,舍弃了那些生动曲折、扣人心弦的情节模式,打破了故事发生、发展、高潮、结局的叙述结构,做到了情节的淡化。与此相对,作家常在小说中描写生活中一些最平凡的细节,在看似平淡的叙述中爆发作品的艺术力量。乌利茨卡娅的这种创作风格使我们联想到契诃夫的作品。无论是契诃夫笔下的《苦恼》《纸里包不住火》,还是《忧伤》等,都具有上述故事性消解的特性。小说的创作重点并不是塑造跌宕起伏的、离奇的故事情节,而是按照生活的逻辑顺势推进情节发展,同时注重烘托手法,细腻描绘主人公的情绪、感受、周围环境的变化等,正是做了上述安排,当结局爆发出来时,小说的艺术表现力才达到倍增的效果。英国女作家弗吉尼亚·伍尔芙曾这样评价契诃夫的作品:"小说的重点放在一些出人意料的地方,乍看起来好像根本没什么重点。然而,当我们的眼睛开始习惯了晦暗的光线,把搁房间里的东西的轮廓一一认清之后,这才看出这篇小说写得多么完美而深刻,而契诃夫又是多么地忠实于自己的视觉印象。他挑出这一点,那一点,外加一点细节,将它们排列在一起,于是就构成了崭新的内容。"[①]这样的评论对乌利茨卡娅的小说也同样适用,由此看来,有观点认为乌利茨卡娅继承了契诃夫的某些创作传统是不无道理的。

二、"蒙太奇"式的情节结构

乌利茨卡娅小说情节的另一个重要特色就是在布局上的"蒙太奇"性质。有关蒙太奇的系统理论最早是由苏联电影导演爱森斯坦创立的。蒙太奇源于法语"montage"的音译,原本是"剪接"的意思,运用到电影艺术中表示画面的剪辑和合成两个方面,也就是由许多画面并列或者叠化成

---

① 转引自范天妮:《故事性的消解与戏剧性的隐没——契诃夫小说的情节特色》,《新西部》(下半月),2008年,第9期,第116页。

一个统一画面。导演在电影艺术中将在不同地点、从不同距离和角度、以不同方法的拍摄镜头进行有机组合与排列,以便叙述情节、刻画人物。不同的镜头组合方式会产生不同的审美效果。简言之,蒙太奇就是根据电影所要表达的思想内容,将故事分别拍成多个镜头,然后再根据艺术表达意图将这些镜头组接起来的艺术手法。其实,蒙太奇不仅是电影艺术的一种技术手段,更是一种思维方式。蒙太奇它所具有的节奏鲜明、灵活多变、表现艺术现实能力强等优点,因而被越来越多的艺术形式所吸收,文学作品也不例外。

　　乌利茨卡娅十分擅长在小说创作中运用蒙太奇手法。比如在短篇小说集《小女孩》(«Девочки»)中,相同的主人公形象贯穿小说集始末,整个小说集更像是一部电视连续剧。小说集中的主人公同是那几位中学生,她们从一个小说跳到另一个小说,来回穿梭,时而是某一篇中的主要人物,时而又变成另一篇中的次要人物。这种类似于电视剧式的小说模式最大限度地保持了小说主要情节的接续性,能够较好地突出小说的主题。虽然每篇小说所叙述的故事情节不同,但是每个独立的故事情节却通过作者有意识的剪辑、连接、组合,最终形成一个相互联系的、完整的结构系统。这种情节组织手法为作者提供了展现真实世界多面性和多变性的可能,也为揭示主人公在命运中所遇到的诸多矛盾,以及说明人与人之间的复杂关系提供了有效途径。不难发现,除了小说集中各个小说之间具有蒙太奇式的关系外,乌利茨卡娅在每个独立的小说中也采用了蒙太奇的情节组织方法。比如在小说《弃婴》(«Подкидыш»)一篇中,作者将婴儿丢失后的情节提前到小说开头进行叙述,并将其丢失前的场景次序打乱;小说《那年的三月二日》(«Второго марта того же года...»)的结局由几个片段构成,其中的主人公在空间上没有任何关系,但是相同的时间将他们有机地联系起来,这其中寄托了作家特殊的创作意图。根据俄罗斯文学批评家哈里泽夫(В. Е. Хализев)的观点,"蒙太奇式的情节结构十分符

第三章
乌利茨卡娅小说的艺术形象塑造风格

合人们观察世界的习惯,它尤其以自身的多层次性和丰富含量性见长。"①乌利茨卡娅正是充分运用"蒙太奇"这种独特的艺术手法,对情节片段进行剪辑和组合,使读者能够突破时间和空间的限制,从而获得了扩充作品容量、增大作品浓度的艺术审美效果。下面我们再以小说为例,具体考察作家对蒙太奇手法的运用。

短篇小说《大麦粥》(«Перловый суп»)讲述了一段有关大麦粥的童年回忆。小说的情节布局是片段式的,并不完整。它由三个故事组成,每个故事都是一段关于大麦粥的回忆。可以说,大麦粥是贯穿这个小说的重要线索。在第一段故事中,一个四岁的小女孩应母亲的要求将大麦粥施舍给她家公寓楼梯上的一个乞丐;第二个片段以小女孩的视角为我们展现了她的母亲给遭受火灾的人们送去粥、衣服和钱的感人场景;在第三个片段中,小女孩的母亲将大麦粥送给上年纪的、失去了自己心爱的女儿的邻居。这三个故事从情节上来看并不具有连续性,各自形成一个独立的故事,每个故事就像一幅拼图中的一小块,这幅拼图最终以孩子对大麦粥和对心爱妈妈的记忆为媒介,有机地联系在一起。随着小说故事情节的不断推进,我们越来越深地感觉到,小说中处处流淌着小女孩对逝去的母亲的追忆和思念,她的心地善良和乐于助人给孩子留下深刻的印象。小说中小女孩对大麦粥的厌恶和对母亲的爱恋形成了鲜明的对比,但正是这种具有强烈反差的感觉加深了小女孩对母亲生前所作所为的印象,赋予了小说深刻的人道主义思想;那些对周围的人施予关爱和同情的人即使不在人世,也不会被人所遗忘。作家借助这种蒙太奇式的情节叙事方式,用类似拼图的手法对小说中的母亲形象进行不断丰富和完善,同时,小女孩对母亲的爱恋也随之逐渐加深,最后读者在脑海中形成一个对主人公美好品质的完整印象,获得一种充实的审美感受。

在小说集《我们沙皇的臣民》中的最后一篇小说《短路》(«Короткое

---

① Хализев В: Теория литературы. http://lib.rus.ec/b/213084/read#t105

замыкание»)中,作家也运用了蒙太奇手法。小说的名字道出了故事的主要事件,作者围绕这个主题分别讲述了六个独立的故事。公寓里电线短路,致使每家都陷入一片黑暗,看似平常的事件在不同的人那里得到截然不同的反应:意外的黑暗导致正在楼道的弗拉基米尔·彼得洛维奇异常惊慌,本来就患有忧郁症的主人公顿时陷入一种极度恐惧的情绪;第二个主人公安热拉并没有被突然袭来的黑暗扰乱心绪,相反还获得了与情人偷偷会面的机会;另一位名叫舒拉的女主人公则趁机偷走了邻居冰箱里的东西;鲍里斯·伊万诺维奇觉得断电扰乱了他的生活秩序,所以他开始着手修理电路;与上述几位主人公的反应迥然不同的是加琳娜·安德列夫娜和伊万·姆斯季斯拉维奇,黑暗对他们的影响与前面几位相比在性质上有本质区别。加琳娜终于从周而复始的日常琐事中暂时解脱出来,她竟然在一片漆黑中开始回顾自己二十年来的生活经历,多个生活画面在脑海中浮现,尤其是有关自己体弱多病的女儿。在意料之外所获得的黑暗中,女主人公反复拷问自己生活的意义和价值,最终深刻体会到,生活本身就如现在的处境一样:"生活——就是黑暗。漆黑一片。"①看似不起眼的断电却成了加琳娜自杀的导火索;伊万是全小说中唯一感觉不到断电后黑暗的人物,因为伊万早已失明,多年来他的精神世界与音乐紧密联系着,是音乐给他带来"天堂一般的阳光":

> Но это просто нельзя перенести. Какие человеческие трагедии? Все растворяется, осветляется, очищается. Один свет. Только свет. Игра света. Игра ангелов. Господи, благодарю тебя, что ослеп. Ведь мог и оглохнуть... И я не Бетховен, и музыка беззвучная не слышалась бы мне, как ему...

小说中最后两个故事中的人物形成鲜明的对比,一个是乐观开朗的

---

① Улицкая Л.: Короткое замыкание. http://lib.rus.ec/b/206703/read(本书中所引用的该小说片段均出于此,后文不再另行说明。——作者注)

第三章
乌利茨卡娅小说的艺术形象塑造风格

老人,一个是境遇悲戚、沉重的妇女,但我们并不能对这两个人物妄下结论,毕竟他们各自的情况不尽相同。作者将以上六个主人公对黑暗的不同反应和体会进行有机组合,引起读者的思考,短路断电——这个看上去微不足道的小事却成为考验每个人的试金石,环境的骤然变化在不同人那里得到各式各样的反馈,那些对生活期望越多越高的人便会经历越激烈的心灵折磨。在一篇仅有三千多字的小说中,作者运用独特的蒙太奇情节布局法,将每段故事进行有机组合排列,从原本孤立单一的情节故事中创造出新的完整的意义,赋予有限的篇幅以丰富深刻的内涵,使读者获得意外的审美享受,正如爱森斯坦所说的那样,"两个蒙太奇镜头的对列,不是二数之和,而是二数之积"。①

长篇小说《库克茨基医生的病案》中的情节也具有非连贯性,甚至不符合正常逻辑。其中非常突出的例子就是作家在小说中建构了一个非情节化的、与现实世界对立的文本结构,也就是在小说正常的叙述结构中适时地穿插女主人公"第三种状态"("中间世界")的描写,其中包括小说的第二部分以及其他部分中的非现实情节。根据作者的描述,女主人公叶莲娜在昏迷之后所进入的世界完全建立在另一种坐标系之上。这个坐标系中的世界里"根本没有确实的东西,一切都非常善变,并且变化得很快"②。在这个坐标系中也存在时间的概念,只不过时间"有好几种,它们是各种各样的。炎热的时间,寒冷的时间,历史的时间,无历史的时间,个人的时间,抽象的时间,加强的时间,循环的时间,还有许多各种各样的。"③作者刻意将时间与空间进行置换和颠倒,打断了小说故事情节的连贯性和逻辑性,建构起一个新的不稳定的时空体系。作者借助上述体系,准确地揭示出女主人公不完整的、断断续续的思维状态。与很多后现代主义作家一样,乌利茨卡娅在这部小说中将时空作为游戏的对象,用超

---

① [俄]尤列涅夫:《爱森斯坦论文选集》,魏边实译,北京:中国电影出版社,1962年,第349页。
② [俄]乌利茨卡娅:《库科茨基医生的病案》,陈方译,桂林:漓江出版社,2003年,第211页。
③ 同上书。

现实的虚幻的手法把断断续续的回忆或思想感受串联起来,借以完成对非现实世界一切混杂事物和思绪的叙述。这个非现实的世界可以被认为是人物的"无意识状态""梦幻世界"或"内心世界"等。在这样的世界里,主人公的一切潜意识或无意识的思绪和情感是杂乱无章的,但是却与她现实生活中的经历紧密相关。乌利茨卡娅曾经就梦境谈过自己的见解,"我不敢说有哪个确定的梦改变了我的命运,但是,在我的生活中梦确实给了我大量重要的信息。当一个人面临使他困扰的问题时,他得到答案的方式是多种多样的。可以通过书,可以通过人,甚至也可以通过梦。"①作家正是通过这种蒙太奇式的情节结构,试图借助非现实世界中的种种元素对现实世界作出昭示,从而使非现实部分具有一种形而上学的普遍意义,也使整部小说获得耐人寻味的艺术效果。

第三节 乌利茨卡娅小说的情感色彩

我们已经在本章第一节中谈过,乌利茨卡娅在塑造艺术形象时擅长采用客观冷静的笔法,也就是常常通过对形象的刻画和塑造来达意传情,很少对主人公及其行为作出直接的情感色彩评价,不向读者直接表明她的立场和态度。但是,这绝不是说作品本身不具备情感色彩,也不意味着作家对艺术世界持冷淡或漠视的态度。俄国文学大师契诃夫就曾经对此发表过自己的看法,为客观笔法申辩:"你骂我是客观主义,称我对善恶无动于衷,缺乏理想和思想等等。你想要我在描写盗马贼的时候,写出这样的话:盗马是作恶。其实,这不要我说,人们早就明白。让法官去处置他们好了,我的事只是描写出这窃贼都是什么人,我要写的是:你同盗马贼打交道,可该明白他们不是穷鬼,他们是些吃得饱穿得暖的人,他们信神。

---

① 侯玮红:《一部探讨人的存在之奥秘的杰作——评〈库克茨基的特殊病案〉》,《外国文学动态》,2002年,第2期。

第三章
乌利茨卡娅小说的艺术形象塑造风格

偷马并非简单的盗窃,这是一种嗜好。当然,如果能把艺术和说教结合起来,那是一件称心的事。不过对我个人来说,这异常困难,而且由于技术的原因几乎做不到。试想在七百行的篇幅里写出一群盗马贼,我得不停地用他们的口气讲话思索,用他们的心情去感受。不然的话,我只要加进些主观成分,形象便会模糊起来,作品便不可能像一切短篇小说那样紧凑。我写作的时候,是充分信赖读者的,认为小说中不足的一些主观因素,读者自己会去补足的。"①他还这样劝告过一位作者:"我作为读者向你进一言:当你描写平庸可怜的人物,并想唤起读者怜悯之心的时候,你要尽可能地表现冷静。这可以为他人的不幸铺排一个背景,有了背景的映衬,这不幸会显得更加突出醒目。可在你的作品里呢,人物在哭泣,你也在唉声叹气。所以,希望你冷静下来";"我写信说过,你要写怜悯小说,自己应该显得无动于衷。可是你没有理解我的意思。面对小说的故事,你可以哭泣,可以呻吟,可以和主人公分担痛苦。但我认为,你做这一切不要让读者看见。你越是客观,印象就越强烈。这才是我要说的意思。"②从契诃夫的言论看来,客观笔法不但不会使作品充满冷漠的氛围,反而能引起读者的思考与共鸣,达到反衬的效果。因此,我们说,即使采用客观笔法,作家也绝不可能对艺术现实不抱定某种感情立场。这就涉及我们本节所要探讨的问题——作品的情感色彩,或曰情调,也就是艺术世界"象、意、情"中的"情"。

应该明确指出,我们所说的情感色彩是指作品中所透露出的作者对艺术现实的一种审美评价,换言之,就是作者对客观事物的主观评价态度。现代话语学在分析文学作品结构的时候,十分注重区分两个要素,一个是话语对象信息,另一个就是作品中作者的情感色彩。"事与情的区分至关重要,因为它们分属于客观因素和主观因素,而主观因素的凸现,有

---

① 转引自《文学修辞学》,白春仁,长春:吉林教育出版社,1993年,第160页。
② 同上书。

助于认识文章主体的作用。进一步说,主观评价态度又有两种不同的表现方法。或者用理性的概念的语言,直称情事;或者用形象比兴之法,含蓄暗示之法,寓情于景于事于理。"①通过上述论断我们可以看出,无论作家采用何种笔法书写作品,最终还是以情动人,因为从本质来说,文学作品所使用的语言毕竟是情感的语言,而非科学的语言。相对于显在的语言风格而言,作品的情感色彩是较为隐性的和内层的要素,一部作品由内散发而出的情感态度能对读者构成极大的审美吸引力,也正是这种内在的吸引力使作品形成一种审美氛围,读者的审美取向和情绪在某种特定的氛围中被左右或感染,因此,作品的情感色彩确实是其文学风格审美构成的核心。这种情感色彩可能是憎恶、赞叹、崇高、悲凉、冷漠、蕴藉等等,呈现出一种重要的风格特征。

不过,要做到在作品中巧妙地传达情感,并将情感上升为统领作品风格的核心,并不是一件容易的事。苏联作家柯罗连科在谈论小说创作时说道:"我写得不多,主要是无力控制自己的想象,到想写的时候,想象力不听使唤。有时,一切都萦回在脑海里,我便坐下来写,然后又全扔掉。看上去似乎该写的都写出来了,可总不是那么回事,不符合我对自己的要求,不符合我对事物的看法。我需要让每一个词、每一句话都协调合拍,恰到好处;使每一个句子即使单独听起来,也反映着主旋律,可以说是中心的情绪。偶尔,我一下子就能把握到基调,但有时久久不能盼来相应的情调。每到那时,我便搁笔不写,直到内心响起这个主旋律为止。"②可见,一部具有艺术审美价值的文学作品必定首先拥有一个基调,然后作家根据这个基调将一切艺术现实材料进行有机整合,从而传达出自己独特的情感色彩。在基调形成和保持的过程中,文学作品中的一词一句,乃至整个语言材料的安排就是最重要的要素。

---

① 转引自《文学修辞学》,白春仁,长春:吉林教育出版社,1993年,第155—156页。
② 同上书,第157页。

第三章
乌利茨卡娅小说的艺术形象塑造风格

还需要强调的是,文学作品中的情感应该具备两个主要特征:首先,文学风格所表现的情感必须是真挚的、自然的,绝不能矫揉造作。真实的情,通过特殊的艺术表达,加之非直露的表现,便能产生富于美感的格调;其次,文学中的情感也不是作家个人情感的无限泛滥,它必须具有客观性和普遍性的特点。现代符号学家特别强调艺术情感的客观化,他们认为艺术所表达的就是形式化了的情感,是人类情感符号的创造,他们反对艺术就是纯粹表现作家自我的观点,认为"暂时的、个别的情感流露没有普遍性和典型性"①,所以并不是真正的艺术。美国符号学家苏珊·朗格(Susan Langer)在其著作《情感与形式》中明确指出,艺术是情感的表现,但是并不是作家在情感上的为所欲为。艺术活动不是不可以与个人情感相挂钩,但是情感必须经历概念化的过程,这样抽象出的形式便是形成作品韵味的情感符号。因此,艺术应该表现人类普遍的情感经验。②

从实现方式来看,文学作品的情感色彩是通过对形象世界的刻画流露出来的,那么它必定会在作品的语言、叙述和描写等手段中表现出来,即使不愿在作品中直接表露自己情感态度,作家也会通过各种修辞手法在言语上做出暗示,使作品呈现出特定的情感向度和基调,目的就是为了表达作品主题、整合作品结构、增添叙述活力和感染读者。"作品的情感色彩同作品的语言、叙述、形象等因素进行相互作用,从而形成一种驱动力,使作品在一定的氛围中发展,变成一股巨大的情感洪流,贯穿作品始终。读者则透过作品接收到这种感情态度,由此产生共鸣,受到感染。不同性质的情感色彩必然会造成精彩纷呈的审美效果,于是也呈现出不同的艺术风格。"③

---

① 王纪人:《文学风格论》,北京:北京师范大学出版社,2006年,第62页。
② [美]苏珊·朗格:《情感与形式》,刘大基等译,北京:中国社会科学出版社,1986年,第443—452页。
③ 转引自王加兴等:《俄罗斯文学修辞理论研究》,哈尔滨:黑龙江人民出版社,2009年,第173页。

我们在之前章节中对乌利茨卡娅作品所进行的不同角度的分析就足以证明上述观点。在本节中，我们将在前述章节的基础上，着重探讨和总结乌利茨卡娅小说的总体情感色彩属性，换而言之，就是探讨女作家笔下作品的情感基调问题，这对把握该作家小说的风格特征至关重要。通过考察乌利茨卡娅的代表作品，我们发现，女作家小说中所体现的作家对艺术现实的态度（或者把它称为作品的基调、主导情绪）大致可以做出如下概括：首先，女作家笔下的很多小说都充满平和、冷静的氛围，这与作家在面对主人公的处境和遭遇时所采取的客观态度息息相关。乌利茨卡娅常常不动声色地将同情、怜悯、批评和赞美等感情深藏于小说的文本叙述之中。特别在面对女性人物的悲惨命运时，作家更是不露声色地表达了自己独特的女性主义立场。与那些具有鲜明个性的、充满敌意地对抗男性中心文化的女性形象相比，乌利茨卡娅笔下的女主人公几乎都抱有一种和缓、内敛的态度，但她们却又在内心深处保留一份相对独立、自由的人格。如此隐含的表达创作立场的方式不失为一种更巧妙的写作手法，更易被读者接受；其次，女作家对待艺术现实的态度往往是积极乐观的，虽然她笔下的大多数作品揭露了现实生活的不幸、无奈、残忍等，但是从作品的叙述语言、人物性格塑造以及小说情节安排等方面来看，小说总能流露出一种对追求幸福生活的信念和对真善美褒赞的情绪。前几章节有关作家语言风格和艺术形象塑造风格的研究已经可以证明上述两个情感色彩的基本特点，为了使论述更具说服力，我们再举几个例子进行分析和论证。

自步入文坛以来，乌利茨卡娅所创作的几部长篇小说几乎都具备上述情感色彩。我们还以她的第一部长篇小说《索尼奇卡》为例。作者通过叙述和描写一位普通俄罗斯犹太妇女的婚姻家庭生活，表达出自己的人生观、价值观和道德观——家庭应该是社会生活的支柱，家庭关系准则应该是社会伦理道德的核心。该小说的女主人公索尼奇卡是一名钟表匠的女儿，虽然她相貌平平，但是却心地善良，且酷爱读书，有着良好的修养。

第三章
乌利茨卡娅小说的艺术形象塑造风格

初恋梦想破灭后,索尼奇卡本不再对爱情寄予希望,不料上天却安排她与才华横溢的落魄作家罗伯特相遇、相识。罗伯特对索尼奇卡一见钟情,并开始大胆追求。索尼奇卡虽对来势汹汹的爱情与罗伯特的追求无从适应,但最终还是满怀对幸福憧憬嫁给了罗伯特。婚后的索尼奇卡毫无怨言地履行作为妻子的一切责任与义务,不但对丈夫的日常生活照料有加,还在丈夫落难时陪伴他度过漫长的苦难岁月。可以说,索尼娅是一位无私散播爱的女性。她不但将无私的爱献给了自己的女儿塔妮娅,对她关怀备至,还将这种爱献给自己的丈夫。在索尼奇卡发现丈夫背叛自己之后,仍然能一如既往地善待丈夫,甚至善待丈夫的情人亚霞,用一颗宽厚博大的心包容了一切。因此,从某种意义上说,索尼奇卡也将自己的母爱播散到丈夫罗伯特和亚霞身上。作者通过塑造索尼奇卡这一伟大的贤妻良母形象,呼唤着母性的回归,表达了自己对人性美的褒赞和追求。正如作家自己所说的那样:"俄罗斯人,尤其是俄罗斯女性,拥有一种奇妙而美好的品质——那种温顺地接纳一切的能力。"①不过,应该注意的是,索尼奇卡虽然是一位传统文化意义上的贤妻良母,但是她也具有现代女性所具备的独立人格和洒脱性情。索尼娅没有对丈夫的出轨行为做出直接对抗,不过她在内心为自己保留了一块独立自由的空间:面对生活中的变数,她又重新返回昔日与书为伴、嗜书如命的生活,再次陶醉于俄罗斯古典文学的美妙境界,安享平静的晚年生活。这样的归宿不得不让读者感到欣慰和庆幸。

从总体上看,作者对女主人公的情感是喜爱、同情和理解的。相反,作者对男主人的态度则更多的是冷淡,甚至是厌恶。两种相差迥异的情感色彩鲜明地反映在作者对人物姓名的命名上。我们知道,人名本身就是具有指代功能的符号,而在文学艺术中,命名方式往往承载了更多的艺

---

① 周启超译:《我对自己说,世界很美好"——柳·乌利茨卡娅访谈录》,见《美狄娅和她的孩子们》,李英男、尹城译,北京:昆仑出版社,1999年,第281页。

术功能和审美价值,它可以反映作家的创作意图,甚至暗示人物的性格与命运。另外,在文学作品中,以不同的名字来称呼同一个人物的现象也十分常见。多样的命名方式具有其对应的特殊的修辞效果,能体现出作者情感的性质及变化。俄罗斯文艺理论家乌斯宾斯基在其代表作《结构诗学》中,针对命名的功能问题从视点角度进行了独特的阐释:"作者与主人公的某种关系首先表现在以下方面,即他如何被命名,而主人公的演变则在名称的替换中反映出来。以下做法较为有趣:同样将注意力转向特定的位置差异(相对于正在被谈论的人物),这种差异在姓氏前或姓氏后的第一个字母的书写中表现出来。试比较'А. Д. Иванов'与'Иванов А. Д.',后一种标记与前一种标记相比无疑证明了相对于该人物更为正式的位置。"① 在果列里科娃(М. И. Гореликова)和穆罕默多娃(Д. М. Магомедова)编写的《文学篇章的语言学分析》中同样论及命名的修辞功能问题。他们认为,在同一部文学作品中对同一人物赋予不同的名称(其中可能出现全名、小名、昵称、名和父称、绰号)会制造出独特的修辞效果。② 从上述观点中,我们不难发现,对人物怎样命名体现了作者对该人物的情感态度。通过观察我们发现,在小说《索尼奇卡》中,作者在称呼女主人公时采用了两种命名,一个是"索尼娅",另一个是"索尼奇卡",分别是"索菲亚"的小名和昵称。经统计发现,前一种命名共出现 51 次,后一种出现 72 次;作者在称呼男主人公时也采用两种命名,一个是"罗伯特·维克多洛维奇"(名+姓),另一个是"罗伯特"。前一种命名共出现 103 次,后一种只出现 3 次。如下图所示:

命名	出现次数
Сонечка	72

---

① [俄]乌斯宾斯基:《结构诗学》,彭甄译,北京:中国青年出版社,2004 年,第 21 页。
② Гореликова М. И., Магомедова Д. М. Лигвистический анализ художественного теcкта. Русский язык, М., 1983,—34 с.

第三章
乌利茨卡娅小说的艺术形象塑造风格

续表

命名	出现次数
Соня	51
Роберт Викторович	103
Роберт	3

我们发现,作者从始至终都用小名或昵称来称呼女主人公,这很好地反映了叙述者与女主人公比较亲近的叙述距离,传达出作者对她的正面的情感态度。特别是当作者使用昵称时,我们能从中体会到或喜爱或同情的感情色彩。我们用下面这个片段来说明该问题:

> Сонечка штопала Танин чулок, натянув его на скользкий деревянный мухомор, и прислушивалась к разговору мужчин. То, о чем они говорили-о зимних воробьях, о видениях Мейстера Экхарда, о способах заварки чая, о теории цвета Гете, - никак не соотносилось с заботами стоявшего на дворе времени, но Сонечка благоговейно грелась перед огнем этого всемирного разговора и все твердила про себя: "Господи, господи, за что же мне все это...

上述片段描述了这样一个情景:女主人公将清洗干净的女儿的袜子搭在晾衣架上,然后一边织补,一边侧耳聆听丈夫和其他男人们的交谈。女主人公对他们的谈话内容十分崇敬,同时对自己的丈夫欣赏有加。作者在这里均使用索菲亚的昵称"索尼奇卡"来称呼人物,我们认为,这巧妙地传达了两层情感向度:一是对女主人公擅做家务、勤劳温柔的举动和品质十分赞赏和喜爱;二是试图从主人公对自己丈夫的崇敬之情中透露她单纯、善良的本性。另外,本段的最后一句话"上帝呀上帝,我真配不上……"暗示了女主人公自卑的心理,为小说的后续情节作出铺垫,因此,这里的称呼"索尼奇卡"还或多或少地具有同情的意味。与女主人公的命名情况相反,作者在叙述中总是与男主人公保持一定距离,仅有的三次

"罗伯特"的命名也不能说明作者对其冷淡态度的改变,因为作者的叙述均是从人物视角展开的:

第一次出现"罗伯特"——索尼奇卡的视角:

Но горечь старения совсем не отравляла Сонечке жизнь, как это случается с гордыми красавицами: незыблемое старшинство мужа оставляло у нее непреходящее ощущение собственной неувядающей молодости, а неиссякаемое супружеское рвение <u>Роберта</u> подтверждало это. И каждое утро было окрашено цветом незаслуженного женского счастья, столь яркого, что привыкнуть к нему было невозможно. В глубине же души жила тайная готовность ежеминутно утратить это счастье-как случайное, по чьей-то ошибке или недосмотру на нее свалившееся. Милая дочка Таня тоже казалась ей случайным даром, что в свой час подтвердил и гинеколог: матка у Сонечки была так называемая детская, недоразвитая и не способная к деторождению, и никогда больше после Танечки Соня не беременела, о чем горевала и даже плакала. Ей все казалось, что она недостойна любви своего мужа, если не может приносить ему новых детей.

但是,索尼奇卡与高傲的美人不同,对人老珠黄一点儿也不感到难受。由于丈夫无论如何比她年长,使她依然觉得自己青春常在,<u>罗伯特</u>又不知疲劳地狂热地履行着夫妻生活的义务,更使他相信这一点。她自觉不配的女人的幸福染红了每天每日的黎明,其光辉如此灿烂,她是怎么也适应不了的,灵魂深处悄悄地准备着随时丢失这种幸福。她深信这种幸福是偶然的,不知是因为阴差阳错还是疏忽大意才落在她头上的。可爱的女儿塔妮娅,她也认为是偶然的恩赐,妇科大夫也确认了这一点:索尼奇卡的子宫发育不全,即所谓"儿童子宫",本来不能生育,所以在塔妮娅之后,她再也没有怀孕,这叫她难过得时常掉泪,总认为自己对不起丈夫的爱,因为再也不能为他生儿

第三章
乌利茨卡娅小说的艺术形象塑造风格

育女了。①

第二次出现"罗伯特"——索尼奇卡的视角：

И она вспоминала все те многие случаи, когда бог уберег их от ранней смерти: как Роберта выбросили из вагона александровской электрички, как рухнула балка в помещении, где она работала, и половина комнаты, из которой она за минуту до этого вышла, оказалась заваленной темным старинным кирпичом, и как умирала она на больничном столе после гнойного аппендицита... "Бедная девочка", - вздыхала Сонечка, и эта незнакомая девочка приобретала черты Тани...

于是她回想起上帝保佑他们免遭灭顶之灾的许多事情，如罗伯特在亚历山德罗夫坐电汽车，被人从车厢里推了出来；她刚离开办公室，房间的大梁突然倒塌，有一半房间埋在暗红色的老砖头下面；她还得过化脓性阑尾炎，差一点死在医院的手术台上……"可怜的孩子呀，"索尼奇卡感叹道。于是，这个素不相识的姑娘呈现出和塔妮娅一样的轮廓来……②

第三次出现"罗伯特"——社会大众的视角：

Попутно формировалось общественное мнение: Роберта жалели, Ясю ненавидели и презирали, с Соней было как-то сложнее, от нее чего-то ждали, смотрели с интересом, вполне, впрочем, сочувственным.

社会舆论也随即形成，对罗伯特惋惜，对亚霞仇恨和鄙视，对索尼娅则复杂一些，人们似乎等待着她的举动，用好奇的、当然也有同情的目光观望着她。③

---

① [俄]乌利茨卡娅：《美狄亚和他的孩子们》，李英男、尹城译，北京：昆仑出版社，1999年，第24—25页。
② 同上书，第38页。
③ 同上书，第57页。

从以上片段我们可以看出,作者对男主人公的态度基本没有转变——始终是冷淡的、不喜爱的,三次"罗伯特"的命名只能体现小说中其他人物对他的情感态度和立场。

下面我们从作家所设置的故事情节本身来考察情感色彩问题。乌利茨卡娅笔下很多短篇小说同样以写实的手法揭露了现实世界的无奈与残酷,作品中的主人公虽然都没有解决生活中的矛盾,也无力改变现状,但是他们都为改变现状做出大胆尝试,他们身上都具备某种"主动"与"向上"的特质,面对生活中的重重困难与烦恼,他们从不消极怠慢。从这点来看,作者并没有将小说的氛围引向令人心灰意冷的绝望,他试图告诉读者,生活本身就包含着无奈和残酷,我们能做的只是全身心地接受现实中根本无法改变的一切,并且抱着乐观的心态,勇敢、坚强地活下去。

短篇小说《苏—黎世》(《Цю-юрихь》)中的女主人公莉迪娅就是一个不满足于生活现状的人。为了过上理想的日子,她只身跑到国外。在经历两段失败的婚姻之后,她终于明白,这也不是她想要的生活:

> Теперь на нее нашло озарение, что она всю жизнь не в ту сторону смотрела, куда надо бы. Но, как известно, лучше поздно, чем никогда.①
>
> 如今她恍然大悟,自己这一生并没有看向理应的方向。不过,大家都懂,晚些意识到总比永远不明白要好。

莉迪娅自知要摆脱之前世俗平庸的生活,意识到这点之后,摆在她面前的是另一个从本质上说同样庸俗的目标——找一个理想的丈夫,能够帮助自己逃离不幸处境,过上幸福生活。终于有一天,她遇上一个名叫马尔廷的瑞士人,并对他一见钟情。于是莉迪娅抱着美好的幻想邀请他共进午餐,并从此与他保持书信往来。在很长一段时间不间断的书信交往过后,马尔廷的妻子偶然发现丈夫不忠的事实,并决然和他分手了。如此

---

① Улицкая Л.: Цю-юрихь. http://lib.rus.ec/b/272024/read(本书中所引用的该小说片段均出于此,后文不再另行说明。——作者注)

第三章
乌利茨卡娅小说的艺术形象塑造风格

一来,莉迪娅实现理想的机会来了,她如愿以偿地嫁给马尔廷,并在国外定居下来。看似幸福的生活就这样轻而易举地实现了。不过,生活往往是不完美的,幸福也从来不会唾手可得。莉迪娅和马尔廷在瑞典经营了一家俄罗斯餐馆,在餐馆开张的第二天,马尔廷便瘫痪了。对于莉迪娅来说,这简直是飞来横祸。从此,艰难的生活又找上门来:她必须照料生活不能自理的丈夫,并且要在异国他乡独自支撑餐厅的经营。经历一年没日没夜的忙碌之后,餐馆的经营状况终于稳定下来。七年之后,莉迪娅竟然成为商界的女强人。如今,获得成功的昔日的她一心想得到周围人的认可和赞赏,特别是想得到那些她曾经依靠过的、并把他们奉为模仿对象的人的认可。在往日莉迪娅所依靠的人之中,一个名叫艾米利亚的女房东是她生命中的一个重要角色,是她教会莉迪娅上流社会的交际礼节,并将经营生活的方法传授于她。因此,莉迪娅前去拜访艾米利亚,试图得到她的认同。可命运却和女主人公开了一个讽刺性的玩笑:莉迪娅见到的并不是想象中那个举止高雅、仪态端庄的女人,而是一个意识模糊的人。

由此看来,小说中的主人公没有获得她想要的幸福感,理想和现实总在一次次试图逃离的行为中发生激烈的碰撞。事实上,莉迪娅在得到那些所谓的幸福之后(其中包括理想的丈夫、属于自己的餐厅和所获得的金钱),又重新回到了不幸的起点:等待她的是没日没夜的忙碌和没有尽头的对丈夫的照料。女主人公渐渐明白,她之前梦想中的的幸福其实是以寻找钱财为目标的:

> Если бы Мартин был здоров, она б, может, этого и не поняла в дыму брачного счастья. Но поскольку оно кончилось, то Лидии открылось, что счастье выражается здесь цифрами. Больше цифр-больше счастье.

> 假如马尔廷是健康的,她可能沉迷在新婚的幸福中,就不会明白这一点。但是幸福结束了,莉迪娅终于明白了,在这里幸福是用钱衡量的。钱越多,就越幸福。

通读全篇小说我们能够发现,作者想要表达的是这样一种思想:女主人公在经过现实的磨砺之后,应该收获某种更高层次的形而上的东西,而这种高层次的东西要比她在生活中所获得的任何物质资料都重要得多。这种创作意图很好地在小说结局中体现出来。在小说结尾部分,作者向我们交待,莉迪娅一心想见到艾米利亚,急切地想将自己获得的财富和收获在她面前炫耀。但等待她的却是意想不到的失望。那位唯一能够给莉迪娅认可和赞赏的人不存在了,所以莉迪娅无法从他人的认可中获得自己概念中的"幸福感"。作者在文中曾这样描述:

  Забор два раза в год красила... Новые цветы на террасе посадила... Занавески английские повесила... Кто понимает... Туфли Балли, пальто Лоден. Эмилии Карловны нет, поглядела бы.

作者在这里使用了准直接引语。本段以第三人称展开叙述,客观地交代了女主人公有钱以后的生活细节,可作者在句尾并没有使用中性色彩词"посмотрела",而是用"поглядела",微妙地表达出主人公希望得到艾米丽娅确定和认可的虚荣的心态。

乌利茨卡娅用真实、犀利地笔法再现了我们日常生活经常遇见的"莉迪娅"式的人物,甚至我们自己可能就是其中的一员:这类人总想一次次地逃离自己不满的处境。在追求幸福的道路上,他们实现过一些自己设定的"理想",但是,生命中各种变幻无常的因素总将他们领入一次又一次的不幸之中,所以他们永远不可能真正地摆脱现实的困境。如果他们的理想不是建立在某种更高层次的意义之上,而只是些平庸和世俗的东西,那么他们就永远不能感到幸福。我们认为,这才是乌利茨卡娅试图想在这篇小说中向我们传达的理念,一种积极向上的、充满驱动力的人生哲理。

在另一个短篇小说《黑桃皇后》中,乌利茨卡娅同样塑造了一个试图逃离现实困境的女性人物。小说中的主人公安娜是一个善良温顺的姑娘,而她的母亲穆尔却是一个专横跋扈的剥削者,正是她的所作所为致使所有家庭成员遭遇不幸。多年来,为了维系家庭的和谐,心地善良的安娜一直屈从

第三章
乌利茨卡娅小说的艺术形象塑造风格

于母亲在家庭生活中的霸权统治,并为此做出了巨大的牺牲。不过,在安娜的内心深处并非对母亲霸道的性格和行为无动于衷,她之所以对母亲抱有容忍的态度,是因为她自己是一个严格恪守家庭道德观念的传统女性。在安娜看来,维持、照顾家庭成员的生活,竭力完成作为女儿的家庭职责是义不容辞的事情,为此她宁愿放弃自己的爱人,牺牲个人的幸福。

看似平静无波的生活蕴藏着随时可能爆发的反抗力量。安娜的前夫马列克的到来推动了整个故事情节的发展,他的出现改变了家中原有的形势。马列克用无私的关爱征服了所有家庭成员,就连曾经对他怀恨在心的穆尔也消除了之前的敌意。马列克深知应该先与穆尔维持良好的关系,然后再找一个恰当的时机对其进行反抗。穆尔表面上对马列克不作计较,但是她深知,不能让马列克夺走自己在家庭中的地位与威信。因此,在马列克走后,穆尔竭力使家庭生活恢复到原来的样子,她开始重新施展自己的邪恶力量。但是,穆尔无法阻挡马列克对每个家庭成员的影响,特别是对安娜的。在马列克潜移默化的影响下,安娜明白一个道理:对母亲专横统治的归顺就是对邪恶力量的妥协和助长。生平第一次反抗母亲的意念从安娜的脑海中划过——应该打她一耳光——这种想法使安娜的内心倍感轻松。给穆尔一耳光的想法成为小说中女儿对抗母亲霸权剥削行为的唯一标志。不幸的是,这种反抗只能停留在理想中:一天早上,安娜在去帮母亲买牛奶的途中遭遇车祸,意外身亡。女主人公虽然鼓起了反抗邪恶力量和世俗生活的勇气,但是,在她被汽车撞倒那一刻,一切理想都化成泡沫破灭了。安娜倒在汽车前灯前面,望着刺眼的灯光,幻想着自己想要的新生活,在对美好世界的憧憬中死去。

从这样的故事情节中,我们了解到,安娜对现实的反抗并没有给她带来期待的效果。但是小说的结尾却使充满绝望气氛的家庭生活发生了扭转。女作家在尾声部分设置了自己的暗示:每个人都生活在一个封闭的圈子里,就像一个巨大的迷宫,我们总是试图逃出去,但是永远都在兜圈子。安娜的死似乎暗示着作为邪恶势力代表的穆尔的胜利。在小说的尾声部分,穆尔这样说道"Что? Что? Все равно будет так, как я хочу…"(怎样,怎样？不管怎么说,一切还是会照我想要的那样……),但这显然只是穆尔的一厢情愿。安娜虽然死去了,可家人已然感受到由马列克和安娜所带来的自由氛围,家里的形势也发生了改变。安娜的女儿卡佳完成了母亲生前的理想,狠狠打了穆尔一耳光,以此来洗刷她们所受的屈辱。虽然卡佳能做的只不过是打穆尔一耳光,根本无力逃离无休无止的残酷现实的怪圈,但穆尔的邪恶力量终归遭到了惩治。在这看似微小的"一耳光"的力量中,我们依然能够感受到善与恶对抗背后的真善美的存在,并由此陷入深刻的思考：为了信守自己的道德理念,是否值得去牺牲个人的幸福？作者为我们留下的正是这样一个开放性的话题,这也是他的创作初衷所在。

小结:

　　本章分别从意象塑造、情节特色和作品情感色彩三个方面具体分析了乌利茨卡娅小说的艺术形象塑造风格。从处理象、意、情三者之间的关系来看,乌利茨卡娅主要重视对"象"的塑造。从塑造意象的方法上看,作家主要采用客观笔法,也就是常常通过对形象的刻画和塑造来表意和抒情。从情节特色上看,女作家笔下很多小说中的情节都具有未完成性和偶然性的特点,特别是在结尾的设置上,常常令人出乎意料。作家还擅长使用蒙太奇手法进行情节布局,使小说情节具有非连贯性。在情感色彩方面,乌利茨卡娅常常不动声色地将同情、怜悯、批评和赞美等感情深藏于小说文本叙述之中,并且赋予小说积极的情绪。总体来看,象意情三者的关系、形象刻画方法、情节设置方法确实体现了作家个人的特色,这是毋庸置疑的。情感色彩作为作品的审美特征与其他几个因素的区别在于,它一身兼有内容与形式两种性质。但是我们认为,作为一种由内而外散出的作品的情感态度能够对读者构成极大的审美吸引力,所以它应该是构成作品风格的要素,甚至是作品审美构成的核心。

第四章
乌利茨卡娅小说的主题表现风格

文学作品的深层蕴涵是主题思想,即主旨,或曰题旨。这是社会思想、伦理价值、道德观念的取向问题。如果说主题思想的性质与作为表达体系的风格没有直接的制约关系,那么主题的表现方法就不尽然了。有学者指出,"由于社会审美趣味的影响和作家个人的艺术偏好,不同作家或作品各有自己独特的表达题旨的方法。选择和运用这些不同方法的结果,必然影响到塑造形象世界和组织语言叙述的方式方法上来,最终也反映到作品的不同审美特点上。"①由此看来,主题表现的手法也应该被认为是构成作品风格特征的重要因素。

第一节 直抒胸臆与含蓄表达

从整体上看,文学作品的主题思想主要有两种表现方式。一种是作家将作品的中心思想、主题意义和创作意图在行文中表达出来,换而言之,就是作家采用直露的笔法将形象包含的意义明白无误地在故事中讲述出来,有时甚至会将自己的思索和对艺术现实的看法明朗地书写下来,观点鲜明,毫不含糊暧昧。正如亚里士多德在谈论修辞学时所说的:"谈到暴力时,你要用愤怒的口吻;谈到不虔诚或肮脏的行为时,你要用不高兴和慎重的口吻;对于喜事,要用欢乐的口吻;对于可悲的事,要用哀伤的

---

① 王加兴等:《俄罗斯文学修辞理论研究》,哈尔滨:黑龙江人民出版社,2009年,第173页。

口吻。其余以此类推。"①《文心雕龙》中说:"显附者,辞直义畅,切理厌心者也"②,说的也是作家直接抒情,使文字切实合理,读起来令人心满意足。这就是直抒胸臆式的主题表现手法。

传统的小说创作经常采用直抒胸臆的主题表现法。比如俄罗斯现实主义文学大师托尔斯泰就是一位偏爱直接表达作品中心思想的作家。他曾经就此发表过自己的看法:"应当把自己的思想表达得单纯、准确、鲜明到那种程度,以致使每个读了它的人都能够说:'就这样吗?这是多么简单啊!'要做到这一点可得付出大量的紧张劳动。"③在托尔斯泰的多部代表作中,我们可以看到作家对人物形象、生活事实、历史事件、社会状况等发表议论,明白无误地表明自己的观点和立场,鲜明地倡导他认为正确的社会价值观念和伦理道德观念等等。比如,在《战争与和平》中就经常出现作者大段的直接议论。作家以一天才之笔游刃于战争与和平、心理与社会、历史与哲学、婚姻与宗教之间,并针对以上重大问题进行深入、形象地探讨和议论,鲜明地阐发真知灼见。这种直抒胸臆、直言其事、一针见血的主题表现手法使读者获得痛快淋漓的审美享受。又如,我国文学大师鲁迅在《记念刘和珍君》中写道:"我向来是不惮以最坏的恶意,来推测中国人的,然而我还不料,也不信竟会下劣凶残到这地步。况且始终微笑着的和蔼的刘和珍君,更何至于无端地在府门前喋血呢?然而即日证明是事实了,作证的便是她自己的尸骸。"④面对"三·一八"惨案,鲁迅满腔悲愤地写出了这篇直抒胸臆的檄文,态度明朗,观点鲜明,我们能从字里行间读出极其鲜明的爱憎感情,作家也借此深入地声讨和揭露了反动派的罪恶本质,以换取民众的觉醒。总之,直接议论式的主题表现法一般都

---

① [古希腊]亚里士多德:《修辞学》,见《西方文论选》上册,上海:上海译文出版社,1979年,第92页。
② 刘勰:《文心雕龙·体性》,http://www.fox2008.cn/Article/2009/20090305000000_11428.html
③ [俄]托尔斯泰:《论创作》,戴启篁译,桂林:漓江出版社,1982年,第138页。
④ 鲁迅:《记念刘和珍君》,http://www.5156edu.com/page/10-08-06/59085.html

第四章
乌利茨卡娅小说的主题表现风格

会使作品的中心思想具有直观性和鲜明性的特点,这类的作品语言大多通俗易懂,直截了当,情节脉络清晰,故事具有完整性,使人一听就懂,一看就明白。读这样的作品,让人感到情理畅达,爽朗舒服。不过,也正是由于这类作品的主旨过于直接,它们留给读者的想象空间也相应变小了,所以,现当代小说家几乎很少采用此种方法进行创作。

与直抒胸臆相对的便是含蓄表达。这种主题表现手法是指,作者将情志和主旨深藏在艺术形象之中,似有若无,几乎不露痕迹。这种技法具有较强的依附性、客观性和形象性。含蓄表达是小说创作的重要技巧,运用得好既能增强文学作品的主旨表达力度,也能增强其感染力,使抽象、空灵的情感评价具体化、形象化,引发读者的联想与共鸣。刘勰在《文心雕龙·隐秀》中深入地论及含蓄的主题表现手法:"文之英蕤,有秀有隐。隐也者,文外之重旨也";"隐之为体,义主文外,秘响傍通,伏采潜发。譬爻象之变互体,川渎之韫珠玉也。故互体变爻,而化成四象;珠玉潜水,而澜表方圆。"[①]这里所说的"隐"便是"含蓄"之意,刘勰将含蓄的文学风格比作变换无穷的八卦与河流中蕴藏的玉珠,表面上虽看不出什么新奇,但深处却包含着十分丰富和珍贵的东西。现当代不少小说家和文学批评家都擅长使用这种主题表现手法。有学者指出:"主题应是含蓄而非显露,成功的小说中,没有一个主题性的字句,要使读者自己主动地去寻找。"[②]因此,我们认为,中心思想表达得含蓄与间接,能够收到意蕴深厚和意味无穷的艺术效果。作家采用这种方法表达中心思想,其实是对读者的一种信任。俄罗斯现当代作家也倾向采用含蓄表达主旨的写作手法。拉斯普京(В. Г. Распутин)笔下的小说《活着,并要记住》(«Живи и помни»)就是一部主旨表达含蓄而深刻的佳作。作家塑造了两个分别代表正义和罪恶的人物形象,借助描述反面人物的可悲命运揭示了作品深刻的道德

[①] 刘勰:《文心雕龙·隐秀》,http://www.360gaokao.com/a/gkfx/ywfx/gdwx/200911/17312.html

[②] 杨昌年:《现代小说》,台北:三民书局,1997年,第11页。

主题。作者在小说中从未进行正面的道德说教和直接议论,但是,这种间接的笔法反而具有发人深省的力量。小说的主题在曲折含蓄的表达中显得愈加深刻、醒目。当代俄罗斯作家马卡宁(В. С. Маканин)也是一位极具实力和声望的作家。他在其小说《审讯桌》(«Стол, покрытый сукном и с графином посередине»)中运用现代性的创作手法,描绘了主人公对"审讯桌"的各种思索与情怀。作家在小说中赋予很多词语以意象,使它们具有极强的象征意义,暗讽了人与政权的关系问题,解构了苏联体制的"乌托邦"形象。当代俄罗斯作家尤·波里亚科夫(Ю. М. Поляков)在其小说《无望的逃离》(«Замыслил я побег»)中将一个俄国知识分子二十余年冗长的人生经历压缩到仅仅发生在一个上午的人物心态的叙写中。主人公在短短几个小时中的时而紧张激烈、时而纷乱无序的思绪流动中连通着二十余年生活的诸多时刻:初恋、婚姻、家庭生活、职业变迁、情爱的心灵旅程、与社会上各色人的交往等等。作者借用意识流的写作手法呈现了主人公际遇的变迁,成功塑造了一位个性受压抑、对现实失望的人物形象,借此含蓄表达了作者对苏联解体前后社会制度的反思,探讨当代俄罗斯社会知识分子的变化和人文精神沦丧等重大问题。

与当代很多小说家一样,乌利茨卡娅小说中的主题表现手法也具有间接含蓄、意蕴深刻的特点。在本书前两章的论述中,我们曾经阐释和分析过作家小说语言具有委婉含蓄的风格特点;在艺术形象塑造时重视对"象"的刻画,善于采用侧面烘托的手法;小说中的情节常常具有未完成性和开放性的特征;作家在表达情志时也较为温婉含蓄,几乎不作出直接的情感色彩评价和议论。以上这些要素其实都是含蓄表达主旨的常用方法和策略。除了上述艺术表现手法之外,乌利茨卡娅还会在小说中借助一些较为特殊的方法以间接表达作品的中心思想,突出题旨,其中一些方法具有后现代主义的性质,我们将在本章中对此类问题进行重点探讨。

第四章
乌利茨卡娅小说的主题表现风格

第二节 "多视角"叙述手法

视角问题一直是叙述学所关注的重要内容。简单来说,视角就是观察事物的角度,具体谈到文学作品,视角就是指作者站在哪个角度进行叙述和描写,在讲故事的过程中是运用怎样的方式表现自我,又是如何编排、组织故事的顺序和结构等问题。因此,不同的叙述视角能够表现叙述者对人物及所有艺术现实的不同的情感态度,叙述视角的变化也能体现上述情感态度的变化,作品的主题思想也在可在叙述视角的变化中彰显出来。

多视角就是多角度展示,这种叙述策略尤其受到现当代小说家的青睐。

叙述视角与叙述人称之间存在着密切的关系。小说的叙述人称类型分为三种,即第一人称叙述、第二人称叙述和第三人称叙述。第一人称叙述就是指以"我"或"我们"的人称形式展开的文本。根据热奈特的观点,在这种人称叙述类型的小说中,叙述者和故事中的人物为同一个人,"叙述者作为人物在他讲述的故事中出现"[1]。在这种叙述类型中,叙述者视角几乎与人物视角合为一体,导致叙述言语通常具有仿拟格的性质。因此,从艺术审美功能来看,第一人称叙述能使言语变得愈加逼真和生动,较适合用于对人物心理和情感的呈现。

第二人称叙述是指以"你"或"你们"建造的叙述言语。应该说,第二人称叙述小说在文学作品中其实是较少被涉及的,在三种人称叙述的小说中它的使用频率最低,因为从性质上说第二人称叙述是一种霸权式的言语。我国学者祖国颂在其著作《叙事的诗学》中针对第二人称叙述小说

---

[1] [法]热奈特:《叙事话语·新叙事话语》,王文融译,北京:中国社会科学出版社,1990年,第171页。

的性质作出如下分析:"就叙述者'我'而言,接受者'你'就面对面地听着,他们都是在场的。这种在场的叙述者对在场的接受者的叙述,势必要受到怀疑和反驳。任何人在听到别人面对自己叙述自己的心理感受或感情活动时,都会产生紧张的感觉,产生一种无形的压迫感,还会感到不舒服,会随时要去对叙述进行修正和反驳。……我们目前所看到的第二人称小说叙述是一种不平等的话语形式,它无视接受者的存在。所以我们说,第二人称小说的叙述结构是建立在一种全面违反常规的形式上。"① 正是由于第二人称叙述小说具有上述权威性,所以,我们常常能在政治演说、报刊社论、战斗檄文等政论语体的篇章中见到这种叙述类型,因为这样可以使言语具有极强的说服力,保障说话者拥有绝对的话语权,制造出鲜明、直观和强势的修辞效果。不过有一点需要指出,在文学作品中,叙述者所发出的指称"你"或"你们"可以不是言语的接受者,而是作品中的人物,那么它的审美效果就完全是另外一回事了。

第三人称叙述是文学作品中最常见的叙述类型,由于其自身所具有的不拘束缚、灵活多变的特点,所以得到作家们的广泛使用。从叙述视角方面来看,第三人称叙述小说一般有三种视角:即全知全能视角、人物视角和观察者视角。

在全知全能视角下,叙述者以局外人的身份出现,叙述视野开阔,可以毫无约束、无所不知、全面地、多角度地展开讲述,此类视角下的叙述者是一位"有权从任何角度拍照花瓶的摄影师"②。不过,正是因为上述特性,采用全知全能视角的叙述者常常会倾向于在言语中渗透较强烈的主观色彩,因而在某种程度上制约了读者的接受度和审美价值取向。英国文艺评论家乔纳森·雷班(Jonathan Raban)在《现代小说写作技巧》一书中针对全知叙述者的局限性问题作出以下阐释:"'全知的叙述者'在小说

---

① 祖国颂:《叙事的诗学》,合肥:安徽大学出版社,2003年,第178页。
② 赵毅衡:《当说者被说的时候:比较叙述学导论》,北京:中国人民大学出版社,1998年,第119页。

第四章
乌利茨卡娅小说的主题表现风格

中经常是位令人厌倦的向导。他总是想瞒住情节发展的明显的结局,总是把每个人物的一切都和盘托出,一泻无余。其结果是,这些人物被写得索然无味,他们的动机很容易就被人一眼识破。所以,那些所谓的'全知叙述者'大概只是一些称职的间谍罢了。"[1]可见,纯粹的全知全能视角的叙述言语尽管具备诸如抒发情感酣畅淋漓、阐发议论深刻到位的优势,但其审美趣味却相对单一,尤其不能满足当代读者的接受习惯与审美需求。因此,尽管很多现当代小说家在构架整个作品时选取全知全能的叙述视角,但是他们会在叙述过程中融合多种视角的变换,在充分发挥叙述者的全面观察能力之余,适时地收敛自己的眼光,融入各种人物视角进行叙述。这样便有效地突出了人物的个性特征、思想情感和心理状态,达到丰富多彩的艺术审美效果。

人物视角是一种有限视角,是指小说的叙述以小说中的某一位人物的视角展开,通过人物的情感状态及其所知、所感、所想来进行叙述。准确地说,人物视角应该作为上述全知全能叙述小说的补充,因为一部小说,特别是长篇小说,通篇都采用人物视角是很难做到的,叙述者难免会在恰当时机跳脱出来,作出某种描述或议论等等。

观察者的视角与人物视角一样,也属于有限式的叙述视角。但与人物视角不同的是,观察者在小说中并不以某种具体的形象出现,也不参与故事情节的发展,他是隐蔽的,读者看不见,但是却能感觉到他的存在,这样的"叙述者像苍蝇一样完全隐藏或者完全不被人注意,叙述就像苍蝇眼睛看到并记录事物的表象,记录下谈话,但是不解释和评论任何事情(因此没有任何叙述干预),不带有任何情感色彩(因此几乎没有形容词和副词),不进入任何人的内心(因此不说出任何人物的心里想法)"。[2] 其实,一部小说能做到完全由观察者视角展开也是很难的,因为文学作品是形

---

[1] [英]乔纳森·雷班:《现代小说写作技巧》,戈木译,西安:陕西人民出版社,1984年,第2页。
[2] 赵毅衡:《当说者被说的时候:比较叙述学导论》,北京:中国人民大学出版社,1998年,第131页。

象思维的产物,一部作品中的叙述语言不可能像流水账一样仅仅交待事件、人物、行为等等要素。有学者指出,"观察者的叙述视角会使叙述产生许多盲点,所以,有时候叙述者不得不变换一下视角关系,用以填充自身视角的不足。"①

我们在上述段落中简要阐释了小说的三种叙述类型,不同的叙述人称都会对应不同的叙述视角,不过,这种对应并不是机械式的一一对应的关系。比如,在第一人称叙述的小说中并不一定只有"我"的视角存在,而在第三人称叙述小说中也不只有人物或者观察者的视角存在(我们在以下具体分析中来说明该现象)。另外值得强调的是,在现当代小说中,人称的混用已经不是个别现象,很多作家都在创作中尝试在叙述人称上进行变换,这种人称变换使作品具有多视角的特性,这显然符合现代人观察世界和看待事物的习惯。因为,在现实生活中,我们常常会遇到这种现象,即一件事情可能涉及很多人,有多少人,就会有多少种解释和看法,统一的定论很难形成。有些作家在谈创作体会时说道:"我运用一种新技巧,即通过每个家庭成员叙述自己的身世,使读者能够比较深入地了解成千上万的家庭状况。采用这种技法,便可以使读者对书中的每一个人物……能有一个渐增的、多面的、全景的了解。"②由此不难看出,采用多视角进行叙述体现出叙述者遵从客观现实的态度,作家恰当运用多视角还能够比较含蓄、准确地揭示出作品的题旨,同时增强小说的艺术性和可读性。

下面我们来具体考察乌利茨卡娅小说所具有的多视角叙述特色。

从整体上看,乌利茨卡娅的大多数小说都是以第三人称展开叙述的。从叙述者的语言和态度方面来看,作品中的叙述者常常是一个来自日常生活,善于观察而又贴近主人公生活,特别是熟悉女性生存状态的讲故事

---

① 祖国颂:《叙事的诗学》,合肥:安徽大学出版社,2003年,第197页。
② 李保初:《创作技巧学》,呼和浩特:内蒙古教育出版社,1993年,第298页。

第四章
乌利茨卡娅小说的主题表现风格

的人。他对生活在社会底层的"小人物"(特别是女性)富于同情心,但这种同情又不直露。每到关键时刻,他都不惜笔墨,极其善于描绘,特别是在叙述中,常常包容着人物的内心语言,所以呈现出叙述语言与人物语言水乳交融、似分似合的审美态势。这时的叙述语言便具有巴赫金所说的"一语双声"的特点,而这种叙述语言也恰恰是观察作品叙述视角以及叙述者和人物之间距离亲疏远近的最佳载体。上述叙述特色具体反映在语言表达手段上,就是下面我们要重点探讨的准直接引语现象。当然,人物言语类型中的直接引语和间接引语都可能在某种程度上也体现出语言的多声性特点,换而言之,有时在直接引语和间接引语中也会有多视角的存在,但是这两种引语形式的多视角特点远不如准直接引语典型和复杂。乌利茨卡娅在小说中经常借助准直接引语形式进行故事叙述,将人物主体意识和叙述者的情感态度融为一体,委婉含蓄地表达作者的情志和作品的主题。

一、准直接引语的运用

准直接引语(несобственно-прямая речь,也有学者将其译为"非纯直接引语")是一种重要的转述语方式,它作为一种修辞兼句法手段被广泛地运用于文学作品中。早在19世纪,这种手法及其各种变体就受到文学大师们的青睐。普希金是俄国文学史上首次运用准直接引语的作家,这对于俄国文学乃至世界文学的发展起到了深远的影响。在文艺学和语言学史上,准直接引语的定义可谓花样繁多,各国学者都以自己独特的视角为其下定义,希望能够尽量科学地描述这种语言现象。第一个关注该语言现象的是19世纪德国语言学家托勃雷(А. Тоблера),他将其定义为"直接引语和间接引语的混合体"[①]。随后,卡莱普基(Т. Калепки)和洛克(Е. Лорк)发展了托勃雷的观点:卡莱普基从审美功能上对这种"混合

[①] Лю Цзюань. Несобственно-прямая речь в художественных произведениях. Компания и спутник,Москва,2006,—19 с.

体"现象做了进一步分析,洛克则将这种语言现象命名为"被体验的话语"①。真正将这种现象明确命名为"准直接引语"②的是德国批评家勒特(Г. Лерх)。这里必须要提及的是德国的法语语言学家巴利,他将这种语言现象命名为"自由间接风格"③。这一命名对后来英美学术界的"自由间接话语""自由间接引语"等概念的产生十分巨大的影响。总体来看,西方学者对该引语形式主要持有两种观点:一是从语言学角度出发,将这种引语视为介于直接引语和间接引语之间的句法形式,是两者之间的过渡。二是从审美层面出发,认为该引语同时反映出作者和人物的声音,使叙述话语和人物话语互相干扰,是一种具有特殊审美效果的修辞手法。

俄国批评界也不乏这方面的研究。谈起具有深远影响的批评家,我们首先应该提到卡兹洛夫斯基(П. П. Козловский)。他是俄国语言学史上第一个对准直接引语问题予以关注的学者。其实,卡兹洛夫斯基几乎与德国的托勃雷同时注意到该语言现象,并将其定义为"讲究修辞的言语"④。著名语言学家维诺格拉多夫多年从事准直接引语的研究,他把对该引语现象的分析与克雷洛夫、普希金、果戈理、陀思妥耶夫斯基、托尔斯泰等经典作家作品中的语言和文体问题研究相结合,最终发现准直接引语的产生与发展与俄国文学作品的文体发展相联系。这对后来的俄语语言文学产生了重要影响。维诺格拉多夫将该引语视为一种极富表现力的句法现象,人物内心语言被包含在作者的叙述语之中,由此看来,维氏已经将它视为兼具句法学和修辞学意义的手段。另一位专家沃洛什诺夫(В. Н. Волошинов)在著作中着重剖析了准直接引语中叙述话语与人物话语之间的关系,并将准直接引语定义为一种"存在于作者话语与人物话

---

① Лю Цзюань. Несобственно-прямая речь в художественных произведениях. Компания и спутник, Москва, 2006,第 20 页。
② 申丹:《叙述学与小说文体学研究》,北京:北京大学出版社,1998 年,第 274 页。
③ 同上书。
④ Лю Цзюань. Несобственно-прямая речь в художественных произведениях. Компания и спутник, Москва, 2006,—21 с.

第四章
乌利茨卡娅小说的主题表现风格

语之间的干扰性话语形式"①。随后,阿列克谢耶夫(A. B. Алексеев)继续探讨了作者话语与他人话语之间的语义关系,他最具贡献的观点是,准直接引语不再是一个语法学概念,而是一个修辞学范畴的概念。

从形式上看,学术界普遍认为,准直接引语在人称和时态上形同间接引语,但在其他语言成分上与直接引语十分相似。从叙事学角度来看,这种引语是叙事话语和人物话语相互关系的外化形式,它体现了文学语言的多声性特点。俄国学者巴赫金在其著述中提出的观点令人深省:"在话语和话语对象之间,在话语和讲话人之间,存在着一个难以穿越的稠密地带。那里是他人就同一个对象而发的话语,是他人就同一个题目而谈的话。"②白春仁先生也对文学作品中人物语言的多声性作过详尽的阐释:"文学叙述的复杂性就在于,单声语往往在自身中溶进别的主体的声音,亦即摄入他人话语,从而形成了和声。一个主体的话语中,如果听得出两个或者更多的声音,这就是所谓双声和多声的叙述语言。反过来说,凡是多声语,必须是在一个主体的话语中,混合着他人的身份、格调、态度。不言而喻,多声的出现,往往与某种特定的修辞目标相联系。"③准直接引语便是上述"稠密地带"得以形成和"特定修辞目标"得以实现的语言手段之一。截至目前,我国俄语学界对该引语的相关研究较少,只有少数学者对其进行专门的阐释和论述。有学者尝试从文学修辞学角度该引语进行探讨,而非仅停留在句法学角度,将其分为具有语域特征型和视角特征型④;有学者对准直接引语作出较科学的定位,认为准直接引语就是以作者或者叙述者单一的叙述语形式出现(这种叙述语式具有作者或叙述者的句法学特征),但是,这种叙述却间接指向人物的个性意识,并且,在这

---

① Лю Цзюань. Несобственно-прямая речь в художественных произведениях. Компания и спутник, Москва, 2006, —21 с.
② [俄]巴赫金:《巴赫金全集第三卷》,钱中文主编,石家庄:河北教育出版社,1998年,第55页。
③ 白春仁:《文学修辞学》,长春:吉林教育出版社,1993年,第227-228页。
④ 王加兴:《试论俄语准直接引语》,《解放军外国语学院学报》,1999年,第3期。

种间接指向中还包含着一种作者(或叙述者)与人物之间的意向对话。①我国学者刘娟在其著作《文学作品中的准直接引语》中谈到,准直接引语是一种独立于直接引语和间接引语的他人话语方式,她关注的重点在于准直接引语的内在精神,而非单纯的外在形式。本书提出了准直接引语的三个判断标志:1.带有不同于作者叙述的词汇特点、句法结构和情感色彩;2.摆脱引导句,引语本身为独立句;3.具有直接引语的语调、节奏、感染力等。② 综合以上有关准直接引语的各种阐释,我们认为,准直接引语应该是一种独立的人物言语的表现形式,它以叙述语形式出现,但体现了人物的主体意识,即具有"一语双声"性。总之,任何一种有关该引语形式的论断都不否认一点,即准直接引语高度表现出文学作品作为一种语言文字艺术的复杂性和特殊魅力,对它的研究可以帮助我们更好地理解作者的写作风格和创作意图。

具体谈到准直接引语在文学作品中的表现形式,我们根据《文学作品中的准直接引语》一书中的理论原则,将其概括为三种:它既可以表现为词和词组,也可以表现为独立的句子,还可以表现为大量的内心独白。不同类型的准直接引语反映了不同的叙述者与人物之间亲疏远近的程度,换而言之,也就反映了作者不同的创作意图。表面上这种分类方法是以语言形式为原则,实质上在不同形式的背后恰好反映了叙述视角和叙述距离的不同,反映了作者创作意图和作品审美情趣的不同。

下面我们从以上三个方面来分析乌利茨卡娅小说中的准直接引语,以便考察女作家小说所具有的多视角叙述语言风格。

1. 以词和词组形式出现的准直接引语

这种类型的准直接引语以独立且简短的词或词组出现,本质上属于人物的话语,但是却以叙述者的语言表述出来。这种类型形式上比较隐

---

① 陈浩:《论巴赫金的引语修辞理论》,《绍兴文理学院学报》,1999年,第3期。
② Лю Цзюань. Несобственно-прямая речь в художественных произведениях. Компания и спутник, Москва, 2006, —53—56 с.

第四章
乌利茨卡娅小说的主题表现风格

秘,不易被发现。从功能上说,它不是为了着重表达某种创作意图或思想,而主要是为了揭示人物的观点。我们认为,此类型的准直接引语几乎完全表达了人物的观点,但是借叙述者之口表述出来。从叙事学的视角来看,这里叙述干预程度较低,叙述距离较大。需要特别强调的是,即使如此,此种类型的准直接引语还是有作者介入的痕迹,作者虽然不重在表达某种创作意图,但是创作意图不可忽略不计。当然,究竟是什么创作意图,必须深入到语境中进行考察。比如长篇小说《您忠实的舒里克》中的句子:

  Это было тем более обидно для Верочки, что было уже все договорено и решено-через несколько дней должен был приехать счастливый отец, чтобы наконец объединиться с возлюбленной. В этом самом месте как раз и находилась единственная точка расхождения между обожающими друг друга матерью и дочерью.

  对于薇拉来说,事情这么早就被下了定论让她感觉不悦——因为再过几天,孩子幸福的父亲就会抵达莫斯科,并将与他深爱的女人厮守在一起。可是在这一件事情上,深爱彼此的母亲和女儿观点恰恰相反。①

这段叙述出现在小说第二章,故事背景如下:舞蹈演员薇拉和钢琴家列万多夫斯基在剧团演出时偶然相识,之后便产生了炽烈的感情,即使薇拉了解她心爱的男人是已婚人士,但他的坦诚感动了她,使她更加坚定地为之付出真心。虽然他们身处异地,见面机会不多,但是他们深深地被对方吸引。不久之后,薇拉怀上了列万多夫斯基的孩子,并打算将孩子生下来,憧憬着未来三口之家的幸福生活。薇拉的母亲伊万诺夫娜凭借自己的人生阅历,坚持认为列万多夫斯基并不可靠,她觉得列万多夫斯基不会回来与薇拉生活,所以常常告诉女儿不要对他抱有幻想。上面的叙述就

---

① [俄]乌利茨卡娅:《您忠实的舒里克》,熊宗慧译,台北:大块文化出版社,2008年,第20页。

出现在伊万诺夫娜与薇拉的对谈之后。本段中的一个词引起我们的注意,即形容词"счастливый"。初读到该词所在之句时,我们可能会认为这就是一个修饰"父亲"列万多夫斯基的普通形容词,道出了"父亲"真实的感受。但是读罢整部小说便得知,列万多夫斯基面对孩子出生的消息并不感到"幸福",而是极其矛盾和为难的心情:一边是他不幸的婚姻生活和多病的女儿,一边是他与薇拉炽烈的爱情和新生的儿子。经历了艰难的思想斗争后,伊万诺夫下决心要离开自己的妻子和女儿,却不料死于一场交通意外。由此看来,这里的"幸福"并不是"父亲"的感受,也不是叙述者的情感态度,而是薇拉想象中的列万多夫斯基的态度。作者在这里以叙述者的口吻表达了人物的观点,叙述干预程度较低。

又如小说《索尼奇卡》中的典型范例:

> И тут Сонечка впервые разглядела его: прямые брови, нос с тонкой хребтиной, сухой рот с выровненными губами, глубокие вертикальные морщины вдоль щек и блеклые глаза, <u>умные и угрюмые</u>...

> 索尼奇卡此时第一次看清了他:直线般的眉毛,细高的鼻梁,干瘦的平平的嘴巴,双颊上竖划着几道深深的皱纹,淡色的眼睛里闪烁着<u>智慧和阴沉的神情</u>……

这是一段有关小说男主人公罗伯特的外貌描写,这段描写被安排在罗伯特向索尼奇卡求婚的情节之后。从小说开篇到此处为止,作者总共进行了三次罗伯特的外貌特征描写,而每次呈现出的外貌特征都互不相同,从不同角度展开。与前两次外貌描写相比,这次描写不再仅限于对罗伯特体态特征的描绘,还增加了对他的面部表情和神态的刻画。如果说前两次外貌描写是作者对罗伯特外表相对客观地素描,那么第三次外貌描写就完全是以作品人物的视角展开的。本段中的"умный"(智慧的)和"угрюмый"(阴沉的)两个词汇便集中体现了这一点。女主人公索尼奇卡在罗伯特拿出求婚礼物之后,便被他深深吸引。她突然意识到,这个之前

第四章
乌利茨卡娅小说的主题表现风格

并没引起自己注意的陌生人竟然如此不同寻常。一方面,她被罗伯特的表白行为感动了,所以,在索尼奇卡的眼中,罗伯特是一个"智慧的"人;另一方面,索尼奇卡面对一个陌生男人如此大胆和直接的行为感到十分震撼,她对这个男人一无所知,缺乏必要的安全感,罗伯特"阴沉的"神情令她感到深不可测。可见,这两个形容词恰如其分地体现了索尼奇卡此时对罗伯特的矛盾感受,即一种又兴奋、又有些迟疑的心理。作者采用人物的视角对罗伯特的眼神进行刻画,既生动形象地向读者交待出索尼娅对未来丈夫的感受,又准确地为之后罗伯特出轨的故事情节埋下伏笔,达到了语言流畅又充满张力的审美效果。

2. 以句子形式出现的准直接引语

准直接引语作为一种重要的修辞手段,还经常以简短且独立的单句或复合句中的分句形式出现。此种类型的准直接引语常常借助语气词、感叹词等情态词汇,或者直接使用感叹句、疑问句及无人称句等,借以体现人物的主体意识。我们认为,这种类型的准直接引语不但简单揭示出人物的思想,它还体现了叙述者的思考,作者的创作意识更多地体现出来。从叙述学角度来看,这种引语中叙述者的干预程度比第一种类型加深,叙述者与人物的关系相对密切,叙述距离进一步拉近。乌利茨卡娅小说中此种类型的准直接引语相对较多,比如下面这个片段:

> Он посмотрел на отца отстраненным взглядом: отец был еще вполне ничего, русые волосы почти без седины, яркие глаза, худой, не расползшийся... И он представил себе с ним рядом какую-нибудь из молоденьких девушек, которых так много приходит в их дом... Да, возможно. Очень даже возможно... Он попробовал вообразить их дом без отца, и его насквозь прожгло.

> 他用审视的眼光看了看父亲:父亲真还不错,淡褐色的头发,几乎还没秃顶,眼神明亮,身材瘦削,没发福……他想象父亲身边站着一位年轻姑娘——来他们家的有不少那样的姑娘。<u>是的,有可能,甚</u>

至很有可能! 他还试着想象他们家如果缺了父亲会怎样,这样一想他顿时感觉全身像被烧焦了一样。①

上述片段出自女作家短篇小说《大儿子》。本篇小说讲述了一个普通家庭中的所有成员如何面对女主人的私生子并与其相处的故事。故事中的父亲毫无疑问地成为了维系这种特殊关系的关键人物,因为面对妻子婚前曾与别的男人相爱并产生爱之结晶的现实,父亲的态度是宽容还是计较,这直接决定了他们家庭生活的气氛。多年来,为了家庭的和睦,父亲和母亲都一直向家人保守这个不可告人的秘密,直到有一天这个秘密被母亲的密友在小儿子面前抖了出来。父亲知道,这个秘密再也守不住了,所以下定决心要将真相告知大儿子丹尼斯,让他知道自己的真实身份,于是父亲将丹尼斯找来谈话。上述片段就发生在父亲与丹尼斯正式谈话之前,是丹尼斯对父亲谈话内容的揣测。通过观察我们发现,上述段落以第三人称叙述展开,句子中的"他"代指丹尼斯。本段先以作者的叙述口吻展开对父亲外貌和神情的描绘,之后便叙述了丹尼斯的内心活动。在作者的叙述中,段落中画线的句子"Да, возможно. Очень даже возможно..."引起我们的注意。这两句话是丹尼斯对父亲与母亲离婚的猜测,与现实毫不相干。这两个简单句摆脱了前句中的人称"他",是两个无人称句。既然是无人称句,我们不禁会想,这究竟是主人公丹尼斯的话,还是叙述者的话呢?我们认为,它们既可以看作是出于主人公的视角,又可以看作是出于叙述者的视角,换而言之,叙述者和人物在这里几乎融为一体,叙述者随着情节地不断推进,与人物共同经历生活中发生的事情,所以有着和人物相同的心理过程。从本段的叙述距离上看,作者先是以叙述者的身份客观呈现事实,与人物保持一定的距离,之后与人物的视角融合在一起,与人物共同体会和思考,与人物距离贴近,然后又回到之前叙述者的身份,相对客观地描绘人物的状态。总之,叙述者与人物的

---

① [俄]乌利茨卡娅:《大儿子》,张俊祥译,见《当代外国文学》,2006年,第4期,第7页。

第四章
乌利茨卡娅小说的主题表现风格

声音分分合合,陈仓暗渡,达到了语言变幻多端、丰富多彩的审美效果。

又如小说《野兽》中的片段:

> Вечером все получилось как нельзя лучше-столы богатые и красивые, как Сергей любил. Пришли все, кого Нина хотела видеть: Сережины друзья, и его двоюродный брат с семьей, и одинокая золовка, которая Нину недолюбливала, ⟨...⟩ Все говорили про Сережу хорошие слова, отчасти даже и правдивые: о силе его характера, о смелости и мужестве, о таланте. Правда, сестра его Валентина ухитрилась как-то вставить, что Нина детей ему не родила. Но Нина и бровью не повела-это место в своей жизни она давно уже оплакала. И ему простила, что заставил ее, дуру, без памяти влюбленную... Вот мама никогда не простила. <u>Да и что теперь об этом вспоминать, в тридцать девять-то лет...</u>

> 晚上,一切都进行得很好,好得不能再好了。饭菜丰盛而漂亮,就像谢廖沙从前喜欢的那样。所有尼娜想见的人都来了:谢廖沙的朋友们,他表兄一家人,还有尼娜不喜欢的独身小姑,……所有人都说了谢廖沙一些好话,其中有一部分甚至是真实的:说到了他性格的力量,他的勇敢和大胆,他的天分。的确,他的妹妹瓦莲京娜不知怎么插了一句话,说尼娜没给他生孩子。但是,尼娜连眉毛都没动一下,因为她早就为生活中的这个问题流干了眼泪。她也原谅了谢廖沙,原谅他扔下她这个爱得不知所措的傻瓜……而妈妈从来都不原谅。<u>可是关于这点还有什么好回忆的呢,都已经 39 岁了……</u>①

小说中的这个片段发生在女主人公尼娜的丈夫谢廖沙去世一周年的纪念聚会上。作者先以叙述者的视角客观交待和描述参加追思会的人员以及人们向谢廖沙表达思念的场面,向读者描绘了谢廖沙生前的性格与

---

① 陈方:《当代俄罗斯女性小说研究》,北京:中国人民大学出版社,2007 年,第 175 页。

为人,也顺便交待了尼娜与谢廖沙的妹妹关系不融洽的事实与原因。整段文字以第三人称叙述开始,作者以平和、顺畅的语调将事情的始末娓娓道来,当涉及故事的主要矛盾,也就是尼娜、尼娜的妈妈以及谢廖沙的妹妹之间不和谐的人际关系时,作者插入了准直接引语"Да и что теперь об этом вспоминать, в тридцать девять-то лет...",传达出尼娜虽然原谅了谢廖沙的妹妹瓦莲京娜,但是依然怀着一种无可奈何的不快心情。作者巧妙地转换了叙述视角,在叙述中融入人物的声音,两种声音在段尾合并成一,这种多视角的叙述语言一方面生动形象地传达出主人公尼娜的真实想法,另一方面也表达了作者对她生活经历的理解和看法,点名了小说的创作主题,即人与人之间的相互误解是造成人之孤独感受的根源所在。

3. 以篇幅形式出现的准直接引语

这种类型的准直接引语与上述两种类型有明显的区别,它的功能"是为了重点揭示人物斗争的内心世界、微妙的思想过程和心灵体验。"[1]对于女性作家来说,篇幅形式的准直接引语是她们最擅长使用的,因为利用这种话语方式可以更为生动和细腻地刻画人物的内心世界,特别是展现女性人物的思想感情和心理变化。我们认为,从表面上看,这种类型的叙述者仿佛并不存在,他最大限度地偏离叙述角色,与人物进行亲密接触,努力替人物说话,叙述距离进一步拉近,叙述干预程度较深。这种类型的准直接引语的明显标志就是,篇幅中含有富有表现力的句子,可能是排比句,可能是具有修辞色彩的问句,可能是感叹句,也可能是倒装句等等。其中,具有修辞色彩的问句是最常用的手法。乌利茨卡娅在其小说中使用了很多篇幅形式的准直接引语,用来表现女性人物的心理活动。比如在长篇小说《库克茨基医生的病案》中,作者是这样采用准直接引语来赋予小说多视角的特点的:

---

[1] Лю Цзюань. Несобственно-прямая речь в художественных произведениях. Компания и спутник, Москва, 2006, —78 с.

第四章
乌利茨卡娅小说的主题表现风格

Елена Георгиевна сидела на узкой деревянной скамье позади церковного ящика и ожидала знакомого священника. Служба уже окончилась. Прихожане разошлись. Уборщица позвякивала ведром. Гулкой тишине храма шли эти мелкие металлические позвякивания... В трапезной обедали священники, церковный староста и регент, и до Елены доносился запах жареного лука. Освещение в храме было самое что ни на есть театральное-полумрак разрубали толстые столбы солнечного света, падающие от довольно высоко расположенных окон, и попадающие в эти световые потоки иконы сияли отчищенными окладами, горели медные подсвечники, а куда свет не доставал, оттуда шло только загадочное мерцание, блики, колыхание догорающих свечных огней... На душе у Елены был мир и тишина. Ради этих минут и приходила она сюда: беспокойства ее казались сейчас суетными, проблемы-несущественными и ожидаемый давно разговор неловким и фальшивым... Может, напрасно просила она отца Владимира о встрече? Может, и не надо никому ни о чем рассказывать. И как рассказывать? Да, мир распадается на куски. Но ведь она и сама прекрасно понимает, что распадается не мир, а ее сознание, и отбиваются драгоценные осколки со знаниями, воспоминаниями, навыками жизни... Она бы пошла к невропатологу, к психиатру, а не к священнику, если бы в трещины расколотого сознания не проникало нечто постороннее, точнее, потустороннее, голоса и лица, все нездешнее, тревожное, но иногда и невыразимо прекрасное... Прелесть? Обман? Как сказать это?

叶莲娜坐在教堂后面一张窄小的木头长椅上,她正在等那个认识的神父。礼拜已经结束了。来的人都散去了。清洁工把水桶弄得叮叮咣咣响。这不大的金属声响与教堂里回声隆隆的寂静非常般配……饭堂里，神父们、教堂执事和合唱指挥正在用餐，煎洋葱的味道传到了叶莲娜的鼻子里。教堂里的照明和剧院里的一模一样。粗大的太阳光柱从相当高的窗户里射进来，切开了昏暗，沐浴着这些明亮光束的圣像，上面的金属装饰片跃动着洁净的光芒，铜质烛台上燃着蜡烛，而在光线照不到的地方，只有神秘的光闪，点点光斑还有未燃尽的烛光左右摇摆，叶莲娜的心里安详而又平和。<u>她就是为了这样的时刻才来到这儿的，现在看来，她的不安是无谓的，难题是无关紧要的，而盼望已久的谈话是令人尴尬而虚假的。也许，她请求和弗拉基米尔神父见面是多余的？也许，什么都不该对别人说。又怎么说呢？是啊，平和的心态已经支离破碎。可是，就连她自己也清清楚楚，破碎的不是平和的心态，而是她的意识，那些包含着知识、回忆、生活技能的珍贵碎片也四散而去了……她也许应该去找精神医生、心理医生，而不是神父，如果在破碎意识的裂痕中没有渗透进某种更陌生、更准确、更彼岸的东西的话，声音和面孔，一切都不是此地的，都是不安的，但是有的时候又难以言说地美好……美好？欺骗？这些又该怎么说呢？</u>①

本段文字出现在小说第一部分的第二十三章。女主人公叶莲娜来到教堂，试图与神父交谈关于女儿塔尼娅的困扰和麻烦。作者以第三人称叙述开始，先以叙述者的视角描写了叶莲娜到达教堂后所见到的教堂及其周围环境，制造了一种祥和、安静的氛围。然后逐渐进入主人公的内心世界，向我们展示了一个在生活困境面前极其矛盾的、几近发狂的心灵世界。上述段落中划线的部分描写了女主人公思想感情和心理状态。这段话从头到尾没有引导句，由大量的疑问句、感叹句和省略句组成。从表面上看，这里的叙述者好像消失了，叙述者突然从之前的描写周围环境的身

---

① [俄]乌利茨卡娅：《库科茨基医生的病案》，陈方译，桂林：漓江出版社，2003年，第200页。

第四章
乌利茨卡娅小说的主题表现风格

份中抽离出来,最大限度地偏离叙述角色,与人物的声音和视角进行亲密接触,替人物说话,使读者难以辨别这段话究竟是出自叙述者还是主人公,造成丰富多变、意犹未尽的审美效果。这样的叙述方式不仅细腻、生动地揭露出人物的所思所想,还传达出作者对女主人公生活经历的深切理解和无限同情,深化了作品的主题。总之,作者常常在同一叙述语流中运用双重视角,极大地增强了叙述言语乃至人物形象的丰富性与复杂性,获得了单一视角叙述难以比拟的艺术效果。

通过以上分析,我们认为,乌利茨卡娅在小说创作的艺术形式上注重字斟句酌,用多种手法表达题旨,使作品达到丰富多变的艺术效果,而对准直接引语的运用更体现了女作家细腻精致、委婉含蓄的写作风格,作家对笔下人物及其事件的情感态度,诸如同情、讽刺等,都能通过对该引语的反复琢磨和分析可见一斑。对乌利茨卡娅小说中准直接引语的分析与研究是把握其艺术创作总体风格的特殊视角之一。

二、第三人称叙述与第一人称叙述的交替

乌利茨卡娅小说的多视角特色还体现另一个侧面,即作者常常在一篇作品中交替运用不同的叙述人称,试图在人称的变化中调节读者与所描述事物的距离,获得或亲近、或超脱的多种审美效果。从揭示人物内心活动来看,作者除了会采用上述我们讨论的准直接引语方式之外,还会采取变换叙述人称的写作技巧,从第三人称叙述转换成第一人称叙述,从"我"的视角展开故事情节,用大段的笔墨将人物(特别是女性人物)的所思所想淋漓尽致且细腻到位地和盘托出,此时,人物心理世界言无不尽地展示在读者面前。

长篇小说《库克茨基医生的病案》就是女作家上述叙述策略的典型范例。这部长篇小说共分为四个部分。第一部分是最现实也是最客观的部分,讲述了作品主人公以及次要人物的生活,其中还描写了影响人物世界观的很多细节。在这部分插入了"叶莲娜的第一个笔记本",以第一人称视角对叶莲娜的生活思考进行了细致的阐释。这里也顺便提及了叶莲娜

关于"死亡并不存在"的观点。小说的第二部分是女主人公幻想的部分，也就是叶莲娜进入"第三种状态"的生活和思想。小说的第三部分开始叙述库克茨基家庭的年轻一辈——塔尼娅和她周围的生活。小说的最后一个部分篇幅较短，重点交代了库克茨基后辈的生活结局。此时，冉尼娅的母亲(塔尼娅)和祖父(巴维尔)都已不在人世，但是她的怀孕象征着家族的延续，象征着人类生命之光永不熄灭。这部长篇小说既具有现实主义的传统性质，也具有浓烈的后现代主义特色。作品中有关叶莲娜心理和精神的展现和描绘就是其后现代性的重要体现之一。可以说，女主人公叶莲娜所有的生活和思想都是以她的两个笔记本的形式展现出来的。在笔记本中，作者借助叶莲娜的口吻，讲述了她所有的思想状态、情感体验和人生遭遇，建立起了一个属于她私人生活的大事记。那么作者为什么要以日记(笔记本)的形式，采用第一人称视角来揭示女主人公的一切思想和感受呢？根据巴赫金的观点，在日记体的小说中，"作者的思想进入他人言语，并在他人言语中扎根下来，不与人物思想相冲突，并沿着人物的思想继续下去。"①换而言之，作家以笔记本为媒介，更准确地、更生动地来描绘主人公那些难以捉摸、变幻莫测的思想和记忆："Пишу постоянно себе записки-не забыть то, не забыть это."（我经常给自己写一些字条——别忘了这个，别忘了那个。）；"В глубине души я подозреваю, что это начало какой-то ужасной болезни."（在内心深处，我怀疑这是某种可怕疾病的开始。）女主人公叶莲娜用字条、日记等方式写下生活中发生的种种事情和感受，目的就是为了守护自己身处的现实世界以及她认为很珍贵的个人意识。在叶莲娜的两个笔记本中，作者向读者展示了女主人公的成长历史。这里记录了叶莲娜倍感孤独的童年记忆，记录了她在卫国战争时期患上阑尾炎后与库克茨基医生初次见面的经历和感受，记录了她嫁给巴维尔并与他一起抚养自己的女儿塔尼娅，记

---

① Бахтин. М. Проблемы поэтики Достоевского. Сов. Россия, Москва, 1979, —224 с.

第四章
乌利茨卡娅小说的主题表现风格

录了夫妻之间感情出现裂痕的原委,记录了她被一种可怕的精神疾病日益折磨的遭遇。

从内容上看,两个笔记本中所叙述的事情与小说的其他部分相比缺乏明显的连贯性。比如,从女主人公的第一个笔记本中我们了解到,叶莲娜的思绪和记忆都是间断的,一些"起到说明和解释作用的气味、声音和物品"①就能打断她的思绪,并由此引发她一段新的回忆或联想。从第二个笔记本中我们发现,由于病情恶化,叶莲娜开始变得神志不清,所以笔记中所记录的故事情节具有很大的跳跃性,主人公的叙述更加缺乏逻辑性。从笔记中呈现出的语言特点上看,叶莲娜变得语无伦次,并且在其言语中出现很多语法、拼写等语言错误,叙述结构上也缺乏逻辑性,可见,她的意识完全是恍惚的。我们来看下面的片段:

> Завтракла. Принимла таблетки. Обедала. У Козл. в чертежах две ошибки. Насколько приятней работь для конструкторов. У них граздо более грамотные сотрудники.⟨...⟩ Оказывается, уже май. Непременно надо писать даты. А то время совершенно, как каша. ПА сказал, что хочет снять дачу. Мне кажется это излишним. Какой представляет себе-мы с Василсой переедем, он будет приезжать на субботу-воскресенье, девочки вообщ неизвестно, приедут ли хоть раз за весь сезо. И кто будет в Моксве весь дом вести. И Василис тоже против. Она тут уезжала на богомолье на на насколько дней, так дом просто рассыпался. Только вечером ПА приходил, тогда и жизнь наначиналась. Я даже один день из постели не вствала. На кухне все переставлено, не знаю, где кастрюли, где что... А, может, я просто забыла?

> 我吃了早饭。我吃了药、我吃了午饭。格兹洛夫的图纸上有两

---
① [俄]乌利茨卡娅:《库科茨基医生的病案》,陈方译,桂林:漓江出版社,2003年,第104页。

个错误。为建筑师工作是多么开心啊。他们那里的工作人员要更内行一些。……原来,已经是5月了。应该马上写上日期。要不然时间就会像一锅粥一样。巴·阿说他想租一栋别墅。我觉得这是多余的。就像他设想的那样——我和瓦西里萨搬过去,他每逢周六周日的时候去,孩子们根本不知道,整个夏季也许会来一次。那谁在莫斯科看家呢?瓦西里萨也反对。她现在出门做祈祷去了,已经好几天了,所以家里简直散了架。只是在巴·阿晚上回家的时候,生活才开始。我有一天甚至都没起床。厨房里的所有东西都乱了套,我不知道锅在哪儿,什么东西在哪儿……也可能,我只不过是忘了?①

上述段落以第一人称"我"展开叙述,记录了叶莲娜一天的生活场面。段落中划线的词汇和句子中存在拼写错误或语法错误。其实,作者着重要向读者呈现的正是叶莲娜混乱的精神状态和内心,而不仅仅是她的生活画面,而这种不合章法的语言形式和叙述结构刚好能够诠释主人公混乱的心灵世界。

从形式上看,在小说中插入笔记本的手法就是后现代主义所擅用的"拼贴"。两个"叶莲娜的笔记本"的拼贴都产生在女主人公进入昏迷状态之后。这样的"拼贴"具有特殊的艺术审美功能。类似的小说叙述虽然看上去十分松散,但是其内在所具有的关联性使"拼贴"后的文本具有极强的张力,读者能从中受到较大的审美冲击。总之,与小说中其他章节的叙述人称相比,笔记本采用的第一人称叙事策略使叙述视角发生了变化,这种变化使小说中不同的声音交织在一起,形成了不同的话语进行对话的局面。换而言之,在以第三人称叙述展开的整部小说中偶尔穿插进第一人称叙述的相关段落,这样的人称的变换带来了叙述视角的多样性,作品由此收到更加真实可信和丰富多彩的审美效应。

不过,第一人称叙述言语并非这么简单,我们绝不能认为在以"我"为

---

① [俄]乌利茨卡娅:《库科茨基医生的病案》,陈方译,桂林:漓江出版社,2003年,第328页。

第四章
乌利茨卡娅小说的主题表现风格

视角的叙述中只存在一种视角。通常认为,在第一人称叙述中,由于叙述者"我"是作品中的某一个人物,所以他不可能进入别人的意识进行全知全能的叙述。事实却不是这样。有许多学者已经注意到,第一人称叙述也可以具备全知全能的特征,所以将第一人称小说叙述分为"第一人称回顾性"和"第一人称经验性"两种①。在前一种叙述中,第一人称叙述者采用"俯瞰"的视角,进行全方位的叙述,所以可以是多视角的;而在后一种叙述中,第一人称叙述者则采用当时事件发生时视线所及范围内的视角,所以属于有限叙述。我们以下述片段为例进行阐释和分析:

> В доме стало совсем плохо. Всем плохо. Только маленький наш приемыш чувствует себя отлично. Посыпает сахарным песком белый хлеб с маслом. И съедает каждый день по батону. Со счастливым самозабвенным лицом. Но смотрит при этом вкось- виновато и воровато. Она поправилась. Танечка подтянула ее в учебе. В конце концов, это просто непостижимо-из-за нее я потеряла ПА.

> 家里变得非常不好。所有人的感觉都不好。只有我们的小养女感觉非常好。她把砂糖撒在涂了黄油的白面包上。她一天能吃掉整整一个大面包。她的脸上带着忘我的幸福表情。但与此同时,她却老是斜眼看人,带有负罪感地,偷偷摸摸地。她胖了。塔涅奇卡在学习上带着她。归根结底,这简直叫人无法理解,就因为她,我失去了巴·阿。②

以上是《库克茨基医生的病案》中的一段叙述,出现在叶莲娜的第一个笔记本中。叙述者采用的是"回顾式第一人称"的叙述方式。划线的句

---

① 申丹:《叙述学与小说文体学研究》,北京:北京大学出版社,1998年,第254—256页。
② [俄]乌利茨卡娅:《库科茨基医生的病案》,陈方译,桂林:漓江出版社,2003年,第133—134页。

子揭示了这样一个事实:"我"潜入了故事中的其他人物(养女托玛)的意识中,揭示了该人物的情感思绪和内心世界,表现出全知全能叙述者的特征。由此,我们可以看出,这里的"我"表现出两种存在状态,也就是说,这里的叙述者事实上是两个"我"的叠加,一个是作为笔记本的主人叶莲娜的"我",另一个是真正实施叙述行为的、构造文本的"我"。段落中所展现的托玛的思绪和情感并非前一个"我"可以感知到的,所以是后一个"我"发挥了自己的全知能力。因此,这里体现的不仅是作为"叶莲娜"的"我"的视角,而且还包含着作为叙述者的"我"的视角。类似的多视角叙述还有不少,只有经过细心阅读和体会,才能发现两个"我"叠加的痕迹。

第三节 "反讽"手法

反讽(irony)是西方文论最古老、最重要的概念之一。该概念来源于古希腊时期的修辞术,即作为传统修辞学中的一种辞格存在,本源词是"eironeia",意思为假装不知。就反讽的内涵而言,不同的时代、不同理论流派对其理解都不尽相同。

反讽概念的不断发展与深化经历了漫长的时期。该词最早现于柏拉图的《理想国》,书中这样解释该现象,即"不愿答复,而宁愿使用讥讽或其他藏拙的办法,回避正面回答人家的问题。"[①]古罗马时期修辞学家西塞罗和昆体良扩展了反讽的内涵。西塞罗认为,"反讽"可以与说话意义相反,也可以与之不同。昆体良则主要从转义角度出发,着重探讨反讽与讽喻之间的联系与区别。不论如何,西塞罗和昆体良都将反讽作为一种雄辩的策略,反讽的概念主要停留在语言层面。在这之后的近两个世纪的时间里,反讽都作为传统修辞学的辞格被广泛使用,该理论的发展相对缓慢,直至18世纪中期,随着德国浪漫主义的盛行,反讽的内涵才得到了进

---

① [古希腊]柏拉图:《理想国》,解东辞译,北京:京华出版社,2002年,第14页。

第四章
乌利茨卡娅小说的主题表现风格

一步发展。施格莱尔兄弟及其追随者们把反讽从一种单纯的辞格手段升级为作家的创作原则,并且赋予其哲学性质,认为反讽是绝对的存在。活跃于这一时期的英国小说家亨利·菲尔丁、简·奥斯丁等都将反讽手法出色地运用于创作之中,涉及语言、人物形象、小说结构、艺术构思等多个方面。进入20世纪,西方主要国家逐渐开启经济发展和国际扩张的迅猛态势,世界范围内的工业化和城市化进程愈加迅速,周围环境的剧烈变化带来的是人类价值观、世界观等思想上的巨变。社会中的个人逐渐出现了陌生感、疏离感与孤独感。现代主义就是在这样的土壤中催生而来,其基本理念就是主张艺术不再再现生活,而是从人的心灵感受和内在精神出发,用荒诞、变形的手法揭示生活对人的扭曲。因此,现代主义理念中的反讽更多地倾向于客观、冷静地呈现现实规则中的冲突与矛盾,在艺术作品中,大量离奇的隐喻和象征常被用来诠释反讽的意味。萌发于这一土壤中的新批评主义文学理论派别对先前既定的反讽概念进行了改造,他们将"语境对于陈述语的明显的歪曲"①称之为反讽,并且在"新批评"派那里,反讽不仅是一种重要的文学创作手法,还作为一种更高层次的诗学原则贯穿到整个新批评主义的理念之中。正如卫姆萨特(W. K. Wimsatt)所说:"我们可以把'反讽'看成一种认知的原理,'反讽'原理延伸而为矛盾的原理,进而扩张成为语象结构的普遍原理——这便是文字作新颖而富于活力使用时必有的张力。"②总之,在"新批评"派那里,反讽被当成是一种评价艺术作品审美价值的尺度和标准,不过,正是因为"新批评"将"反讽"的地位推崇至高,也致使该概念逐渐走向泛化,最终成为一种重要的思维方式、文化观念、哲学态度。后现代主义是现代主义的延续和发展,其语境下的反讽概念也与浪漫主义和新批评主义的观念大相径庭。后现代主义大致产生于第二次世界大战之后。科技和理性的极端

---

① 转引自《"新批评"文集》,赵毅衡编,天津:百花文艺出版社,2001年,第379页。
② [美]卫姆萨特、布鲁克斯:《西洋文学批评史》,颜元叔译,北京:中国人民大学出版社,1987年,第692页。

发展、战争的迫害等将社会和人都推向了更加片面化、畸形化的困境。人性变成了机器、理性和科学的奴隶,自然环境和人类社会成为一对互不相容的矛盾。在这种情况下,人们的价值观、世界观、审美观等进入一个矛盾、混沌的阶段。在文学批评领域,后现代主义者不再严肃、认真地对待传统意义上崇高的事物和价值观,推崇"零度写作",打破"精英文学""严肃文学"和"大众文学"的界限,将艺术创作视为一种纯粹的游戏和表演,作者可以在自己的创作领域为所欲为。后现代主义文学语境下的作品也颇具特色,常常具有随意性、非现实性、非连贯性等性质,对经典文本、常规思维和传统观念的戏仿成为文学创作中重要的反讽手段。

综上所述,直到今天,反讽的内涵经历了不断变化、发展和丰富的过程。不过,作为一种文学表现手法或者作为一种微观的修辞技巧,反讽的内核因素自始至终都没有发生根本性的偏离。从本质来看,反讽法又可以称倒反法或反语,即一种带有讽刺意味的写作技巧,单纯从字面上不能了解其真正要表达的事物,而事实上,其原本的意义正好是字面上所能理解的意涵的相反方面,通常需要在语境中把握其用意。在叙述故事情节、塑造艺术形象、表现作者情感态度和揭示作品主旨上,反讽可以达到含蓄委婉而又深刻有力、耐人寻味的艺术审美特点,所以它被视为是"一切叙事文学乃至诗歌不可或缺的、具有普遍有效性的修辞手段"[1],在形成小说意义的过程中发挥着重要作用。

乌利茨卡娅在其文学作品中善于运用反讽手法来揭示作品的中心思想和主题意义。应该特别指出的是,女作家并不经常使用显性的反讽手段,换而言之,作家较少用明显的讽刺性词汇和言语表达来制造特殊的审美效果,而是多数采用暗含式的反讽手段。从这点来看,乌利茨卡娅作品中的反讽手法与当代俄罗斯同时期其他女性代表作家有所不同。比如,托尔斯泰娅更偏重使用讽刺、辛辣的词汇、语句等来塑造人物形象,表达

---

[1] [英]米克:《论反讽》,周发祥译,北京:昆仑出版社,1992年,第47页。

第四章
乌利茨卡娅小说的主题表现风格

创作思想。在小说《野猫精》《诗人与缪斯》等作品中，读者很轻易能找到明显的戏谑式语言，这些语言使小说充满了浓厚的讽刺意味。又如，彼特鲁舍夫斯卡娅也擅长运用讽刺性语言手段，在其小说《夜晚时分》《美丽的纽拉》《新哈姆雷特》等作品中，作家常采用调侃式的语言讽刺主人公的形象及其现实生活，以此突出了作品的主题。与她们不同，乌利茨卡娅所采用的反讽常常是一种弱性反讽，也就是说，作家并不通过议论、强烈对比、极度夸张等修辞手段来表示自己的立场和情感态度，而是往往通过对生活现实进行客观交待与描写，或者通过特殊的小说结构安排等，使作品显露出一种反讽性的意味。在这种笔法中，作者一般不明确引导读者看清反讽的深意，而是启发读者自己去联想、思考、判断，作者的主观情感态度和作品的主题思想要通过反复把玩，才可体会到其中滋味。

在各式各样的反讽技巧中，乌利茨卡娅首先擅长使用的就是具有反讽性质的作品标题，以此来暗示作品的主题思想，诸如短篇小说《别人的孩子》《非手工制作的礼物》（«Дар нерукотворный»）、《伟大的老师》（«Великий учитель»）等等，这些小说的标题都具有含义深刻的反讽意味。

我们先来分析小说《别人的孩子》。这篇小说的男女主人公谢尔盖和玛格丽特是一对夫妇，他们结婚十年以来一直没有自己的孩子。战乱时期，丈夫谢尔盖偶尔才能回到家中探亲，但上天却给这对夫妇送来了意外的礼物——玛格丽特终于怀孕了。为了给丈夫制造惊喜，玛格丽特决定先不告诉他这个令人兴奋的消息。玛格丽特满怀对孩子的期待，憧憬着丈夫兴奋欣喜的样子，终于生下了自己的孩子——一对可爱的双胞胎。但出乎意料的是，孩子的降生对于丈夫来说竟然是天大的打击，因为谢尔盖断定孩子并不是他的，而是妻子与别人出轨所生。谢尔盖对自己臆想中的"不忠的妻子"感到心灰意冷，但出于某种虚伪的责任感，他写信告诉玛格丽特，如果她愿意，那么可以让两个孩子随他的姓氏。丈夫的不信任拉大了夫妻之间的距离。更加不幸的是，受到巨大打击的玛格丽特发了疯,而两个刚出生不久的孩子也只能由外婆照看。战争结束之后,谢尔盖决定回家探亲,那个家曾经充斥着幸福与快乐。当谢尔盖看见家中两个活泼可爱的女儿时,他突然感觉这两个孩子和他是如此亲近,那种亲近感是他平生第一次体会到的。也正是在体会到这种无距离的亲近感之后,谢尔盖才相信自己的妻子需要自己的爱,两个女儿也需要来自他"父爱"般的照顾和关爱。从此以后,谢尔盖回归了家庭并开始抚养两个"别人的孩子"。事实上,她们是他的亲生女儿。虽然两个孩子背后那块和父亲一样的发黑的胎记可以证明他们的亲子关系,但是谢尔盖却没法看到自己的胎记。如今能证明他们是血脉相连事实的只有发疯的玛格丽特,可这唯一的希望也只能是幻影。

这篇小说的标题明显具有暗含式的反讽内涵。作家设置"别人的孩子"作为标题,讽刺了丈夫猜忌妻子不忠的荒唐想法。正是丈夫的不信任夺走了玛格丽特理性的精神状态,也是他的不信任差点让他亲生的孩子成为孤儿。重返家庭并决定接受和照顾两个孩子的举动在谢尔盖看来是一种道德高尚的伟大壮举,可实际上他只不过是在履行自己作为父亲的天经地义的职责。如此看来,女作家将一个具有反讽性质的标题与小说中的故事情节结合起来,讽刺了现实生活中由于夫妻之间相互不信任而造成家庭不幸的现象,将信任主题深刻而含蓄地表达出来。小说中发生的故事是我们在日常生活中屡见不鲜的,所以其讽刺意味越加浓厚,使人读过之后产生强烈的共鸣感。

短篇小说《非手工的礼物》讲述了几位十几岁的小女孩参加成人礼的故事,其中包括参观博物馆的场景。在博物馆里,孩子们看到一个为斯大林制作的特别礼物——残疾人克雷万诺用脚缝制的一幅斯大林的肖像画。在几位少先队员的眼里,塔玛拉·克雷万诺娃就是"女英雄",因为她用自己的双脚刺绣了一幅斯大林的肖像画,所以几位小姑娘迫不及待地想结识这位心中的"女英雄"。当她们满怀期待来到克雷万诺娃家里的时候,展现在她们面前的并不像之前想象的那样:塔玛拉说话的方式、行为

第四章
乌利茨卡娅小说的主题表现风格

举止以及她的居住环境与书本上有关"女英雄"的描写截然不同,也与社会上所倡导的主流话语大相径庭。少先队员们之前对残疾人克雷万诺娃高尚行为和思想境界的信服感在顷刻间被这个女人所诉说的真相瓦解了:

> Прихожу, а там в кабинет очередь, а я без ничего, дверь ногой открываю и захожу. Они меня увидели, попадали прям-Она тщеславно хихикнула.-А я на самый большой стол им,-с неприличным звуком она выплюнула изо рта воздух,-бумагу выкладываю и говорю: вот, обратите внимание, великий товарищ Сталин, всем народам отец, знает меня поименно, пишет мне, убогой, свое благодарствие за мое ножное усердие, а моя жилплощадь такая, что горшок поставить поссать некуда. Где же ваше-то усердие, уж который раз мы все просим, просим... Теперь я к самому товарищу Сталину жаловаться пойду...①

这段话体现出小说标题所具有的多义性。从一方面来看,"非手工的礼物"就是指女主人公并非用手缝制的斯大林的肖像。另一方面,"非手工的礼物"是针对女主人公所向往的礼物所说,即对克雷万诺娃来说,一套单独的住所就是一份美好无比、珍贵无价的礼物。因此,小说题目的多义性使小说的主题具有丰富、深刻的特点。

除了使用较明显的讽刺性标题之外,乌利茨卡娅这篇小说的反讽特性还深藏于作品思想深处,或者说是源于生活本身。乌利茨卡娅在小说中描写了一个普通老百姓在伟大领袖斯大林祭奠仪式上获得私利的事情。残疾人克雷万诺娃为领袖缝制肖像的行为并非是她心甘情愿的选择,更不像社会主流话语所宣传的那样是出于她对领袖的爱戴与崇敬之

---

① Улицкая Л.: Дар нерукотворный. http://lib.rus.ec/b/272000/read(本书中所引用的该小说片段均出于此,后文不再另行说明。——作者注)

情。女主人公仅仅是为了个人的私利才答应了官方的要求,同意为纪念斯大林制作画像。在女主人公内心深处,做出这样的举动实在是一种痛苦和折磨,作家通过讲述这样一个逼真的故事,生动形象地讽刺了当时苏联社会背景下官方话语在普通老百姓心中的地位和印象。小说的结尾再次出色地讽刺了令人无奈的社会现实。一天晚上,女主人公带着一瓶物美价廉的葡萄酒来到老友伊戈尔奇家里。这时,作家写出了最后几句极富讽刺意味的话语:

> Сама-то она выпить немножечко тоже могла, но по-настоящему пить она не любила. И товарища Сталина... тоже по-настоящему не любила...

作者向我们交待,女主人公虽然不喜欢喝酒,但喝上一点也是可以的。女主人公对待斯大林的态度与对待喝酒的态度如出一辙,作者通过对照手法,深刻地揭示了现实生活本身所具有的欺骗性,使作品具有强烈的讽刺意味。

小说集《我们沙皇的臣民》中的不少作品也具有深刻的反讽意味,其中《伟大的老师》就是十分出色的一篇。与乌利茨卡娅早期很多小说的特色不同,这篇小说处处都透着明显的讽刺意味:包括小说的标题、语言表达和故事情节本身。本篇小说讲述了一个普通工人根纳季·图奇金突发奇想地打算学习德语的故事。在作品开篇,作家就使用具有讽刺意味的口吻描述了主人公的想法:

> Трудно было объяснить, почему у него, молодого человека из простой семьи, наладчика на Втором часовом заводе, возникло вдруг странное желание изучать немецкий язык.①

---

① Улицкая Л.: Великий учитель. http://lib.rus.ec/b/206703/read(本书中所引用的该小说片段均出于此,后文不再另行说明。——作者注)

第四章
乌利茨卡娅小说的主题表现风格

根纳季结识的一位名叫列昂尼德的学者是一位常常给他精神鼓励的神奇人物。根纳季和列昂尼德凑在一起时便会进行一番形而上学的长篇大论：从上帝创世一直谈到人的意识和认知，无所不包。在与列昂尼德的谈话中，根纳季猜测他应该受到了德国神秘主义哲学家施泰纳的影响，这位神智学和人智学的专家拥有非凡的思想和智慧，列昂尼德理应该是他的追崇者。但根纳季万万没有想到，列昂尼德的"伟大的老师"并不是施泰纳教授，而是看上去丑陋又卑鄙的邻居库别里斯：

> Как! Вместо доктора Штейнера, с его прекрасным южным лицом, с шелковым галстуком-бантом, слегка примятым сюртуком, оказался, этот гнусный головастик, с его ночными горшками, клизмами и тазами... скверно поджатыми губами, самый противный из всех соседей, урод, паук!

库别里斯的形象完全颠覆了根纳季对"伟大老师"的想象，作家在这里运用对照的修辞手段，将施泰纳的美好形象和库别里斯的形象做出对比，形成强烈的反差。小说的题目也因此具有一种矛盾的情感色彩，题目中的"伟大"一词获得了反讽的审美效果。

本篇小说的反讽意味还藏于故事情节本身。主人公对"伟大的老师"的想象和实际结果相差甚远，这给小说带来了令人震撼的讽刺效果。根纳季虽然自认是一个爱好读书学习、头脑理智的聪明人，可是在面对库别里斯这位看上去丑陋无比的"老师"时，他从理智上不能接受现实。同样，根纳季的祖母实际上是他"伟大的老师"，她生平酷爱读书，尤其喜爱阅读四福音书。可是，祖母虔诚的信仰并没有得到根纳季的欣赏和追崇，相反，他却抱有一种满不在乎的态度。从这个角度来看，根纳季的行为是盲目无知的，也是幼稚可笑的。小说以根纳季祖母的去世收尾，结局意味深长。在得知祖母去世的消息之后，根纳季恍然大悟，祖母身上所具有的善良和虔诚是多么可贵，而他之前从来没有注意过这些可贵的东西，对他来说，祖母才是真正"伟大的老师"。

综上所述,乌利茨卡娅在很多作品中都采用反讽的艺术手法来表达作品的中心思想,深化小说的主题意义。在各式各样的反讽手法中,女作家会采用反讽性小说标题、讽刺性语言表达和暗含式反讽方法,并倾向使用暗含式手法。值得注意的还有,乌利茨卡娅小说中的反讽效果往往不是由作家刻意精心制造出来了,而是源于现实生活本身所具有的讽刺性和欺骗性。

第四节 "互文性"手法

"互文性"(interextuality)是一种文本理论,形成于当代西方后现代主义文化思潮中。"互文性"强调文本本身的断裂性和不确定行,它涉及当代西方文论中一系列重要理论范畴,如结构主义、后结构主义、解构主义、符号学、马克思主义、新历史主义和女性主义等,并且还渗透到各类文学作品的批评与创作实践中,涵盖面十分广阔。

"互文性"这一概念最先是由法国符号学家、女性主义理论批评家克里斯蒂娃提出的。她在相关著述中就互文性问题作出详细阐释,她认为,一个文学文本就相当于一个能指、一个词,该文本是对某个所指的表达。克里斯蒂娃首先从语词之间的反射关系看到了文学文本之间相类似的关系:"文字词语之概念,不是一个固定的点,不具有一成不变的意义,而是文本空间的交汇,是若干文字的对话,即作家的、受述者的或(相关)人物的,现在或先前的文化语境中诸多文本的对话。"① 了解文本间的反射与交织关系之后,也就不难理解克里斯蒂娃所阐述的"互文性"的实质:"语词(或文本)是众多语词(或文本)的交汇,人们至少可以从中读出另一个语词(或文本)来。……任何文本都是引语的拼凑,任何文本都是对另一

---

① Julia Kristeva: "Word, Dialogue and Novel", in The Kristeva Reader, Toril moied, Oxford: Blackwell Publishers Ltd., 1986, 一36 p.

第四章
乌利茨卡娅小说的主题表现风格

个文本的吸收和改编。"①从以上表述中我们发现,作为概念的"互文性"应该具备以下内涵——每个文本都是对其他文本的吸收、借鉴与转化,它们相互牵连,成为彼此的反射对象,在这种相互参照下,这些文本形成一个具有无限潜能的开放式、对话式网络。

事实上,在克里斯蒂娃提出"互文性"这一术语之前,它的基本内涵已经在苏联学者巴赫金的相关诗学理论中初见端倪。巴赫金在其著作《陀思妥耶夫斯基诗学问题》中所提出的"复调"理论和"狂欢化"理论都与"互文性"的概念核心不无关联。作者与主人公的关系问题是巴赫金"复调"理论的核心。巴赫金认为陀思妥耶夫斯基的"多声部性"小说创作改变了传统小说中作者和主人公的关系,他笔下的主人公"不是无声的奴隶,而是自由的人;这自由的人能够用自己的创造者并肩而立,能够不同意创造者的意见,甚至能反抗他的意见。陀思妥耶夫斯基小说的主要特征是:有着各自独立而不相融合的声音和意识,由具有充分价值的不同声音组成真正的复调。"②由此看来,"复调"小说中的主人公是一个有着独立和自由意识的主体,小说中的主人公与作者之间是一种相互平等、同时共存、互相对话的关系。对话中各种意识、各种声音的争论与交锋,构成不同的对话形式,这种类似多声部音乐的小说结构使得众多独立声音混响共鸣,造成了文本结构在更高层次上的多重复合统一。在分析陀思妥耶夫斯基小说文本的复调现象和对话性结构的原则基础上,巴赫金进一步提出文学"狂欢化"这一概念。在论及这一概念时,巴赫金谈到,作为复杂文化行为之综合的狂欢节,其仪式对小说文本产生了一系列潜在的影响。如狂欢广场、无等级的插科打诨、粗鄙对话、庄谐结合的语言等都影射了权威的消失、等级世界观的破碎和文化中心与边缘关系的逆转。当代埃及裔美国学者伊哈布·哈桑(Ihab Hassan)在探讨"狂欢化"这一概念时指出:

---

① Julia Kristeva:"Word, Dialogue and Novel", in The Kristeva Reader, Toril moied, Oxford: Blackwell Publishers Ltd., 1986, p. 35.

② [俄]巴赫金:《诗学与访谈》,白春仁、顾亚铃译,石家庄:河北教育出版社,1998年,第4页。

"'狂欢',这个词自然是巴赫金的创造,它丰富地涵盖了不确定性、支离破碎性、非原则性、无我性和种类混杂等等。……狂欢在更深一层意味着'一符多音'——语言的离心力,事物欢悦的相互依存性、透视和行为,参与生活的狂乱,笑的内在性。……至少指游戏的颠覆包孕着甦生的因素。"①可见,巴赫金的狂欢化概念实际上已经具备了"互文性"的基本内涵。

从上述对克里斯蒂娃和巴赫金"互文性"理论的相关阐释中不难看出,两位学者都是从广义上去定义"互文性"的,具体而言,他们将"互文性"视为文体学和语言学的一种工具,指所有表述中携带的所有的先前的言语及其覆盖的意义。20世纪中后期诞生的解构主义批评沿着这一方向进行了"互文性"理论的逻辑延伸和扩展,诸如德里达(Jacques Derrida)、保罗·德曼(Paul de Man)、希利斯·米勒(J. H. Miller)等理论家都趋向与对互文性概念做宽泛的解释。与上述广义"互文性"对立的是狭义上的"互文性"概念,这一派学者把"互文性"视为一种文学现象,他们趋向于对互文性作出精确的界定,并对某些文学被重复的表述进行相关分析。结构主义理论大师热奈特就是从这一角度来看待"互文性"的重要理论家之一。法国学者蒂费纳·萨莫瓦约(Tiphaine Samoyault)在《互文性研究》一书中这样评价热奈特对该理论的贡献:"1982年面世的《隐迹稿本》一书决定了'互文性'概念从广义到狭义的过渡。……它使互文性这一术语不再含混不清,而且把它从一个语言学的概念决定性地转变为一个文学创作的概念。同时,他还为理解和描述'互文性'概念做了决定性的工作,使'互文性'成为'文'与'他文'之间所维系的关系的总称。从这本书以后,人们就再也不能随意使用'互文性'这一术语:要么是一般作为对话性的广义的外延,要么就是将它作为理论组成来理清文学手法,二者必居其一。"热奈特提出的有关该理论的最核心的观点就是将前人所说的"互文性"概念称为"跨文本性"(transtextuality)。在热奈特看来,任

---

① 王逢振:《最新西方文论选》,桂林:漓江出版社,1991年,第129页。

第四章
乌利茨卡娅小说的主题表现风格

何文学作品其实都是跨文本性的,任何文本都是一种建立在其他文本之上的"二度"结构。以上述观点为基础,热奈特将跨文本性分为五个类型,即互文性(intertextuality)(包括引语、模仿、影射、抄袭等)、准文本性(paratextuality)(准文本包括作品的标题、副标题、序、后记、致谢、插图、版权页、护封文字等)、元文本性(metatextuality)(两个文本之间具有评论关系)、承文本性(hypertextuality)(联结源文本与在源文本基础上构成的次文本间的任何关系,可以包括对源文本的删节、扩写、改编甚至翻译等)和广义文本性(组成文学领域各种类型的等级体系)。① 热奈特所讨论的上述五种类型并非是封闭自守的,它们之间是可以互相交叉和互相影响的。热奈特将前人所定义的"互文性"进行了细致的划分,将上述五种类型中的后四种称为"超文性",与第一种类型"互文性"区分开来。不过,这五种类型其实都属于学术界普遍认同的互文性研究课题。在论述互文性与超文性关系时,他将文本间的共生关系与派生关系作为区分它们的标志,并且把戏拟和仿作作为派生的最重要的手段。

除了热奈特从狭义上详尽阐释互文性理论之外,法国当代文艺理论家安东尼·孔帕尼翁(Antoine Compagnon)也对互文性理论的发展起到了较大的推动作用。孔帕尼翁的最大贡献在于,他首次从互文性写作的角度全面探讨了引文现象,他从全局把握,将引文视为一种独特的表现形式,并把它作为所有文学作品创作的要素,是一切写作的雏形:"只要写作是将分离和间断的要素转化为连续一致的整体,写作就是复写。复写,也就是从初始材料到完成一篇文本,就是将材料整理和组织起来,连接和过渡现有的要素。所有的写作都是拼贴加注解,引用加评论。"② 由此可见,引文在孔帕尼翁的互文性理论中具有核心意义,互文性在他那里就是一个文本对另一个文本(或一段表述对另一段表述)的引用。

---

① 黄念然:《当代西方文论中的互文性理论》,《外国文学研究》,1999 年,第 1 期。
② [法]蒂费纳·萨莫瓦约:《互文性研究》,邵炜译,天津:天津人民出版社,2003 年,第 24 页。

具体谈到文学理论框架下的互文性实现手段,我们可以列举出很多,诸如引用、改写、重复、雷同、戏拟等等。当代作家,特别是具有后现代主义创作倾向的作家尤其偏好在作品中运用以上艺术表现手段,他们擅长对经典文本进行某种新的艺术加工,先是让受众想起他们所熟悉的文学艺术作品的体裁、语言、情节、人物、手法、叙事技巧等等要素,然后用改写、戏拟等艺术手法制造出陌生化的审美效果,冲击读者的接受习惯和审美期待。相反,如果作为审美客体的文学艺术作品一而再、再而三地投入审美主体的习惯心理和潜在期待,主体势必产生审美疲劳,对审美客体感到厌倦。总而言之,互文性在某种程度上已经成为"后现代"的标志性术语,并且互文性理论的提出更新了传统的文学理念,它无疑对当今的文学创作实践具有重大意义,正如法国学者蒂费纳·萨莫瓦约(Tiphaine Samoyault)所说:"互文性让我们懂得并分析文学的一个重要特征,即文学织就的、永久的、与它自身的对话关系,这不是一个简单的现象,而是文学发展的主题。"①

作为一位出色的当代作家,乌利茨卡娅在其不少作品中也运用了具有后现代主义性质的"互文性"创作手法。女作家借助这些手法,在经典文本和自己作品之间搭建起一座桥梁,不仅使读者联想起俄罗斯文学历史上经典作品中的人物或情节,同时赋予作品新的形式和内容,由此更有力地揭示出作品的主题意义。

在乌利茨卡娅所使用的"互文性"手法中,对经典文学题目的借用和戏拟是其中最常见的。这些小说有《黑桃皇后》(普希金的同名小说)、《野兽》(列斯科娃的同名小说)、《逃兵》(巴别尔的同名小说)、《大儿子》(瓦姆皮洛娃的同名剧本)、《带小狗的大女人》(契诃夫《带狗的女人》题目的变形)。在这几部小说中,《大儿子》保留了瓦姆皮洛娃同名剧本的标题,并且延续了其中的父爱主题。另外两篇小说《野兽》和《逃兵》只是借用了经

---

① [法]蒂费纳·萨莫瓦约:《互文性研究》,邵炜译,天津:天津人民出版社,2003年,第1页。

第四章
乌利茨卡娅小说的主题表现风格

典文学作品的标题,除此之外,无论是在情节上,还是在主题意义上都与原作品没有丝毫的联系。《带小狗的大女人》是一个与经典文本形成互文和对话的典型范例,作家在该小说中所运用的戏拟手法也使小说获得了深刻的主题意义和独特的艺术审美效果。

在以上几部短篇小说中,唯一一部与经典文学作品最为接近的只有《黑桃皇后》。在这篇小说中,乌利茨卡娅刻画的自私自利、专横霸道的女主人公穆尔很容易使我们联想起普希金同名小说中那位邪恶阴险,具有无限权威,以无形的力量压迫和剥削周围人们的伯爵夫人。这两个人物除了具有以上所说的共同性之外,还具有各自的特色。普希金笔下的老伯爵夫人很少以具体的形象出现在作品中,正如有学者指出,从某种意义上说,她更像是一种象征符号。"伯爵夫人既生活在彼得堡的现实中,也闪现在以往的贵族生活中,还以鬼魂的模样出现在赫尔曼的意念中。"[①]作者通过塑造伯爵夫人的形象,展现了以其为代表的俄罗斯贵族生活方式、价值观念和文化习俗。因此,我们说,普希金笔下的伯爵夫人是一种象征和隐喻,暗指在背地里怀有邪恶之心的"黑桃皇后"。乌利茨卡娅笔下的穆尔则是一个具体的人物,她存在于现实生活中,并且公开地对身边的人实施霸权与专制,甚至给亲人带来巨大的不幸。由此看来,乌利茨卡娅笔下的"黑桃皇后"不再是一种象征符号,也完全不具有普希金笔下伯爵夫人身上的神秘气息,她的邪恶与自私在现实生活中无处不在。作家借助对经典名著中"黑桃皇后"的戏拟,先是引起读者充分的联想和审美期待,进而运用现实主义手法对经典形象进行改造,塑造了一个当代家庭生活中活生生的邪恶母亲形象。与经典形象的呼应不但突显了新作中人物形象的特殊意义,而且加深了读者的阅读感受,深化了作品的主题思想。

乌利茨卡娅的长篇小说《美狄娅和她的孩子们》中美狄娅的形象与希

---

① 孙超:《试析乌利茨卡娅的〈黑桃皇后〉对普希金同名小说的解构》,《外语学刊》,2010年,第1期。

腊神话中的"美狄娅"原型形成对话与互文关系。美狄娅是希腊神话故事中最令读者印象深刻的人物之一。在人们的印象中,美狄娅是一个为爱情发狂的仇杀者。在希腊神话故事中,美狄娅为了摆脱军队的追赶、泄愤情敌和报复丈夫不惜背叛自己的家庭,先后杀死了自己的兄弟手足、情敌甚至亲生儿子。这些疯狂的举动都源于美狄娅内心深处的一种理念,即爱情是生命中最重要的东西,应该不惜一切代价地追求爱情,保护爱情。抱有这种极端思想的美狄娅在遭遇爱情背叛之后陷入了巨大的痛苦与悲愤。在极度压抑之下,美狄娅不惜杀害自己的孩子,借以报复出轨的丈夫,这种残酷的复仇心理和举动也被后人称为"美狄娅复仇形态"。[①] 希腊神话故事中美狄娅所崇尚的爱情变成了一股巨大的毁灭力量,这一力量使她失去自己的亲人和爱人,也使她自己成为了一个不折不扣的杀人魔。因此,希腊神话中的美狄娅虽然会得到些许同情,但是她所做出的与伦理道德相违背的凶杀行为大大削弱了世人对她的怜悯。因此,一直以来,"美狄娅"都是以一种丧志理智的女杀人狂的负面形象出现的。

乌利茨卡娅笔下的美狄娅与希腊神话中的原形象不同,她颠覆了多年来人们对"美狄娅"原型的定位。可以说,《美狄娅和她的孩子们》是作家在某种程度上对经典神话故事的重述与解构。从小说的题目中我们便可以看出,这里的"美狄娅"并不是一个孤独的人、一个被边缘化的人,而是一个与孩子们在一起的人。乌利茨卡娅刻意给人物取了"美狄娅"这个名字,就是为了让人们把小说中所描写的俄罗斯犹太妇女形象与希腊神话中那个女杀人魔形象联系起来。这两个形象之间存在着一些共同点:从出身来看,《美狄娅和她的孩子们》中的女主人公与美狄娅原型有着相同的血统,她居住在克里米亚,是希腊的后裔;从生活经历来看,小说中的美狄娅也遭遇了丈夫的背叛,承受着类似的痛苦与折磨;从性格特点方面来看,小说中的女主人公同样具备"美狄娅"原型身上勇敢和追求自由的

---

① 朱陶:《〈美狄娅〉的复仇形态分析》,《四川文理学院学报》,2006年,第3期。

第四章
乌利茨卡娅小说的主题表现风格

精神,也有较强的自尊心,坚持追求自我价值。不过在她们之间存在着本质的差别,这尤其体现在她们对待孩子和面对丈夫背叛之后的反映上:希腊神话中的美狄娅有自己的孩子,但是为了复仇不惜将其杀死。面对丈夫的背叛,她也毫不留情,采取一切可能的报复方式去惩罚他。小说中的美狄娅一生都没能拥有自己的孩子,但是她能像对待亲生孩子一般地对待家族中所有的孩子,将无私与伟大的爱献给她们。在面对丈夫的背叛行为时,小说中的美狄娅并没有陷入极度悲愤之中,而是以宽大的心包容了丈夫的所作所为。她虽然也重视爱情,但是却没有将它视为生命中唯一珍贵的东西,在她看来,比爱情更珍贵的是"她的孩子们",是家庭成员之间的爱与关心。由于价值观和世界观的本质差异,两位美狄娅的人生结局也不尽相同,这其中的文化根源在于,小说中的"美狄娅"保留了俄罗斯传统文化中虔诚的宗教意识以及俄罗斯女性与生俱来的性情,这也正是乌利茨卡娅所要强调的重点。作家用新型的俄罗斯式的美狄娅形象与希腊神话中那个复仇杀子的美狄娅进行呼应与对话,借此表明了自己对现代女性该如何获取幸福的见解,也由此点名了作品的主旨意义:现代女性应该具有独立的自我意识,保持女性与生俱来的高贵品质与道德情操,同时应该具有虔诚的宗教意识,只有这样才能收获内心的安详与平静,走出被男性中心文化奴役的处境。在本部小说中,作者从现代女性的视角出发,对美狄娅原型作出新的阐释与解构,塑造出了独属于俄罗斯民族的"美狄娅"形象,小说由此获得了丰富的内涵和审美价值。

小结:

在本章中,我们重点分析了乌利茨卡娅小说中的主题表现手法,其中包括多视角叙述、反讽、对经典的改写和戏拟等艺术方法。这些特殊手段的运用使乌利茨卡娅的小说具有浓厚的后现代主义色彩,小说的艺术形式由此得到丰富,审美效果也得到加强,同时上述方法的运用也对作品中心思想和主题意义的表达起到深化和突出的作用。

结　语

在本书中,我们主要在文学修辞学框架内对乌利茨卡娅小说风格进行了全方位的考察与研究,通过研究我们能得出以下结论和启示:

1. 乌利茨卡娅的小说可以成为考察当代俄罗斯女性文学风貌的重要语料,因为女作家的小说不仅在某种程度上客观地、现实地反映了社会生活、家庭生活、现代人情感、两性关系等问题,而且其艺术审美结构体系具有鲜明的当代文学特色。对女作家小说风格进行整体把握与研究,特别是将文学研究与修辞学研究角度结合起来,对文本进行科学性地细致考察,无疑具有巨大的价值。

2. 从创作风格特点来看,乌利茨卡娅的小说首先很好地继承了俄罗斯现实主义文学创作传统。作家擅长在小说中再现当代俄罗斯人的日常生活,通过塑造具有典型性的人物形象和真实客观的细节描写来揭示生活的本质。这些特点无论是从作者简约质朴、客观冷静的叙述语调中,还是从作者对象、意、情的处理方法上,又或是从作者间接表达主旨的一些手段中都可见一斑。正是因为乌利茨卡娅小说具有现实主义文学的某些特性,她的作品才获得极强的审美说服力和感染力。其次,乌利茨卡娅小说还具备当代俄罗斯文学的诸多特点,作家在小说中将具有后现代主义色彩的创作手法运用自如。诸如"蒙太奇"式的情节结构、多视角叙述、反讽、游戏经典等等艺术手法常见于小说当中,这些艺术手段的运用给作品带来强烈的可读性,再加上由女作家特殊的成长环境、人生经历和个人职业等因素导致作品风格的独特审美趣味,都使作品得到大量读者的认可和喜爱。

3. 从文学修辞学角度研究乌利茨卡娅小说风格是把握作品中"作者

形象"的有效途径。从性质上讲,作者形象并非语言学概念,也不是文艺学概念,而是文学修辞学概念。具体说来,对于作者形象的研究并不限于作品的语言表现形式,还应包括由语言塑造出来的象、意、情等诸多方面。维诺格拉多夫历经数十年探讨的作者形象问题其实是文学作品思想和修辞的焦点问题,也是文学修辞学意义上的风格学的核心问题、灵魂所在。从文学修辞学角度把握作家作品的艺术风格,也就把握了作品的作者形象,这对于更准确地理解、鉴赏作家作品,乃至揭示作家作品深层的艺术创作规律具有很大意义。当然,文学风格本来就是一个复杂、多元的理论范畴,研究乌利茨卡娅的小说还能从多种角度展开进行,每一种方法都不是相互矛盾的,它们是一种相互补充的关系。

4. 本书中提炼出的乌利茨卡娅小说风格的诸多特点是贯穿其创作的主流特点。但是,我们不否认,作家作品的风格应该是一个具有复杂性、多样性、变化性的审美体系,一个作家的小说风格会有自身的变化轨迹。特别是在近年来,乌利茨卡娅新创作的小说无论是在题材、语言特点、叙事结构等方面都呈现出一些与之前作品不同的特色。不过,由于笔者所搜集的研究材料所限,加之评论界的研究论点争议较大,所以我们在本书中采用了相对可行的研究方法和研究范围。总之,乌利茨卡娅的小说风格研究还有待进一步拓展与完善。

附 录

一、柳·乌利茨卡娅出版作品一览表

1. Сборник рассказов «Бедные родственники», 1993.

2. «Сонечка», повесть, 1995.

3. «Медея и её дети», семейная хроника, 1996.

4. «Весёлые похороны», повесть, 1997.

5. «Казус Кукоцкого», роман, 2001.

6. «Девочки», сборник рассказов, 2002.

7. «Искренне ваш Шурик», роман, 2003.

8. «История о старике Кулебякине, плаксивой кобыле Миле и жеребёнке Равкине», сказка, 2004.

9. «История про кота Игнасия, трубочиста Федю и одинокую Мышь», сказка, 2004.

10. «Люди нашего царя», сборник рассказов, 2005.

11. «Даниэль Штайн, переводчик», роман, 2006.

12. «Русское варенье и другое», сборник пьес, 2008.

13. «Зеленый шатер», роман, 2011.

14. «Священный мусор», сборник рассказов и эссе, 2012.

15. «Детство 45—53. А завтра будет счастье», сборник рассказов, 2013.

16. «Лестница Якова», роман-притча, 2015.

17. «Дар нерукотворный», сборник, 2016.

二、乌利茨卡娅作品主要获奖情况

1. Литературная премия Медичи за лучшее зарубежное произведение—за «Сонечка» (1996, Франция).

2. Литературная премия Приз им. Джузеппе Асерби (1998, Италия)—за «Сонечка».

3. Букеровская премия—за роман «Казус Кукоцкого» — первая женщина—лауреат этой премии (2001).

4. Кавалер Ордена Академических пальм (Франция, 2003).

5. Премия Книга года—за роман «Искренне ваш, Шурик» (2004).

6. Кавалер Ордена искусств и литературы (Франция, 2004).

7. Литературная премия за лучшее зарубежное произведение—за роман «Искренне ваш, Шурик» (2004, Китай).

8. Премия Пенне—за роман «Казус Кукоцкого» (2006, Италия).

9. Премия Большая книга—за роман «Даниэль Штайн, переводчик» (2007).

10. Лауреат национальной премии общественного признания достижений женщин «Олимпия» Российской Академии бизнеса и предпринимательства (2007).

11. Литературная премия Гринцане Кавур—за роман «Искренне Ваш Шурик» (2008, Италия).

12. Номинация на Международную Букеровскую премию (2009, Англия).

13. Литературная премия журнала «Знамя» в номинации «Глобус» (2010) за «Диалоги» Михаила Ходорковского с Людмилой Улицкой, опубликованные в десятом (октябрьском) номере «Знамени» за 2009 год.

14. Премия Симоны де Бовуар (2011, Франция).

15. Австрийская государственная премия по европейской литературе (2014, Австрия).

16. Кавалер Ордена Почётного Легиона (2014, Франция).

17. Третья премия Большая книга (2016)-за роман «Лестница Якова».

三、由乌利茨卡娅文学作品改编而成的影视作品

1. «Тайна игрушек», мультипликационный фильм режиссёра Розалии Зельмы, 1987.

2. «Сестрички Либерти», художественный фильм, мелодрама режиссёра Владимира Грамматикова, 1990.

3. «Женщина для всех», мелодрама режиссёра Анатолий Матешка,1991.

4. «Умирать легко», художественный фильм режиссёра Александра Хвана, 1999.

5. «Казус Кукоцкого», телевизионный сериал режиссёра Юрия Грымова, 2005.

6. «Сквозная линия», фильм-спектакль режиссёра Петра Штейна, 2005.

7. «Ниоткуда с любовью, или Весёлые похороны», художественный фильм режиссёра Владимира Фокина, 2007.

四、在中国出版的小说译本

1.《美狄娅和她的孩子们》,李英男、尹城译,北京:昆仑出版社,1999年。

2.《库克茨基医生的病案》,陈方译,桂林:漓江出版社,2003年。

3.《您忠实的舒里克》,任河译,北京:人民文学出版社,2005年。

4.《索涅奇卡》,熊宗慧译,台北:大块文化出版社,2007年。

5.《您忠实的舒里克》,熊宗慧译,台北:大块文化出版社,2008年。

后 记

　　寒暑易节,岁月流逝。转眼间,我从北师大毕业已有四年之余,与师长、同窗合影留念的情景恍若昨日,而今到了书写后记之时,却迟迟难以落笔,怎耐心中五味杂陈、感慨万千……无论如何,我总希望于中规中矩的文字之后记录下些什么,也许是心灵深处最真挚的情感,其中饱含了对母校、师长、同窗、亲人、朋友们的感恩,也载负着迎接收获的莫大欣慰和满足,以及对美好未来的无限憧憬。如今看来,这些东西或许才是生命中更重要的。

　　书稿撰写过程使我真正体会到治学之路的艰辛。大量的理论书籍、各类中外文文献、文学作品等就足以令我这个学术上的小学生手忙脚乱。每到深夜难眠之时,心中不禁感叹:原来,"学海无涯苦作舟"并非玩笑之谈。每当快要坚持不下去的时候,我总是回想自己"立志为人之师"的初衷,多年前的理想总能为我燃起新的动力,而启功先生提写的"学为人师,行为示范"的北师大校训更是不断警醒着我。

　　这本书稿的雏形是我的博士学位论文。毕业之后,我进入高校工作,一边教学,一边继续从事乌利茨卡娅小说创作的学习和研究。日常工作之余,我开始搜集新的研究材料,不断地进行阅读和思考,增强理论学习,与该领域学者进行相关交流,获得了新的体会和启发。在上述一系列学习和工作的基础上,我对自己的博士论文进行了修改、加工与完善,即便如此,现在看着这本成型的书稿,心中仍然感到惴惴不安:我深知自己才疏学浅,凭借自己笨拙的能力和这点"成果"就想把一个作家的风格说清楚、讲明白,是不可能的。再者,由于种种研究条件所限,本书的研究对象限定为乌利茨卡娅主要的、已被读者熟知的小说作品,女作家最新的一些创作并没有囊括进来,所以,本书有关作家风格的研究结论具有一定局限性,论述中也难免有纰漏之处。好在从文学修辞学角度对乌利茨卡娅的整体创作风格做一研究属于新的尝试,今后可以沿着这个方向继续前行。

这本书稿不仅凝结了我自己的心血、艰辛和快乐,还包含着师长、亲友们的付出与关爱。在这里,我想对曾经在学术道路上给予我帮助的人表示衷心的感谢:

首先要感谢我的博士生导师刘娟教授。从读博起到今天,是刘老师照亮了我的求学之路,为我指明了前进的方向。刘老师渊博的学识和宽宏的学术视野自不待言,而老师真挚善良、谦逊平和的人品,以及严谨的治学态度也让学生明白了许多为人为学的深刻道理,这是从书本上得不到,却能使我终身受益的宝贵财富。在博士论文的构思、撰写,乃至本书的修改、定稿等过程中,每有疑问与困惑,刘老师总是拨冗指导,为我指点迷津,如果没有老师的悉心指导,这本书稿是很难完成的。此外,刘老师还为我提供许多锻炼科研能力和教学能力的机会,十分宝贵,这些都为我日后的工作奠定了基础。如今,每每回想起老师的谆谆教诲和殷切关怀,都令我深怀感念,这一切都给予我莫大的鼓励,坚定了我在学术道路上继续探索下去的勇气与信心!对老师的爱与感恩岂能用三言两语就说尽呢……在此,对刘娟老师的帮助表示最深的谢意!

同时,在书稿内容构思和撰写期间,还承蒙郭聿楷教授、张冰教授、王辛夷教授、杜桂枝教授、武瑷华教授、钱晓蕙教授的教诲与关怀,老师们渊博的学识和一丝不苟的治学态度令我深感钦佩。各位老师提出的宝贵建议和意见使我茅塞顿开,启发颇大。武瑷华教授还为我提供了与书稿相关的重要书籍,令我深受感动。在此,衷心感谢各位老师的赐教与关怀!另外,我的书稿还得到北师大安娜斯塔西娅·阿列克谢耶夫娜教授的指教,在此表示真挚谢意!

本书能够顺利成稿还应该感谢博士生同学陈爱香,同事钟晓雯、李梦雅,她们都为我的书稿提供了宝贵的意见和帮助;硕士同学王小燕、吴颖

后　记

帮我在俄罗斯搜集资料,解燃眉之急,令我感动。各位同窗、挚友在生活中情同姐妹,使我感到无比温暖与宽慰,在此,向她们一并致谢!

本书的出版得到北京大学出版社的大力支持,出版社的编辑老师从始至终付出了大量的心血,以深厚的学识和高度的责任心对本书进行了认真、严谨的修正和校对,在此特别提出感谢!

还有一些人是这篇后记必须要提及的,那就是我挚爱的亲人和爱人。在这个物欲横流的时代里,父母始终支持我的理想,在我最犹豫、最脆弱的时候为我加油鼓劲,不论在物质上,还是在精神上都给予我极大的支持和鼓舞,父母是我最坚强的后盾,也是最亲密的知己。我还要感谢我的爱人,自从大学毕业直至我拿到博士学位、找到工作,他始终默默地守护着我,毫无怨言,为我付出很多。此外,还要感谢我的孩子,书稿的修改工作伴随了我怀胎十月的整个过程,是他的存在时常提醒我要坚持下去,想到他,一切源于做学问忧虑与苦恼都烟消云散,剩下的唯有无限欣慰与幸福……

最后,再次向所有给予我关心、帮助和鼓励的人表示最真挚的谢意!因为有你们,我的生命才充满无限温暖与动力。唯以此拙文献给我的母校、我的恩人和美好的校园岁月……

国晶

2017 年春节